# ESTAS Brujas NO SE rinden

**Isabel Sterling**

TRADUCCIÓN: MARÍA LAURA SACCARDO

✦✧

*A mi querido amigo David.*
*No podría haber hecho esto sin ti.*

# Prólogo

EL CALOR DEL VERANO AÚN ERA SOFOCANTE CUANDO LAS CLASES volvieron a comenzar en la Universidad de Nueva York. Allí, una joven Bruja Conjuradora, llamada Alexis Scott daba inicio a su segundo año. Al terminar su última clase del día, Lexie recogió todas sus cosas y regresó a casa de prisa, pues sus profesores no habían perdido el tiempo y habían asignado pilas de tarea y ensayos de laboratorio complicados que le llevarían muchas horas de trabajo. Por suerte, ya no se le sumaba el peso de tener que aprender a moverse dentro de Manhattan, así que caminó confiada por las calles de la ciudad, con su mochila al hombro.

Su vida había tomado el curso que siempre había deseado.

Mientras iba esquivando Regs rumbo al este con el sol calentando su piel, en su mente, tachaba ítems de su lista de pendientes:

*Leer del capítulo tres al cinco del libro de Biología molecular y celular.*

*Resolver problemas de Cálculos.*

*Intentar la poción de invisibilidad otra vez con esperanzas de que no vuelva a explotar.*

Los Regs que la rodeaban (personas sin magia propia) no sabían que creaba pociones en su apartamento ni que buscar nuevos usos para la magia era su parte preferida de ser una Conjuradora. Estaba decidida a crear la poción de invisibilidad, aunque tuviera que hacer cientos de versiones para llegar a la correcta.

Cuando estaba a mitad de camino, le sonó el teléfono. El número aparecía con el emoji de fuego, pero no tenía idea de quién era. ¿Sería algún compañero de clases? ¿Su compañera de cuarto, Coral, había estado jugando con su agenda otra vez?

—¿Hola? —dijo. Del otro lado hubo una pausa, seguida de una inhalación repentina.

—¿Lexie?

—¿Quién pregunta? —No reconoció la voz, pero era femenina y joven, probablemente de su misma edad.

—Veronica.

—Debes tener el número equivocado. —Se devanó los sesos, pero no pudo relacionar el nombre con la voz.

—¡Espera! —gritó la joven—. Nos conocimos en mayo. Estuve intentando comunicarme con Tori, pero su teléfono no funciona. —Lexie no respondió, entonces la chica bufó del otro lado—. Soy una tonta. Me bloqueó, ¿no?

Esas palabras hicieron que la Conjuradora recordara quién era Veronica y se le erizara el vello de los brazos. Al final del último semestre, en lugar de volver a Chicago, había decidido pasar el verano en la ciudad con sus compañeras de apartamento, Tori y Coral, que también eran Conjuradoras. Durante un fin de semana particular, habían conocido a dos Elementales que estaban de visita con un viaje escolar; Veronica y su amiga (Haidi o Hannah o… algo así) se habían escapado de la habitación del hotel para salir el sábado por la noche. Por desgracia, la Bruja de Sangre que las había estado amenazando durante semanas había vuelto a atacar y había dibujado runas de sangre en el apartamento, Dios sabe con qué intenciones. El recuerdo la hizo estremecer.

Tori había refregado las runas frenéticamente para limpiarlas, hasta que el agua jabonosa de la cubeta se había tornado roja con la sangre de la otra bruja. Al ver la escena, las Elementales habían querido ayudarlas. Tori las había convencido de que era una buena idea dejar que las chicas de Salem se involucraran y, juntas, habían capturado a la Bruja de Sangre. Sin embargo, la situación se había vuelto mucho más *complicada* de lo que habían imaginado. Al menos, esa amenaza ya no era un problema, pero las Elementales habían empeorado mucho las cosas. Por eso, Lexie quería dejar el asunto atrás y no deseaba que una chica casi desconocida lo mencionara otra vez.

—¿Lexie? ¿Sigues ahí?

—¿Qué quieres de nosotras? —sentenció en tono hosco y amargo. Tendría que haber cambiado el número de teléfono. En realidad, no tendría que haber dejado que Tori la convenciera de dárselo a Veronica en primer lugar.

—¿Me escuchaste?

—¿Qué? —Esperó la señal para cruzar la calle ajetreada y habló en voz baja, pues estaba rodeada de Regs.

—Los Cazadores de Brujas regresaron —respondió la chica con voz temblorosa.

El cuerpo de Lexie quedó petrificado en una acera de Manhattan. La luz del semáforo cambió a verde y los Regs la esquivaron para cruzar, ajenos al hecho de que su percepción de la realidad estaba cambiando. Alguien le chocó el hombro y el contacto fue suficiente para que sus piernas volvieran a funcionar.

—¿A qué te refieres con que "regresaron"? —Mantuvo la voz baja, lo que le resultó fácil, ya que apenas podía respirar. Siguió caminando a toda prisa contando las calles hasta su casa, con el corazón galopando en el pecho. Le faltaban dos calles y los cinco pisos hasta el apartamento—. ¿Cómo lo sabes? ¿Qué pasó?

—Intentaron matarnos a Hannah y a mí. —Un escalofrío interrumpió las palabras de Veronica, que tuvo que aclararse la garganta para seguir—. El Consejo no quiere sembrar el pánico, pero creí que debían saberlo. Coral no me atendió, y Tori...

—Tori ya no está con nosotras —dijo con los puños apretados. Las palabras le desgarraron la garganta, le perforaron el pecho y fluyeron como una oleada de vergüenza invisible por su piel.

—Ah. ¿Sabes dónde está? —insistió la chica. Lexie negó con la cabeza al llegar a su edificio, a pesar de saber que la Elemental no podía verla. Una vez que estuvo segura detrás de la puerta, comenzó a subir las escaleras, pensando que, al menos, Tori no tendría que enfrentar esa nueva amenaza—. ¿Lexie?

—No vuelvas a llamarme. —La rabia le revolvía el estómago, pero mantuvo una voz neutral y colgó antes de que la otra bruja pudiera protestar. Una vez en el quinto piso, recorrió el pasillo y abrió la cerradura de la puerta. Dentro de su pequeño apartamento compartido, soltó un suspiro tembloroso mientras dejaba caer la mochila, que provocó un estruendo contra el suelo de madera por los pesados libros que cargaba. Coral estaba en la cocina convertida en taller de conjuros, inclinada anotando símbolos en la página de un cuaderno, al tiempo que una poción borboteaba frente a ella.

—Hola, Lex —dijo mientras se acomodaba un rizo grueso detrás de la oreja. Algo en la expresión de su amiga debió haberla alarmado porque abandonó sus anotaciones de inmediato—. ¿Qué pasó?

Lexie tomó un puñado de tomillo seco y retorció las ramitas entre los dedos. El poder de la hierba palpitaba contra su piel, pues anhelaba ser moldeada y combinada para crear magia pura. Pero no había tiempo para eso, así que la chica miró fijo a su compañera.

—Tenemos un problema.

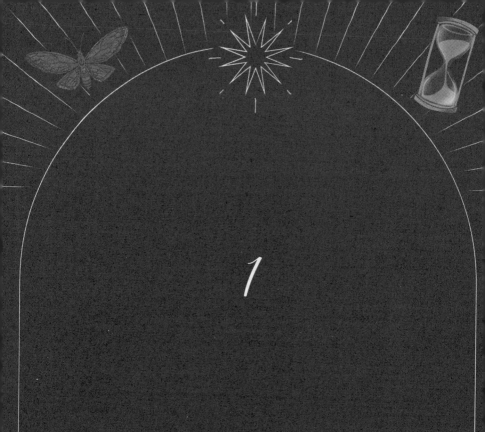

*1*

SUELEN DECIR QUE LA ESCUELA SECUNDARIA ES LA MEJOR ÉPOCA de la vida: un período de descubrimientos y de posibilidades infinitas, en el que se puede probar cualquier deporte o incursionar en distintas formas de expresión artística. Luego, al pasar por el escenario el día de la graduación, se supone que sepamos quiénes queremos ser. Se dicen muchas cosas, pero, sentada en el automóvil de mi padre fallecido, al fondo del estacionamiento para alumnos antes de empezar el primer día de mi último año escolar, no puedo evitar pensar: *patrañas*.

La secundaria Salem High no es un lugar para descubrir quién eres, sino un sitio donde sobrevivir y seguir adelante. Un lugar en donde puedes pasar de ser una celebridad a ser un paria con un solo paso en falso. En especial si eres una chica como yo.

Apago el motor y me miro en el espejo retrovisor para apartarme el flequillo de los ojos. A pesar de que las noticias nunca mencionaron mi nombre, no pasó mucho tiempo hasta que todos descubrieron que la historia de las portadas ("Joven graduado de Salem High, Benton Hall, arrestado por intento de asesinato") era sobre mí. Es probable que todos en la escuela hayan visto las grotescas recreaciones de la hoguera que preparó Benton, en la que nos ató a mi exnovia y a mí a una estaca e intentó quemarnos vivas.

Si alguno de mis compañeros se perdió de la noticia y del escándalo que se desató en las redes a continuación (en donde sí mencionaron mi nombre), estoy segura de que se enterarán apenas pongan un pie en la escuela. Aunque no es que puedan descubrir *por qué* Benton hizo algo así. Los únicos que saben que Veronica y yo somos Brujas Elementales (y que los Cazadores de Brujas quieren matarnos) son los pocos compañeros de aquelarre que asisten a la escuela, mi novia Bruja de Sangre y mi mejor amiga.

Un golpecito agudo en la ventana hace que me sobresalte y por poco me apuñale un ojo al apartar la mano del espejo con brusquedad.

—¡Perdón, Hannah! —La voz apagada de dicha mejor amiga atraviesa el vidrio cerrado, y el tono familiar calma mi corazón acelerado—. ¿Vienes?

—Un segundo, Gemma. —Agarro mi mochila del asiento trasero y exhalo despacio contando hasta diez. *Puedo hacerlo. Estoy bien.* Una vez que mis latidos descontrolados se normalizan un poco, abandono la seguridad del automóvil de mi padre y cierro la puerta al bajar.

Gemma me sigue hacia la escuela, usando su bastón fluorescente para aliviar la presión sobre su pierna. Veronica y yo no fuimos las únicas heridas por los Cazadores de Brujas este verano: Gemma estaba conmigo cuando Benton hizo que mi automóvil cayera por un puente. Él no sabía que ella estaba ahí, pero la puerta le lastimó la pierna. Mi magia fue lo único que pudo salvarnos de morir ahogadas y, luego, no hubo nada que pudiera hacer para ocultárselo. Ella lo vio *todo*, así que no hubo forma de explicárselo.

Sin embargo, si el Consejo descubriera que Gemma lo sabe, sería el fin de mi magia. Y podría ser el fin de su vida también.

A pesar del peligro, poder ser yo misma frente a ella nos acercó mucho. No cambiaría eso, pero sí evitaría el daño permanente de su pierna. Quisiera poder devolverle el sueño de ser bailarina profesional.

*Podría ser peor*, me recuerda una voz interior. *Al menos sigue viva*. Con los ojos apretados, intento combatir el pánico que empieza a crecer y el constante recordatorio que susurra en lo profundo de mi mente: *Papá no sobrevivió*.

—¿Hannah? —Gemma me rescata de ahogarme en el dolor, así que me concentro en el rosa estridente de su bastón. No lo usa todo el tiempo, solo en sus días malos, que suelen ser después de que se presiona demasiado durante la fisioterapia. Cuando levanto la vista, la veo mirándome con el ceño fruncido por la preocupación—. ¿Estás segura de que estás lista para esto?

—Estoy bien, lo juro —afirmo con una sonrisa mucho más radiante de lo que me siento, luego avanzo hacia la horda de estudiantes amontonados frente a la escuela. Bajo la marcha para ir a su ritmo y susurro para que nadie más escuche—. Además, mi mamá desaprobó mi plan de dejar la escuela para luchar contra los Cazadores de Brujas.

—Es una aguafiestas. —Gemma hace silencio mientras atravesamos la multitud y, al mismo tiempo, docenas de conversaciones se apagan cuando aparecemos.

Cuando aparezco *yo*.

Intento sonreír al ver caras conocidas, pero sus cejas en alto muestran tanta lástima que tengo que apartar la vista. No puedo digerir el hambre evidente de chismes que infectó a toda la escuela secundaria. No soporto ver el brillo morboso de curiosidad en sus ojos ni recordar *por qué* me miran como si fuera un inminente accidente de tránsito.

Extrañar a papá es muy difícil y duele demasiado. No puedo pensar en eso. En él. Sin embargo, mientras paso con Gemma entre nuestros compañeros y las conversaciones esporádicas, una pequeña parte de mí quiere saber qué clase de rumores están circulando *exactamente*.

Todos amaban a Benton. Y era, sin dudas, el alumno de último año que provocaba más suspiros entre las chicas. El junio pasado, vi al menos a tres personas llorar cuando él les firmó el anuario. Nadie quería que se fuera a la universidad, pero, ahora que está acusado de intento de homicidio, ¿se pusieron en su contra? ¿O encontraron excusas para perdonar al chico carismático que solían conocer?

Convoco a mi magia, tratando de atravesar la barrera extraña que tengo desde que Benton me drogó para eliminar mi poder, pero se resiste a mi llamado. Me esfuerzo un poco más y le pido al aire que acerque las teorías conspirativas a mis oídos para poder escucharlas. Al presionar demasiado, siento una punzada de dolor a través de la columna, aguda y rápida, así que tropiezo con los escalones de la entrada y tengo que sostenerme del pasamanos para no caer. Las lágrimas me queman los ojos, entonces los cierro para reprimir la vergüenza al tiempo que la magia se desmorona en mi interior. No debería ser tan difícil. Un ejercicio de magia tan ínfimo no debería doler así. Es algo tan insignificante que ni siquiera va contra las reglas del Consejo ya que nadie lo notaría.

–¿Hannah? –Esta vez, no es Gemma la que dice mi nombre, sino Morgan. Siento la vibración de la Magia de Sangre de mi novia en los huesos, que calma el dolor más agudo. Luego la veo ahí, tendiéndome la mano–. ¿Estás bien?

–Sí –afirmo, pero dejo que entrelace los dedos con los míos para subir el resto de las escaleras–. Con ustedes dos alrededor, debería tatuarme "estoy bien" en la frente.

Morgan me lanza una mirada como para decir que sabe que las cosas *no* están tan bien como pretendo fingir que están. Una vez dentro de la escuela, nos lleva al salón de clases, que todavía está vacío.

–No tienes que fingir frente a nosotras, Hannah. Sé que este verano fue difícil para ti.

–Estoy bien –insisto, esforzándome por mantener un tono estable. Lucho por evitar que se me llenen los ojos de lágrimas bajo las luces fluorescentes y empujo el dolor muy profundo, hasta que ya no puedo encontrarlo.

–No lo estás. Tu ritmo cardíaco está por los cielos. –Morgan le lanza una mirada de preocupación a Gem y me da la impresión de que mi mejor amiga y mi novia están por complotarse en mi contra. Esta es una de las desventajas de salir con una Bruja de Sangre (además de las miradas extrañas de mis compañeros Elementales): es imposible ocultarle mis sentimientos cuando, literalmente, puede percibir mi ritmo cardíaco. No puede hacer eso con cualquiera, solo con las personas cuya sangre ha tocado antes. ¿Y si mi aquelarre se enterara de que le permití tocar la mía de forma voluntaria? En ese caso, las miradas serían el último de mis problemas.

Las dos siguen mirándome preocupadas, así que me muevo de un lado al otro, nerviosa.

–De verdad, estoy bien. Me tropecé en la entrada, no es gran cosa. –Choco el hombro de Morgan, con el objetivo de distraerla coqueteando–. No todos tenemos una gracia impecable.

Sus mejillas toman un color rosado muy satisfactorio. En ese momento, la primera campanada de advertencia resuena por los corredores y le da un fin efectivo al interrogatorio. Las tres nos mezclamos entre el flujo de estudiantes para adentrarnos más en la escuela. La presión de los cuerpos que pasan me provoca escalofríos, pero me esfuerzo por ocultarlo, de enterrarlo donde Morgan no pueda percibirlo. Veo a Benton en cada figura alta de cabello negro que encuentro y tengo que acordarme de respirar. El chico que conocí en estos corredores, con el que bromeaba y en quien confiaba, ya no está. Y el Cazador de Brujas en el que se convirtió, el que intentó matarme (cuyos padres asesinaron al mío), se está pudriendo en prisión a la espera de su sentencia. Pensar en eso me causa una nueva oleada de nerviosismo. En menos de un mes comenzará la selección del jurado y doce extraños decidirán su destino. Y el mío.

Gemma se dirige hacia su casillero, entonces busco con qué distraerme.

–¿Estás nerviosa? –le pregunto a Morgan. Es su primer día en Salem High, por lo que estoy segura de que no soy la única que siente como si se hubiera tragado un enjambre de mariposas esta mañana. Ella se encoge de hombros con tanta gracia que me siento como un robot caminando a su lado, con piernas rígidas y expresión mecánica.

–Extraño a mis amigos –admite mientras giramos en una esquina–. Pero podría ser peor. Tengo a Gemma, a Kate y a mis otros compañeros de danzas. –Se acomoda un rizo detrás de la oreja–. Y tú tampoco estás nada mal.

—Eso me agrada. Prefiero ser una novia medianamente aceptable antes que una amiga terrible.

—Sabes que eres genial. —Se ríe mientras sigue los números de los casilleros en sentido ascendente hasta llegar al suyo. Le toma dos intentos ingresar la contraseña correcta, pero, pronto, la puerta se abre con una sacudida violenta.

—Si tú lo dices. —Todavía no me acostumbro a que me haga cumplidos como si tuviera un repertorio inagotable. Apoyada contra el casillero junto al suyo, llevo la mano a mi gargantilla y muevo la turmalina por la cadena de plata delgada. El cristal fue un regalo de mi jefa, Lauren, y luego mi madre lo potenció para aumentar sus poderes tranquilizantes y protectores.

Antes de que mi novia pueda responder, dos chicos dan vuelta a la esquina, caminando hacia nosotras.

—¿De verdad pasaste todo el verano haciendo servicio comunitario? Eso *apesta*, amigo.

—Fue terrible. —Nolan Abbott, estrella del equipo de fútbol y un gran idiota, tiene el descaro de aceptar la compasión de su amigo—. Intenté cumplir las horas en el refugio de animales, pero ese policía estúpido no lo aceptó. Me hizo recoger basura y limpiar grafitis como si fuera un delincuente.

Apenas logro contener la risa, que resulta en un lamentable resoplido. El detective Ryan Archer no solo es el "policía estúpido" que castigó a Nolan por haber lanzado una roca por mi ventana, también es el Brujo Conjurador que me rescató de una muerte horrible. Archer le negó que trabajara en el refugio por pedido mío, ya que no se merecía pasar el verano paseando cachorritos.

Por desgracia, mi pequeño momento de autosatisfacción atrae la atención de Nolan. Cuando levanta la vista y me ve por primera vez, su expresión se vuelve tormentosa.

—¿Hay algo gracioso?

—¿Además de tu cara?

—Un insulto *ardiente* —bufa él—. ¿Benton te lo enseñó cuando te ató al mástil y te prendió fuego?

Sus palabras borran el color de mi rostro y me aflojan las rodillas. Morgan cierra la puerta del casillero de un golpe, se acomoda los libros sobre la cadera y apoya la mano libre en mi espalda baja. Su Magia de Sangre fluye por mis venas y, aunque es imperceptible para los demás, adormece el dolor y el pánico que amenazan con consumirme por completo. Silencia los recuerdos antes de que puedan cobrar forma y deja solo humo a su paso.

—Vamos, Hannah. No vale la pena.

Dejo que me aleje de ahí, pero ni siquiera el poder que fluye en mi interior puede evitar que me tiemblen las manos. *Estoy bien. Estoy a salvo.* Me concentro en respirar: inhalo durante cinco pasos, exhalo durante diez. *Benton está en prisión. Estoy bien.* Para cuando llegamos a mi casillero, los dedos tienen la estabilidad suficiente para ingresar la combinación y guardar mis cosas.

—Ya puedes relajarte —le susurro a Morgan de camino a nuestros salones de clases, que están uno enfrente del otro. Ella ya no está tocándome, pero entiende lo que quiero decirle, porque su magia se disipa y deja que mis nervios alterados se disparen otra vez—. Gracias.

—¿Estás segura de que estarás bien? —Muestra una ligera sonrisa.

—Sí, lo prometo. —Retrocedo en dirección a mi salón, al tiempo que los últimos rezagados pasan entre nosotras—. ¿Te veo en tu casillero antes del almuerzo?

Ella asiente con la cabeza y luego entra a su clase con la última campanada. Yo hago lo mismo antes de que el sonido se apague y, de inmediato, todas las miradas están sobre mí. El silencio está cargado de expectativas. Exhibo una sonrisa forzada mientras recorro el pasillo en busca de un lugar cerca del fondo y voy sintiendo tensión en todo el cuerpo por la atención de mis compañeros. De todas formas, mantengo la espalda erguida y me recuerdo que debo respirar y que no tengo que sentir con demasiada intensidad. Escondo las manos temblorosas debajo del escritorio.

*Estoy bien. Puedo hacer esto.*

Si pude sobrevivir a los Cazadores de Brujas, puedo sobrevivir a la secundaria.

AL FINAL DE UNA SEMANA CORTA DE TRES DÍAS, YA LOGRÉ ENTRAR en el ritmo de la escuela. Que no haya tenido un colapso nervioso épico redujo las miradas acechantes a vistazos curiosos, y las personas dejaron de quedarse en silencio cada vez que entro a una habitación.

El viernes, mientras que todos mis compañeros se preparan para pasar el primer fin de semana emborrachándose en la casa renovada de Nolan, yo llevo a Gemma a un lugar que no esperaba visitar este año: el Caldero Escurridizo.

Después de todo lo que pasó este verano, no pude volver al trabajo. Por mucho que me agradara mi jefa, Lauren, y la libertad de tener un salario, no podía cumplir con mi horario y combatir a los Cazadores de Brujas al mismo tiempo. Tenía que renunciar a algo. Pero en el almuerzo, cuando Gemma se quejó de que su madre no iba a poder llevarla al Caldero, en donde estudia Wicca con Lauren, vi una oportunidad que no podía desperdiciar.

Cal, mi excompañero y agente principiante del Consejo, trabaja ahí casi todos los viernes después de sus clases en la Estatal de Salem. Si logro convencerlo de que deben dejarme formar parte de la lucha, quizás él pueda persuadir a los demás. Mi madre no podrá detenerme si todo el Consejo quiere que me una. No podrá evitar que destruya a las personas que nos lastimaron; empezando por los padres de Benton. Los Hall han podido evitar ser capturados por la policía y por el Consejo, pero planeo estar ahí cuando los atrapen.

Presiono la piedra que Lauren me regaló después de la muerte de mi padre para intentar absorber su poder. *No murió, fue asesinado*, me corrige una voz en mi cabeza, mientras que algo helado repta por mis venas. Odio, quizás. Dolor.

Cuando llegamos al estacionamiento, Gemma está inquieta en su asiento.

—¿Estás segura de que no te molesta que haga esto? —Es la quinta vez que me lo pregunta desde que empezó a tomar lecciones durante el verano, pero su tono es más ansioso. Probablemente se deba a que es la primera vez que entraremos juntas a la tienda.

No le respondo al instante porque estoy concentrada en estacionar y, además, no estoy segura de cómo me siento con respecto a que estudie Wicca. No es asunto mío y me alegra que haya encontrado una religión con la que se sienta identificada, pero igual es… un poco raro.

—No me molesta —respondo por fin una vez que el automóvil está estacionado y ya no tengo excusas para retrasarlo.

—Bueno, no suenas muy convincente. —Gemma toma su bolso y

baja conmigo–. Si te molesta, podría haber conseguido que alguien más me trajera.

–No era necesario. De verdad, no me molesta. –Recorremos aceras estrechas atestadas de turistas, que ya están buscando túnicas negras y sombreros de bruja aunque todavía faltan dos meses para Halloween. El sol todavía es tan intenso que me corre sudor por la espalda. Frente a la tienda, mientras tenemos que esperar a que cambie la luz del semáforo para cruzar, intento convencer a mi mejor amiga de que todo está bien otra vez–. Te juro que no estoy enojada, Gem. Es solo que tuve un dilema "iglesia-estado" con esta clase de cosas. Es extraño traerte aquí en lugar de al estudio de danzas.

Ella asiente y aparta la vista sin decir nada, por lo que me regaño internamente. Siempre se pone así cuando Morgan o yo mencionamos las clases de danzas. Antes del accidente, mi amiga vivía para bailar ballet, danza moderna y tap. Tenía una singular combinación entre talento innato y la motivación para trabajar más duro que cualquiera. Podría haber ingresado al conservatorio que quisiera, y su sueño de bailar en Broadway no estaba en discusión. Pero todo cambió cuando el guardarraíl atravesó la puerta del automóvil y le rompió la pierna. A pesar de que es joven y se esfuerza en fisioterapia, los médicos no le dieron muchas esperanzas de que vaya a recuperarse a tiempo para audicionar este año. Si es que alguna vez se recupera.

Antes de que pueda disculparme, la luz del semáforo cambia, así que seguimos a la multitud para cruzar la calle. Cuando empujo la puerta, el sonido familiar de las campanadas me hace sonreír mientras dejo que el aroma tranquilizador a lavanda me guíe por la tienda. Veo a Lauren detrás de la caja, en el mostrador que convirtió en una clase de altar. En el centro hay estatuillas de madera del Dios Astado y de la Triple Diosa con tallados hermosos, acompañadas por velones plateados y dorados encendidos junto a la deidad correspondiente. Incluso al otro lado de la tienda, puedo sentir cómo el calor de las pequeñas llamas acaricia mi piel. Intento ignorar las sensaciones, pero persisten hasta que no puedo bloquearlas más y, de repente, me encuentro en el bosque otra vez, con las piernas atadas a un mástil. No puedo moverme. No puedo respirar. El fuego presiona mi piel en busca de una forma de atravesar mi poder Elemental comprometido. Los pulmones se me llenan de humo, las lágrimas me nublan la visión al tiempo que la oscuridad me invade y...

—Hannah. —El susurro ansioso de Gemma me devuelve al presente y también siento sus dedos fuertes en la cintura—. ¿Estás bien?

—Sí. —Apenas logro responder; la palabra raspa como si fuera una roca arenosa sobre mi lengua. Me froto los ojos con las manos. Venir aquí fue un error. Necesito a Morgan; mis nervios están muy descontrolados y expuestos sin ella.

*No.* Meto los recuerdos dentro de una caja mental y la cierro con llave. *Puedes con esto. Si quieres pelear, debes estar bien. Busca a Cal.* La tensión desaparece de a poco, pero me mantengo alejada de las velas de todas formas.

Cuando Lauren se da vuelta, su rostro se enciende al vernos en la entrada.

—Hannah, no esperaba verte. —Se acerca llena de calidez y preocupación. Ella no es miembro de un Clan, pero, como Alta Sacerdotisa Wicca, tiene sus propios poderes. Son diferentes a los nuestros, menos dramáticos, pero reales. La clase de poderes que a Gem le emociona tanto dominar—. ¿Cómo estás?

—Bien. —Me encojo de hombros y, una vez más, toco la gargantilla sin pensarlo. La mirada de Lauren baja hacia la turmalina que me regaló y una sonrisa amarga se dibuja en sus labios.

—Te extrañamos. Sabes que serás bienvenida cuando quieras volver.

—Gracias —respondo sin comprometerme a nada. Me enterneció, pero no me imagino volviendo al trabajo mientras haya Cazadores que combatir.

—Ahora, Gemma —agrega ella para cambiar de tema—, ¿estás lista para hablar sobre la rueda del año?

Gemma me lanza una mirada antes de asentir, seguirla hacia la parte trasera de la tienda y desaparecer con ella en la sala de lectura. Suele usarse con los clientes de tarot, pero Lauren también la usa con sus estudiantes.

Una vez que desaparecen, voy a buscar a Cal. Lo encuentro del lado opuesto, con su camiseta anaranjada del Caldero, vaqueros oscuros y unas Converse blancas y negras. Se rasuró los costados de la cabeza desde la última vez que lo vi, pero sigue teniendo un jopo perfecto de cabello rubio. Está ocupado reponiendo las pociones y los ingredientes envasados a mano que Lauren bendijo, pero se detiene para darme un fuerte abrazo cuando me ve. Luego se aleja y noto las ojeras que resaltan en su piel pálida.

—¿Estás bien? —Apenas termino la pregunta, me hace estremecer porque sé mejor que nadie lo irritante que puede resultar.

—Estoy bien. ¿Por qué lo preguntas? —responde mientras toma otro paquete de hierbas que dice "para la prosperidad".

—Luces como si no hubieras dormido en semanas. —Me ubico junto a él, levanto una bolsa negra brillante que promete protección suprema y paso un dedo sobre el pentáculo dorado estampado debajo de las palabras—. ¿Todo va bien con ya sabes qué?

No tuve muchas noticias del Consejo, pero sé que planean destruir la droga que me dejó temporalmente sin magia junto con todas las investigaciones que hayan hecho para conseguirla. De alguna manera.

Cal mira hacia atrás para asegurarse de que no haya nadie cerca que pueda escucharnos. Luego acomoda unas pociones para "abrir el ojo interior", vuelve a cerciorarse y se acerca a mi oído.

—Sí. De hecho, habrá una redada esta noche.

—¿De verdad? ¿En dónde?

—Descubrimos donde fabrican la droga. En Boston, hay un equipo a cargo de infiltrarse y destruirla. —Una luz de esperanza atraviesa sus ojos, mientras que una mezcla confusa de emoción y desilusión fluye dentro de mí. Sé que era una esperanza irracional, pero quería participar en lo que fuera a ocurrir. Quería ser yo quien destruyera la droga que cambió mi vida por completo.

—¡Eso es fantástico! —El entusiasmo suena falso incluso para mí. Cal asiente, pero deja de sonreír.

—Archer y yo queríamos ir con ellos, pero nos ordenaron que siguiéramos vigilando a su aquelarre en caso de que hubiera un contraataque.

—¿Qué pasará cuando la droga desaparezca? —Una oleada de temor hace que me tiemblen los dedos. Busco otra bolsita negra, una que promete animar las cosas en la cama, y la aprieto para controlar el temblor—. ¿Hay algo que pueda hacer? —En mi mente, cruzo los dedos con la esperanza de no sonar tan desesperada como me siento. Pero Cal niega con la cabeza y acaba con mi idea de convencer al Consejo.

—Los Mayores aún están discutiendo qué hacer en la segunda fase —dice. Luego debe confundir mi pánico ante la mención de los Mayores por confusión, porque explica—: Destruir la droga es la fase uno. La fase dos es neutralizar a los Cazadores.

Asiento con la cabeza, aunque todavía estoy conmocionada por el recordatorio de que los Mayores están involucrados en esto. Son tres en el Consejo, uno por cada Clan, y tienen la última palabra en todos los asuntos mágicos. Nadie que no pertenezca al Consejo puede conocerlos, a excepción de que haya violado nuestra ley más sagrada: no revelar la magia ante un Reg.

Como yo hice con Gemma.

Me recorre un escalofrío cargado de miedo al recordar que la mayoría de las brujas que se enfrentan a ellos no salen con su magia intacta. Después de colgar la bolsa de hierbas benditas, me aclaro la garganta.

—¿Y cuál es el plan para más adelante? ¿Sabes qué opciones están considerando?

—Nada concreto. Se habló de encarcelamientos, de vaciamiento de recursos financieros, de algunos asesinatos estratégicos. —Hace una pausa cuando yo suelto un jadeo involuntario—. Intentan borrarnos de la Tierra, Hannah, no es como si pudiéramos invitarlos a tomar el té para tener una charla cordial.

Los músculos diminutos que rodean mis ojos se tensionan y percibo cómo mi expresión se vuelve dura. Se forman palabras punzantes en mi garganta, pero controlo la amargura lo mejor posible.

—Créeme, Cal, recuerdo muy bien lo que Benton me hizo. Sé que no escucharan nada de lo que les digamos. —Aún escucho la voz de Benton como si hubiese sido ayer. Me llamó "monstruo" y dijo que quería convertirme en una verdadera humana al arrancarme todo lo que me convertía en una Elemental. Luego, me maldijo por haber arruinado sus planes e intentó quemarme viva. Apoyada contra los estantes, suspiro—. Desearía que existiera un botón de reinicio que pudiéramos presionar para hacerlos desaparecer. O que pudiéramos regresar en el tiempo y evitar que descubrieran la magia en primer lugar.

—Pensaremos en algo, lo prometo —asegura él y me rodea por los hombros. Entonces, me apoyo en su abrazo y me insto a creer en él.

○ ◗ ● ◖ ○

Mientras espero a que Gemma termine su clase, llega demasiada gente a la tienda como para que siga conversando con Cal, así que deambulo por los pasillos y acomodo velas a la espera de otra oportunidad. Tengo que ser más directa, ya que preguntar si el Consejo necesitaba ayuda no tuvo el efecto deseado. Sin embargo, para cuando mi amiga termina, aún no encontré el momento indicado.

Gemma emerge del salón privado de Lauren llena de energía, pero su sonrisa desaparece cuando me ve.

—¿Por qué tienes Cara de Veronica?

—No es así. —La fulmino con la mirada cuando unos turistas nos miran raro—. No existe la "Cara de Veronica".

—Tienes el ceño fruncido —comienza, con una mano en alto para enumerar sus argumentos—. Estás enfurruñada y luces como si alguien hubiera pateado a un cachorro. Es tu clásica expresión post rompimiento. —Con eso, jadea ligeramente y se acerca con sus muletas—. No rompiste con Morgan, ¿o sí?

—Morgan y yo estamos bien —le aseguro. Aunque suene extraño, también estoy bien con Veronica por estos días. Después de todo lo que pasó con Benton este verano (que la haya secuestrado, que me haya atrapado cuando intentaba rescatarla y que ambas estuviéramos a punto de morir), decidimos darle un nuevo comienzo a nuestra amistad.

Una amistad con la sabiduría de los errores que cometimos siendo novias, pero no definida por ellos. O, al menos, ese es el objetivo.

—Bueno, pero algo te pasa —insiste Gem—. Sabes que puedes confiar en mí.

—Lo sé, pero no podemos hablar aquí. —Los sentimientos encontrados de emoción y decepción vuelven a dispararse. Debería estar feliz por la redada de esta noche. Ninguna bruja tendría que pasar por lo que yo viví, pero me gustaría ser parte del operativo. Desearía poder ser yo quien destruya la droga que me robó la magia y me la devolvió rota.

La vergüenza renace en mi pecho al pensar en eso y usa mis costillas como parque de diversiones. La droga solo tuvo ese efecto en *mí*; la magia de Veronica reapareció en pocas semanas. No entiendo por qué la mía es casi imposible de alcanzar y, cuando logro esforzarme lo suficiente para percibir los elementos, es demasiado doloroso. No entiendo por qué tres de los elementos están tan lejos de mi alcance, mientras que el fuego más pequeño domina mi atención y penetra mi lucidez como si fuera un cable pelado sobre la piel desnuda.

—Hannah...

—Gemma... —Imito su tono de preocupación y solo logro que me mire con el ceño fruncido—. Hablaremos después, te lo prometo. ¿Estás lista para irnos?

—Quiero conseguir alguna amatista antes —responde, negando con la cabeza—. Lauren dice que puede ayudar a potenciar mis lecturas de tarot.

Miro en dirección a la caja, en donde Lauren exhibe la joyería de cristal hecha a mano. Las velas de las deidades arden sin cesar y me hacen vacilar.

—Si no te importa, te espero aquí. —Espero que no perciba el miedo que hace temblar mi voz. Pero mi mejor amiga me lanza una mirada curiosa, señal de que *definitivamente* sí lo notó.

—Volveré enseguida —promete.

A mis espaldas, tintinea la campana de la puerta, entonces volteo por reflejo a ver quién entró. Es un chico blanco que parece tener mi edad, de cabello castaño y lacio, y ojos color avellana detrás de unas gafas de montura gruesa. No es la clase de chico que espero ver entrar a un lugar así; usa pantalones color caqui y una camiseta tipo polo color café. Recorre el lugar con la mirada, y algo destella en sus ojos cuando me ve. Luego saca su teléfono móvil, toca la pantalla y vuelve a fijar la vista en mí.

El estómago se me retuerce de los nervios.

Cal aparece desde otro pasillo y se acerca al chico de cabello castaño.

—¿Puedo ayudarte?

—En realidad… —Él ni siquiera mira a Cal porque está demasiado ocupado pasando la vista de su teléfono a mí—. Creo que ya encontré lo que buscaba. —Otro cliente llama a Cal y, una vez que está ocupado, el visitante cubre la brecha que lo separaba de mí—. Eres Hannah Walsh, ¿cierto?

—Lo siento, te equivocas de chica. —Oír mi nombre en sus labios me pone tensa, así que lo esquivo en dirección al pasillo de libros. Al diablo con las historias nuevas: Seguro está mirando una fotografía en los artículos de Internet. Me pregunto qué periódico o aspirante a bloguero de investigación difundió que yo trabajo aquí.

Que *solía* trabajar aquí.

El chico de cabello castaño aparece por el otro extremo del corredor, con una sonrisa despreocupada en los labios. Tiene una postura abierta y relajada, como si estuviera acostumbrado a salirse con la suya.

—Entonces, *No Hannah*, asumo que no te interesa saber que los abogados de Benton Hall planean alegar defensa propia. —Hace una pausa. Sus palabras son como hielo en mis venas—. Si no eres tú, supongo que no te importa que planeen exponer todos los aspectos de la vida privada de Hannah. Es posible que incluso llamen a su nueva novia para testificar.

—¿Qué quieres de mí? —Giro hacia él—. ¿Cómo sabes sobre ella?

—Soy reportero —dice y se encoge de hombros—. Saber cosas es mi trabajo. —Sigue jugando con su teléfono—. De hecho, me sorprende verte aquí. Creí que habías renunciado.

—Si eso creías, ¿qué haces aquí? ¿Siquiera tienes edad para ser reportero?

—No existe un límite de edad para el talento. Además, todo buen reportero conoce el valor de la investigación. Esperaba poder conversar con tus excompañeros, pero, ya que estás aquí... —Abre una aplicación para grabar voz en su teléfono y lo apunta hacia mí—. ¿Quieres hacer una declaración? Puedes adelantarte a la noticia y humanizar tu imagen antes de que te tilden como la *verdadera* villana.

Esas palabras me dejan la garganta seca. No puedo descifrar a este chico, no sé si quiere ayudarme o pintarme como la villana él mismo. Hay algo en él que me pone en alerta. Tiene una mirada demasiado atenta, como si intentara armar un rompecabezas difícil en lugar de hablar con una persona real.

Un temblor me sacude los huesos.

—Vamos, Hannah. —El joven reportero sonríe con soberbia mientras se apoya en una estantería—. ¿No quieres contar tu lado de la historia? Todo el mundo quiere saber lo que en verdad eres.

—¿Qué dijiste? —Mi mirada se dispara hacia él.

—Bueno, está bien. Quizá no sea todo el mundo, pero mis lectores quieren saber lo que te pasó. —Me acerca su teléfono—. ¿Tienes alguna declaración? Tal vez podamos hacer una cita con tu nueva novia. Morgan, ¿no?

Niego con la cabeza porque eso no fue lo que dijo. *¿Quieres saber qué soy? Una bruja. Una Elemental rota, de duelo porque ya ni siquiera puede mantener su agua fría*, pienso.

—Me enfureces. Estoy cansada de los buitres como tú que intentan usar mi historia para tener visitas en sus estúpidos blogs.

—No es un blog.

—Sal de aquí.

—Ya no trabajas aquí. —Su voz es baja, pero se arremolina por mi columna, cargada de violencia. Luego se endereza para mirarme desde arriba—. No puedes echarme.

—Entonces apártate de mi camino. —Lo esquivo, pero me sujeta de la muñeca para evitar que salga. Doy la vuelta al tiempo que una furia teñida de pánico asciende hacia mi garganta—. Déjame ir.

—¿O qué harás? —Aprieta más fuerte y retuerce mi brazo. Chillo.

—¿Qué demonios está pasando? —La voz de Gemma resuena entre los dos, que nos damos vuelta y la vemos al final del pasillo. Debe notar el miedo en mi rostro, porque grita llamando a Lauren. En ese momento, el chico suelta una sarta de improperios y me empuja lejos de él.

—Esto no se terminó —afirma mientras se guarda el teléfono en el bolsillo de los pantalones caqui—. No está ni cerca de terminar. —La furia de su expresión es tan grande que me deja sin aliento. Me mira como…

Como lo hacía Benton. Como si fuera un monstruo.

Lo veo alejarse, confundida y desorientada por toda la situación. Estoy segura de que es uno de los fanáticos de Benton de Internet, a los que Gemma siempre me advierte que debo evitar. Cuando Lauren llega, él ya no está. Ella revisa el corredor y nos mira a ambas.

—¿Todo está bien? —pregunta.

—Sí —respondo mientras me froto la muñeca—. Estoy bien. Solo fue un reportero demasiado entusiasta —miento. Ahora que se fue, no hay necesidad de hacer que Gemma se preocupe.

—Deben saber que no está bien acosar a una menor —protesta Lauren—. Los he echado de aquí por semanas. Lo siento.

—Está bien. —Dudo que él fuera de algún medio legítimo, pero sonrío de todas formas—. Pero debería irme.

—Claro. —Ella me ofrece un abrazo, que acepto, y disfruto de su calidez. Me sorprende lo mucho que extrañé su presencia tranquila y terrenal. Gemma me observa con detenimiento, pero no dice nada mientras estamos en la tienda. Antes de salir, saludo a Cal en la caja.

—¡Cuéntame cómo resulta esta noche!

Él responde con un pulgar en alto, pero vuelve al trabajo de inmediato. Tal vez pueda enviarle un mensaje mañana después de la redada. Si logran destruir la droga, podré pedirle que abogue por mí en el Consejo. *Tiene* que haber algo que pueda hacer para pelear.

Afuera, Gemma guarda silencio hasta que estamos encerradas en el automóvil de mi padre, lejos de los turistas cercanos.

—¿Qué demonios fue todo eso?

—Nada más que otro reportero obsesionado con el peor momento de mi vida —digo, a pesar de que estoy segura de que había algo fuera de lugar en ese chico. Si no es parte del Club de fans de Benton, debía tener algún plan.

Enciendo el automóvil y me hundo en el cuero suave y tibio. El aire acondicionado hace que el aromatizante preferido de mi padre (de pino y lluvia fresca) vuele hasta mi rostro, y la esencia me hace volver en el tiempo. A mi padre llevándonos a Veronica y a mí al centro comercial antes de que tuviéramos vehículos propios. A la primera charla sobre sexo, con los resultados de Google a la búsqueda "sexo seguro entre lesbianas" abiertos en la pantalla como ayuda memoria.

El recuerdo me provoca una sonrisa, a pesar de que fue mortificante en su momento.

—¿Estás segura de que estás bien?

—Comenzaré a cobrarte un dólar por cada vez que me preguntas eso. Estoy *bien*, Gem. Un chico idiota con una grabadora es el menor de mis problemas. —Arranco y voy camino a la casa de mi amiga. Al pasar junto al cementerio, el corazón se me retuerce y debo resistir el dolor que amenaza con nublarme la vista. Resuena un coro que grita "no es justo, no es justo, no es justo", en mi mente, pero no puedo dejar que los pensamientos me dominen. No puedo permitirme extrañarlo porque eso me derrumbaría por completo.

Gemma me toma la mano y la presiona sin decir nada. No tiene que hacerlo, así que solo la correspondo y contengo las lágrimas. Pero después de dejarla en su casa, ya no puedo evitar llorar. El mundo está borroso y, al llegar a mi destino, me siento perdida.

Este lugar no es mi hogar. Mi casa fue otra víctima del reinado del terror de Benton en contra de mi aquelarre; sus padres Cazadores la incendiaron. Ese día, perdí a mi padre y todo lo que él había tocado alguna vez. La mecedora en la que solía leerme historias; mis dibujos infantiles que tenía pegados por toda la oficina; el grimorio familiar con su caligrafía intrincada y apretada. Todo se ha ido y nunca regresará.

# 3

AL DÍA SIGUIENTE, TENGO MI PRIMERA REUNIÓN PREPARATORIA con la jefa de mi padre, la fiscal de distrito Natalie Flores, que volvió de su licencia por maternidad y está a cargo del caso contra Benton. El juicio de fin de mes es inminente (en *veinticuatro días*), así que no podemos retrasar más los preparativos.

La fiscal Flores me entrena para el interrogatorio haciendo preguntas sobre Benton y los eventos que llevaron a mi captura. Es difícil pronunciar las palabras, y vivir con recuerdos dolorosos que se apoderan de mi memoria con cada pregunta, mucho más.

"Veronica y tú no recibieron tratamiento por quemaduras. ¿De verdad Benton comenzó un incendio en el bosque?".

"¿Por qué fuiste a la casa de Benton esa noche?".

"¿Sabías que era él contra quien habías luchado en la casa de Veronica más temprano ese verano?".

Y así siguió. Cuando el interrogatorio termina, siento llamas fantasmas que acarician mi piel y que mi interior está totalmente retorcido.

—¿Supieron algo sobre la búsqueda de los padres del chico? —pregunta mi madre antes de que nos vayamos.

—La policía está siguiendo todas las pistas —asegura la fiscal, pero mi madre y yo hemos pasado suficientes años escuchando a mi padre como para saber que eso significa que no tienen nada.

En el automóvil, mi madre intenta tomarme la mano, pero me retraigo sin pensarlo.

—Perdón —me disculpo y me abrazo a mí misma—. Eso fue... demasiado, mamá. —Vuelvo a estremecerme por los recuerdos: las manos de Benton cerradas sobre mis brazos mientras me arrastraba hacia la hoguera. La fuerza con la que me cargó sobre su hombro cuando intenté detenerlo.

—Lo sé, Han. —La temperatura del automóvil desciende un poco. Mi madre enciende el motor y se mezcla en el tráfico—. Desearía saber cómo mejorar la situación o cómo evitar que tengas que hacer esto. —Nos detenemos en el semáforo y me mira—. ¿Helado?

—Podría comer helado. —Una sonrisa curva mis labios. Ella enciende las balizas para parar en nuestro puesto de helados preferidos, uno de los pocos que sigue abierto después del Día del Trabajo—. ¿Puede venir Morgan después?

Al principio, no responde nada. Todavía no superó el hecho de que mi novia sea una Bruja de Sangre, a pesar de la campaña #notodaslasBrujasdeSangre que difundo en casa. No le dijo nada incómodo a Morgan al respecto y las reglas siguen siendo las mismas que cuando salía con Veronica, pero aún percibo un rastro de miedo y de dudas siempre que la llevo a casa. Parte de mí quiere creer que son sus tendencias de madre sobreprotectora que se potenciaron después de lo que pasó en verano, pero otra parte de mí sabe las mismas historias de terror sobre Brujas de Sangre que ella. Esa parte sabe que esas creencias no desaparecen sin trabajo duro. Sin embargo, luego me sonríe con alegría.

—¡Por supuesto! Puede quedarse a cenar si quieres.

Antes de que termine de hablar, ya le estoy escribiendo un mensaje a Morgan, que no responde hasta que terminamos el helado; menta con chispas de chocolate para mí, chocolate moka para mi madre.

**MH: ¡Perdón! Recién llego de danzas.**

**MH: ¿Cómo estuvo la reunión?**

HW: Bien…

Tres puntos suspensivos aparecen y desaparecen varias veces de la pantalla. Antes de que llegue una respuesta, mi madre ya está subiendo a la entrada de casa.

**MH: En un rato estaré ahí.**

Ya aprendí que un *rato* de Morgan puede durar entre cinco minutos y una hora, así que empiezo a limpiar mi habitación frenéticamente; arrojo la ropa sucia dentro del armario y armo la cama. Por un momento, considero llevar la ropa a la lavadora, pero suena el timbre.

Un revuelo de nervios me cosquillea por toda la piel de camino a la entrada.

—Quédense en la sala —grita mi madre desde la cocina—. ¡Nada de puertas cerradas!

—¿Por qué no lo dijiste antes de que limpiara mi habitación en un ataque de pánico? —replico.

—¡Eso es bueno para ti!

Bufo y miro mi reflejo en el espejo del corredor. No sé por qué me molesto: soy un desastre. Morgan vuelve a tocar el timbre, así que le abro de una vez. El primer vistazo que tengo de ella me deja sin aliento y casi me provoca envidia: viste un par de vaqueros de tiro alto y un suéter gris holgado. Todavía tiene el cabello pelirrojo húmedo por la ducha, recogido en un rodete descuidado sobre la cabeza. Todo en ella es confortable de todas las formas en que lo necesito ahora. Sus mejillas se tornan rosadas cuando me mira desde el porche. El pequeño escalón de la entrada me hace unos centímetros más alta que ella, por lo que me mira hacia arriba a través de las pestañas.

—Tu corazón está acelerado —dice con voz suave.

—¿Sí? —No lo había notado, pero ahora siento que se acelera aún más. Mis mejillas se acaloran por la vergüenza hasta que estoy segura de que combinan con las suyas—. ¿Qué te puedo decir? —susurro en un intento de sonar indiferente, pero fallo por completo—. Verte le provoca cosas locas a mi corazón. —Me estremezco apenas pronuncio esas palabras. Salir con ella me volvió mucho más cursi de lo que fui con Veronica, pero a ella no parece molestarle. La comisura derecha de sus labios se eleva cuando exhibe una bolsa pequeña, cuyo contenido tintinea.

—Creí que te vendría bien un día de spa.

—Eres increíble. —Le doy un beso fugaz en la mejilla antes de guiarla hacia la sala. Empezamos por las mascarillas faciales que trajo y, una vez que se secan, nos tomamos fotografías y vemos quién puede poner la expresión más tonta limitadas por la arcilla seca. Después, publico las mejores en Instagram–. Es una lástima que no pueda etiquetarte.

Sus padres la obligaron a eliminar todas sus redes sociales después de lo que sucedió con Riley, su exnovio que resultó ser un Cazador de Brujas. Él fue la razón por la que se mudaron de Minnesota a Salem.

–Vamos a lavarnos antes de que el rostro se nos convierta en piedra. –Se levanta y me ofrece una mano.

Pasamos el resto de la tarde viendo películas mientras nos pintamos las uñas mutuamente. Yo le dibujo florcitas y le cuento todo sobre mi reunión con Natalie Flores. Ella pregunta si Veronica va a testificar, entonces debo admitir que no estoy muy segura. No creo que tenga opción, así que la fiscal debe estar haciendo videollamadas con ella para prepararla, dado que se fue a la Universidad de Ítaca en agosto. Luego, mientras ella pinta las mías de un azul claro brillante, le cuento sobre la redada que debía llevarse a cabo anoche y que la droga de los Cazadores, la que puede eliminar la magia de una bruja de forma temporal, ya tendría que estar destruida.

Le envío un mensaje a Cal para preguntarle al respecto, pero para cuando la película termina, todavía no recibí respuesta. Ya que mi madre desapareció en su habitación para calificar trabajos prácticos, pongo las noticias en la televisión. Por su parte, Morgan hace que me siente en el suelo delante de ella para poder trenzarme el cabello. Mientras lo hace, su Magia de Sangre fluye por mis venas, liberando la tensión residual que dejó mi reunión con la fiscal Flores. Pero hace más que eso: me tranquiliza, me pone los pies sobre la Tierra. Siento el aire en los dedos, que se arremolina y danza sin esfuerzo ni dolor.

El alivio por poco me hace llorar.

—¿Puedo preguntarte algo? —pregunto al tiempo que coloca una banda elástica al final de la trenza.

—¿Sobre qué? —Vuelve a reclinarse sobre los almohadones al terminar el trabajo.

—Sobre cómo funciona tu magia. —Me acomodo en el borde del sofá junto a ella y mido mis palabras. Deseo tanto saber todo sobre ella y comprender por qué su magia afecta a la mía, pero no quiero herir sus sentimientos haciendo una pregunta equivocada. Hay muchas cosas que todavía no sé sobre las Brujas de Sangre. ¿Y las que sé? Es difícil distinguir cuáles se basan únicamente en estereotipos.

—¿Qué quieres saber? —insiste cuando paso demasiado tiempo en silencio. Su expresión es cuidadosamente neutral.

—¿Es… instintiva? Por ejemplo, ¿sientes los latidos de mi corazón siempre que estoy cerca o tienes que escucharlo? ¿Y ahora? ¿Estás haciéndome sentir tranquila a propósito o sucede de manera natural?

Morgan baja la vista y frunce el ceño. Después de un momento, el palpitar constante de su magia desaparece de mi interior y un dolor sordo surge en mis costillas. Libero el control del aire de inmediato y, al dejar ir la magia, el dolor también desaparece.

—Creo que es un poco de ambas —responde al final y vuelve a mirarme—. A veces lo hago a propósito, como el primer día en la escuela cuando estabas tan estresada por haber visto a Nolan. Pero ahora no me había percatado de que mi magia estaba afectándote. Si no te agrada, puedo evitarlo.

—¡No! —digo, quizás un poco rápido—. No tienes que evitarlo. Es… —*Lo único que logra que mi magia funcione*—. Es agradable.

—¿No crees que sea escalofriante?

—Claro que no. —Tomo su mano y entrelazo nuestros dedos. Así, nos acomodamos en el sofá a ver las noticias. Un meteorólogo pronostica tormentas para comienzos de la próxima semana, y ella se acerca para apoyar la cabeza en mi hombro.

—Por cierto, no puedo escuchar tu corazón. Lo siento como un segundo pulso junto al mío, más que nada en las muñecas, y solo cuando estás cerca. —Gira para besarme en el cuello y vuelve a usar mi hombro como almohada con una risita—. Tus latidos siempre se detienen cuando hago eso.

—¡Oye, eso es trampa!

—¿Por qué? Tú tienes más experiencia besando chicas. Aprovecharé cualquier ventaja posible.

Me rio y me acerco para besarla, pero todo mi cuerpo se queda helado cuando la imagen de Benton aparece en la televisión. Ver su fotografía sonriente de la graduación hace que retroceda. Ya debería estar acostumbrada a esto; nunca muestran la fotografía de su arresto, siempre es el chico sonriente e inmaculado. Por eso mi madre intentó prohibirme que viera las noticias.

—¿Subes el volumen? —Señalo el mando a distancia, y Morgan obedece.

—Se espera que el juicio por jurados contra el joven graduado de la secundaria Salem High, Benton Hall, comience el trece de septiembre —relata la presentadora—. Está acusado del secuestro e intento de homicidio de dos adolescentes de su localidad: su excompañera de curso Veronica Matthews y una alumna del último año de la misma escuela. Fuentes cercanas al joven indican que planea declararse inocente de todos los cargos. Jenny Cho tiene más información al respecto.

La imagen del estudio se desdibuja, reemplazada por una toma del palacio de justicia en donde será el juicio. La cámara gira hacia la derecha, en donde la reportera espera con un micrófono en mano.

—Gracias, Shannon. En pocas semanas, la fiscal de distrito de Salem, Natalie Flores, llevará el caso más inusual desde los juicios a las brujas del siglo diecisiete. Se han despertado especulaciones, tanto en el ámbito legal como entre el público general, acerca de que el acusado, Benton Hall, es un cazador de brujas moderno.

Me estremezco a pesar de que no es la primera vez que escucho esa teoría. Fue popular en las redes sociales al principio; se colaron cientos de memes sobre quema de brujas en mi perfil antes de que Gemma bloqueara todos los términos relacionados. Hace unas semanas, otro medio de noticias más legítimo también comenzó a difundir la teoría.

Al otro lado de la sala, la puerta de la habitación de mi madre cruje al abrirse y luego vuelve a cerrarse de un golpe. Apago las noticias antes de que me atrape mirándolas, pero no se acerca a nosotras. En cambio, oigo el resonar de ollas y sartenes cuando comienza a preparar la cena. Estoy a punto de preguntarle a Morgan si quiere que vayamos a mi habitación cuando oigo que algo se rompe.

—¿Mamá? —pregunto desde el sofá. Suena el timbre en ese momento, así que me pongo de pie para ver quién es—. Yo voy. —Espío por la mirilla antes de abrir la cerradura—. ¿Qué hacen aquí?

El detective Archer y Cal están parados en la entrada. Archer luce su traje almidonado como es habitual; la ausencia de corbata como única señal de que no está en servicio. Cal parece más cansado que anoche, con unos vaqueros y una camiseta arrugada.

—Tenemos que hablar contigo —anuncia el detective en tono afectado.

—¿Todo está bien? —Observo la expresión rígida de Archer y la tensa calma de Cal—. ¿Qué pasó?

—La redada… —comienza Cal, pero el detective lo interrumpe.

—No hablemos aquí. ¿Podemos pasar, Hannah? —Archer se apresura a cerrar la puerta detrás de sí. La energía en la habitación cambia, se carga de tensión y miedo.

—¿Qué pasó en la redada? —pregunto. Me sobresalto cuando Morgan aparece en silencio detrás de mí, pero luego le tomo la mano. En esta ocasión, Cal mira al detective para pedirle su aprobación antes de hablar. Tras recibir un breve asentimiento de la cabeza, vuelve a mirarnos, con la expresión desfigurada por el miedo y la tensión.

—Fue una trampa. Perdimos a todo el equipo.

—¿Qué quiere decir que *los perdieron*? ¿Dónde están?

—Que están muertos, Hannah. —Se le quiebra la voz y le brillan los ojos, pero no deja que las lágrimas se derramen. Archer le apoya una mano en el hombro, entonces el joven suelta un suspiro tembloroso.

—Hay más —agrega el detective—. ¿Tu mamá está en casa?

—¿Más? ¿Cómo es posible? —Todavía intento hacerme a la idea de que los agentes de Boston hayan muerto en manos de los Cazadores de Brujas. ¿Quiénes eran? ¿A quiénes dejaron atrás?

—Su mamá está en la cocina —dice Morgan y me guía hacia adentro. En la cocina, hay vidrios rotos en el suelo, y mi madre tiene el teléfono pegado a la oreja mientras aferra la alianza que le cuelga del cuello con la otra mano. Levanta la vista hacia nosotros; su rostro está teñido de terror.

—¿Todos? —Su voz se quiebra—. ¿Cómo es posible?

—Los Cazadores también atacaron el pueblo en donde tu madre creció —susurra Archer detrás de mí—. Todo el aquelarre perdió la magia.

—¿Qué? ¿Cómo? —Me tiembla todo el cuerpo; solo logro mantenerme en pie gracias a que Morgan me sostiene. Los miembros de ese aquelarre eran familia: los padres de mi madre, sus amigos, la tía Camila y la prima Zoë, sus hermanos menores–. Pero la recuperarán. Veronica y yo la recuperamos.

*Solo que no por completo*, dice una vocecita en mi interior. *Dile que tu magia solo funciona cuando tienes ayuda.*

–No lo harán –niega él. Entra a la cocina, pisando los vidrios rotos, y le extiende una mano firme a mi madre–. Los Cazadores perfeccionaron la droga. El efecto es permanente.

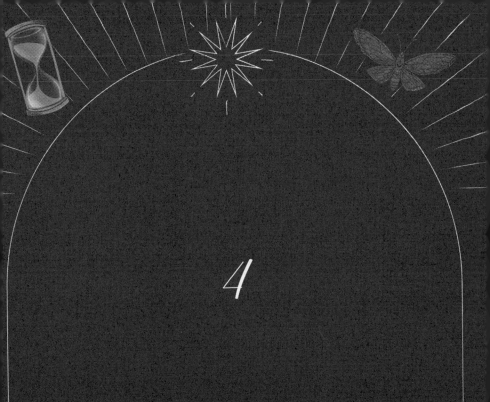

# 4

EN LA PARED SOBRE EL FREGADERO, LAS MANECILLAS DEL RELOJ avanzan para marcar cada segundo de esta nueva y terrible realidad.

*Los Cazadores perfeccionaron la droga.*

*El efecto es permanente.*

Estoy de pie en la cocina, congelada, pero dentro de mi mente hay un remolino desbocado. Intento descifrar qué significa esto: los Cazadores pueden eliminar nuestra magia. Para siempre. Imagino a mis abuelos durante el solsticio de invierno, incapaces de encender una vela en honor a la Segunda Hermana, con la decepción grabada en sus rostros. Imagino a Zoë en sus clases de natación; ¿querrá volver a nadar sin su conexión con el agua? El aire no volverá a susurrarle sus secretos a ninguno de ellos.

Cal limpia el vidrio roto, y, mientras mi madre y Archer intercambian susurros que no puedo escuchar, miles de preguntas pasan por mi mente. ¿Cómo pudieron perfeccionar la droga en pocas semanas? ¿Y *por qué* asesinaron a los agentes si podían tan solo dejarlos sin poderes? Benton dijo que, una vez que hubieran terminado la droga, iban a salvarnos, no a matarnos. Ya nada tiene sentido.

Morgan presiona mi mano y hace la pregunta que yo no logro pronunciar:

—¿Cómo sucedió esto? ¿Cómo saben que será permanente?

Archer nos mira y, por un instante, noto todo el peso que carga sobre sus hombros. Tiene los hombros caídos y le brillan los ojos con mucho pesar. Pero luego parpadea para estabilizarse y se apoya en la encimera para poder vernos a todos a la vez. Antes de empezar a hablar, se pasa una mano por el rostro y respira hondo.

—Unas semanas después de tu incidente, Hannah, uno de nuestros agentes estaba rastreando a los Hall. —Hace una pausa en la que me pongo tensa. Sabía que el Consejo estaba detrás de los padres de Benton, pero es la primera vez que alguien lo menciona—. El hombre recibió un disparo —continúa—. Los Cazadores cambiaron las jeringas que usaron contigo y con Veronica por dardos tranquilizantes cargados con la droga. El agente escapó con vida, pero ya ha pasado un mes y no hay señales de que su magia reaparezca.

—Pero aún es posible —argumento. Estoy desesperada por que mis palabras sean ciertas y por derribar esta certeza aterradora.

—No lo hará. —Me mira; su expresión es compasiva y su tono, cuidado—. Analizamos su sangre y no encontramos rastros de magia en la muestra. Creemos que usaron la misma droga en el aquelarre de Washington.

Sacudo la cabeza al tiempo que el miedo y el dolor se convierten en rabia dentro de mí.

—¡Me viste anoche! —rujo hacia Cal—. ¿Por qué no dijiste nada?

—No debía hacerlo. —Él se balancea de un pie al otro—. Además, después de la redada, ya no tendría importancia. Se suponía que destruirían la droga.

—¡Pero *no* lo hicieron! Fallaron.

—*Hannah.* —La voz de mi madre es como un latigazo, que destruye la rabia que estuve usando como escudo y como espada—. Suficiente.

—Lo sé. —Las lágrimas me queman los ojos, así que los froto con las manos—. Lo siento. Lo sé. Yo…

—¿Por qué no nos sentamos? —Mi madre va hacia la sala sin esperar una respuesta. No sé cómo es que sigue en pie, cómo se mantiene fuerte frente a todo esto, pero su voz es estable—. Ryan, ¿qué es eso de una redada?

Archer relata lo que Cal me contó anoche: que el Consejo descubrió dónde hacían la droga los Cazadores y que un equipo de agentes fuera de Boston iba a infiltrarse en sus instalaciones anoche para destruir todo.

—Pero fue como si supieran que iríamos. Ambos Conjuradores recibieron disparos con la droga apenas entraron. Estaban rodeados y, sin su magia, las protecciones que llevaron fueron inútiles —concluye el detective.

—Entonces, ¿por qué los mataron? Pensé que el plan era deshacerse de nuestra magia y volvernos "humanos".

Frente a mí, Cal se pone tenso y comienza a llorar en silencio, y, de repente, yo me siento como la peor basura en el mundo. Archer y Cal pertenecían al mismo Clan que esos agentes; todos trabajaban para el Consejo. Mis mejillas vuelven a arder por la vergüenza, pues es más que eso: Cal es de Boston. Sé que los Conjuradores no tienen clanes como los Elementales, pero él seguro conocía a los agentes. Quizás hasta haya crecido con ellos.

—No estamos seguros —dice Archer antes de que pueda disculparme—. Cal pudo conseguir cintas de seguridad. Ellos se resistieron, así que esa pudo ser excusa suficiente para los Cazadores.

La habitación queda en silencio y Morgan toma mi mano debajo de la mesa. Le tiemblan los dedos de miedo, así que la sostengo con las dos manos.

—¿Qué pasó con el antiguo aquelarre de mamá? —pregunto, asegurándome de que mi voz suene más amable; curiosa en lugar de acusatoria—. ¿Cómo perdieron la magia? ¿Los emboscaron en una reunión del aquelarre?

—Esa es la peor parte, no tenemos idea —confiesa él. El timbre de mi casa suena antes de que logre procesar la bomba que acaban de lanzarnos—. Debe ser la Mayor Keating —anuncia el detective—. Enseguida regreso.

Me cuesta digerir que está por entrar un *Mayor* en mi casa mientras él va a abrir la puerta. A mi lado, Morgan se pone tensa, así que aprieto su mano, pero no sé si puede sentirme a su lado siquiera. No sé si percibe que también estoy entrando en pánico. Me sobresalto cuando la puerta se cierra de un golpe y percibo de inmediato que Keating no es la Mayor Elemental. A pesar de que mi magia fue afectada, todavía puedo sentir el poder Elemental dentro de los demás. El de un Mayor debería estar desbordando la casa, pero solo percibo el de mi madre.

—¿Es su Mayor? —le susurro a Morgan. Antes de que ella pueda responder, Cal niega con la cabeza.

—La Mayor Keating es una Conjuradora. —Se seca las últimas lágrimas de las mejillas y se sienta derecho.

Mis nervios se disparan.

Un momento después, Archer vuelve con una mujer que no parece para nada anciana como para ser una Mayor. Su cabello rubio, que debo admitir que tiene algunos rastros plateados, está recogido en un rodete bajo. Casi no tiene arrugas en el rostro, y los pantalones de lino blanco, tacones altos y blusa de gasa azul, parecen más acordes para una oficina ejecutiva que para nuestra pequeña casa rentada en los suburbios. Su postura es más majestuosa de lo que haya visto jamás, y hace que estar sentada aquí en calzas deportivas y una camiseta holgada de la Estatal de Salem me parezca infantil.

La mirada de la Mayor Keating es lo único que delata su edad. Mientras nos mira a uno por vez, casi puedo ver las décadas de sabiduría ganada con trabajo duro en el brillo de sus ojos azules. A pesar de que no puedo sentir su poder, su actitud y su postura no dejan dudas de que es la Conjuradora más poderosa con vida.

—Gracias por tomarse el tiempo de reunirse conmigo —dice, como si hubiéramos podido elegir si recibirla o no. De todas formas, su gratitud es genuina cuando nos sonríe a mi madre y a mí—. Aunque me temo que no conozco a su amiga. —Su mirada se posa en Morgan—. ¿Es otra Elemental de su aquelarre?

—Lo siento. —Morgan se levanta de forma abrupta—. Debo irme. —Nunca la había visto tan llena de pánico. Quiero consolarla, pero ya apartó su silla y se está yendo—. ¿Puedo decírselo a mis padres? —le pregunta a Archer y, en cuanto él asiente, desaparece. Todo pasó demasiado rápido, por lo que no tuve tiempo de discutir ni de pedirle que se quedara.

Cuando la puerta de entrada se cierra, Archer coloca una silla en la punta de la mesa para la Mayor Keating.

—Era Morgan Hughes, miembro de la familia de Brujos de Sangre a la que reubicamos en Salem este verano.

—Ah, por supuesto. Casi lo olvido con todo lo que está pasando —responde ella. Luego se dirige a mí, con una sonrisa sutil—. Me alegra saber que la has ayudado a adaptarse. —Mis mejillas se encienden y lo único que puedo hacer es asentir—. ¿Los agentes Archer y Morrisey han tenido tiempo de explicarles los eventos ocurridos anoche? —Me mira como si yo fuera la única persona en el mundo; cuando asiento, continúa—: Quiero que sepan que estamos haciendo todo lo posible para proteger a su aquelarre. Estamos trabajando en un hechizo de barrera que mantendrá a los Cazadores fuera de Salem. Tomará tiempo, pero estoy encargándome personalmente de los preparativos.

—Gracias —digo, aunque no dejo de sentir que no es suficiente. Hay brujas en todo el país. Sarah Gillow pertenecía a un aquelarre del sur antes de mudarse al norte para ir a la universidad, en donde conoció a Rachel. ¿Qué hay de su familia? ¿Qué hay de los padres de Cal en Boston? Mis parientes en Washington ya perdieron su magia. Tiene que haber algo más que podamos hacer para protegerlos a todos.

—¿Algo te inquieta? —inquiere con una mirada penetrante que exige una respuesta, a diferencia de su tono amable. La forma en que clama atención tan solo con su actitud es a la vez inquietante e inspirador.

—Estoy agradecida, más de lo que puedo expresar, pero… Tiene que haber algo más que podamos hacer. Salem no es el único lugar que necesita protección.

—Es por eso que estoy aquí. —La mujer sonríe como si hubiera pasado alguna clase de prueba—. Necesito tu ayuda.

—¿Mi ayuda? —Dentro de mi corazón destrozado, palpita una ola de esperanza peligrosa. Esta es mi oportunidad–. Dígame lo que necesita. Haré lo que sea.

La Mayor Keating saca una carpeta de su bolso, la abre y saca una fotografía de la primera página. Un edificio de cuatro pisos aparece frente a mí.

—Esta es la Farmacéutica Hall, donde los Cazadores están produciendo su droga —explica.

—¿Es ahí donde hicieron la redada anoche? —pregunto. Me acerco la imagen y repaso las letras de la entrada–. Espere. Farmacéutica *Hall*. ¿Como Benton Hall? —Me ahogo al pronunciar su nombre y llevo la mano hacia la turmalina negra que cuelga en mi pecho para apretarla con fuerza. Necesito su paz más que nunca. Me esfuerzo por respirar despacio. *Estoy bien. No permitas que te vean quebrarte. No pierdas esta oportunidad.*

—Así es. Su abuelo es el propietario de la empresa. —Keating mira a Archer para que él continúe.

—Anoche comprendimos que no vamos a lograr infiltrarnos. —El detective mira a Cal y hace un minuto de silencio por los agentes caídos–. Pero tenemos un plan que nos permitirá entrar por la puerta principal sin levantar sospechas.

—Es solo que no podemos hacerlo sin contar con unos reclutas indispensables —interviene Cal–. Son dos, en realidad: una Bruja de Sangre llamada Alice Ansley y un Conjurador llamado David O'Connell.

—Y aquí es donde entrarías tú —concluye Keating–. Creemos que si te reúnes con ellos y les pides que nos ayuden, accederán.

—¿Por qué yo? —Sigo recorriendo el borde de la fotografía; convencer a otros brujos de que ayuden al Consejo no es lo mismo que estar en el frente de batalla, pero es un comienzo–. ¿No puede obligarlos a ayudar? Es una Mayor.

–No obligamos a nuestros brujos y brujas a hacer nada, Hannah. Ni siquiera cuando estamos desesperados como ahora. Tiene que ser su decisión. –Saca otra imagen de la carpeta y la desliza hacia mí: es una fotografía mía, en la que estoy sonriéndole a la cámara mientras Veronica me da un beso en la mejilla. Debajo, hay un artículo sobre el juicio contra Benton que se aproxima. Keating apoya los brazos con elegancia sobre la mesa–. Has pasado por una experiencia muy difícil, Hannah. Eres la única bruja que se ha enfrentado a los Cazadores, que sintió el dolor de perder su magia, y vivió para contarlo. Que vivió y recuperó su magia. Es un concepto poderoso que puedes usar para convencer a Alice y a David.

–No. –Mi madre por fin interfiere. Es la primera vez que contradice a alguien de mayor rango–. No puede pedirle eso a Hannah. Tiene apenas diecisiete años y no es la única que se enfrentó a los Cazadores. Veronica también lo hizo.

–Está bien, mamá. Quiero hacerlo.

–No dejaré que atravieses el país para captar reclutas para el Consejo. Tienes que ir a la escuela y ponerte al día en tus lecciones con lady Ariana. –Se le quiebra la voz al tiempo que toca el anillo de mi padre–. No te perderé a ti también.

–No me vas a perder, mamá –afirmo, aunque las dos sabemos que es una promesa vacía.

–Lo siento, Marie –interviene la Mayor Keating–, pero Hannah *es* única. Ambas recuperaron la magia, pero ella fue quien decidió ir tras el joven Cazador sola. Sacrificó su propia seguridad para salvar a su compañera de aquelarre. No hay nadie como ella. –Saca un calendario, que desliza hacia mi madre–. Nuestro plan no debería interferir con la escolaridad de Hannah. Los dos objetivos estarán en Nueva York. Alice Ansley estará en Brooklyn el sábado próximo, y David O'Connell está haciendo un posdoctorado en Cornell. Por lo tanto, Hannah puede ir a Ítaca el próximo fin de semana.

–Si él está en Ítaca, pueden enviar a Veronica. ¡Ella ya está ahí y es mayor!

–Estaré bien, mamá. –Le aprieto la mano–. Quiero ayudar. –Keating me ofrece una sonrisa muy breve; en un parpadeo, ya no está.

–Mi decisión sobre este asunto no está en discusión. Si ella quiere ir, no puedes detenerla. –Los tres miembros del Consejo me miran con esperanzas–. ¿Qué dices, Hannah? ¿Nos ayudarás?

Percibo un rastro de desesperación en sus miradas expectantes. Entonces, los engranajes de mi mente empiezan a girar: me necesitan. Y eso significa que podría negociar algo más. Al mirar a mi madre, la culpa clava sus garras en mis esperanzas renovadas. Sé que le romperé el corazón, pero no puedo quedarme al margen. No puedo seguir pisando sobre seguro.

–Lo haré con una condición.

–Dila y será tuya –asiente la mujer.

–Quiero ser parte del equipo que destruya la droga. –Le sostengo la mirada para que pueda ver que lo digo muy en serio. Mi madre se pone tensa, pero los labios de la Mayor se curvan en una sonrisa.

–Si puedes reclutar a los dos brujos y probar que eres apta para hacer esa clase de trabajo de campo, te buscaremos un lugar en el equipo de Archer.

Siento los argumentos que surgen en el interior de mi madre sin tener que mirarla, pero no los pone en palabras. La decisión de un

Mayor es final e indiscutible. Es la ley suprema de nuestra sociedad y solo otro Mayor puede vetarla.

—Es un trato.

Una mezcla embriagadora de miedo y de anticipación fluye por mis venas. Le prometí a mi padre que ganaríamos esta guerra y, ahora, por fin puedo luchar.

# 5

MI MADRE NO ME HABLA DURANTE EL RESTO DEL FIN DE SEMANA.
Cada vez que la veo, noto un instante de pena sin censuras (un dolor
que yo le provoqué) antes de que ella me vea a mí y la esconda detrás
de un ceño fruncido. Practico diferentes disculpas, pero ninguna se
siente sincera.

*Porque no lo lamento,* pienso *Porque* quiero *pelear.*

El domingo después de terminar la tarea, vuelvo a intentar escri-
birle a Zoë para averiguar más de lo que sucedió en su aquelarre. Sigue
sin responder; mi mensaje queda en *visto,* mientras que la culpa me
anuda el estómago. Ella intentó comunicarse conmigo durante el verano, pero yo también dejé sus mensajes sin responder.

Recuerdos que prefiero no enfrentar se abren paso en mi mente;

tantos pequeños momentos imperfectos, como cuando mi padre nos enseñó a hacer nieve porque estábamos enojadas de que fuera un día de invierno soleado. Más tarde esa noche, también nos llevó dulces después de que la tía Camila nos echara de la cocina.

En realidad, Zoë y yo no tenemos una relación sanguínea, tampoco nos une que las dos seamos Elementales, sino que nuestras madres eran mejores amigas de la infancia. Ahora, cada vez que vamos de visita, paso la mayor parte del tiempo con ella y sus hermanos. Como solemos visitar a la familia de mi madre cerca del solsticio de invierno, hace casi un año que no la veo. Mi madre me dijo que la tía Camila quería asistir al funeral de mi padre, pero que su Alta Sacerdotisa no permitía que el aquelarre se acercara a Salem. En especial cuando los Cazadores estaban vigilando a los recién llegados. Entre una cosa y la otra, no hablo con Zoë desde la muerte de mi padre…

Entierro los recuerdos y ahogo las voces con música de gritos y tambores furiosos. Luego, abro el cuaderno de dibujo que me regaló Morgan, pero cada vez que apoyo el lápiz sobre el papel suave, no se me ocurre nada. No puedo dejar de pensar en mi padre, en Zoë y en los brujos que la Mayor Keating quiere que reclute. Pienso en la reunión de mañana con Archer para planear mi primera misión y en la pregunta más aterradora de todas: ¿Cómo es posible que todo un aquelarre haya perdido la magia sin saber cómo? Cuando el sueño por fin me atrapa, mi subconsciente ofrece una animada variedad de teorías espantosas. Asesinos que fuerzan cerraduras con jeringas de agujas largas. Francotiradores en azoteas con rifles en las manos. Benton con una sonrisa cálida mientras me rociaba con gasolina.

Esa última imagen, que es más un recuerdo que un sueño, siempre hace que me despierte de un salto, jadeando para tomar aire. Todavía puedo sentir el humo que me llenaba los pulmones, el fuego que me recorría la piel en busca de una forma de penetrar mi magia encerrada. La imagen de su sonrisa cruel permanece en mi mente y se fusiona con miles de otras sonrisas llenas de afecto, sonrisas de antes de que supiera que soy una bruja. Cuando éramos amigos. Cuando me preocupaba por el chico con alma de artista, cuyos padres lo querían obligar a estudiar medicina en lugar de permitirle seguir sus sueños.

El lunes suena el despertador y tengo que arrastrarme para seguir mi rutina. La magia todavía no responde a mi llamado y eso comienza a afectar cada parte de mi vida. Cuando cumplí trece años y ya no tuve que usar el anillo de atadura todo el tiempo, lo que más disfrutaba eran los pequeños actos reflejo; como tomar energía de una ducha. Usos de la magia tan insignificantes que el Consejo no se molesta en prohibir, más que nada porque son naturales y casi imposibles de evitar. Y ya no sé quién soy sin esos fragmentos de magia diarios.

Y, ahora, todos los excompañeros de aquelarre de mi madre se sienten así.

Esa idea va conmigo a la escuela, en donde recorro los pasillos como un zombi. Morgan me envió un mensaje temprano para avisar que no vendría y, para el final del primer período, desearía haber faltado también. Estoy tan alterada que casi se me sale el corazón cuando Gemma aparece en mi casillero.

—¡Perdón! —dice, apoyada en su bastón. Debe ser otro día malo. Nunca se queja, pero debe ser agotador moverse por la escuela con una pierna adolorida—. ¿Lista para ir a almorzar?

Mi pulso acelerado no cede, pero asiento con la cabeza y la sigo a la cafetería. Mientras comemos, no puedo evitar analizar a nuestros compañeros con otros ojos, ya que Benton se ocultó entre ellos sin problemas durante tres años. ¿Hay más Cazadores acechando en los corredores de Salem High?

La cafetería está llena de gente, de ruido y es… demasiado. Crujen suelas de zapatos sobre el linóleo deslucido; rechinan sillas; estallan risas en una esquina y hacen eco en otra. Mientras tanto, siento todas las miradas en mi espalda, juzgándome. Esperando a que estalle.

—Tengo que irme —le digo a Gem y aparto la silla.

—Pero no comiste nada.

—No tengo hambre. Después hablamos. —Vacío mi bandeja en el cesto de basura y escapo de la cafetería, desesperada por alejarme de ese lugar atestado que me provoca claustrofobia. Cuando vuelvo en mí, descubro que voy hacia el estudio de arte, que es donde tengo mi clase siguiente de todas formas. El salón todavía está vacío, así que doy un paso dudoso hacia adentro, donde el silencio es encantador. El olor químico fuerte de la pintura al óleo y el aroma terrenal de la cerámica inspira una catarata de recuerdos. Risas fantasma susurran en mis oídos mientras reviso los cajones en busca de pinceles y acuarelas.

"No puede ser que te hayas caído de la cama de Veronica". El eco de la voz de Benton resuena en la habitación y su risa ocupa el espacio vacío. "¿Cómo es que sus padres no te atraparon?". Mi risa se une a la suya; es tan fuerte que me duele el pecho y me cuesta respirar. "Sus padres no me atraparon, pero su hermanito por poco lo hace. Por suerte nos acordamos de cerrar la puerta con llave".

Tomo un papel grueso para acuarelas y hago el recuerdo a un lado. Odio que haya sido mi amigo, haberle hablado de mi relación con Veronica y sobre mis sueños de ir a la escuela de arte. Odio que sepa cómo me enamoré de Morgan. No puedo creer haberle confiado tanto sobre mí.

Por fin suena la campana que señala el final del almuerzo. Ignoro los pies que se arrastran y me ubico en la mesa más cercana a la ventana, en donde el sol me calienta la nunca mientras trabajo. Humedezco el papel para que la pintura se deslice con suavidad y luego cargo el pincel de pintura roja. Mis compañeros comienzan a entrar y a llenar el espacio de bullicio suave mientras que yo hago espirales con pintura roja y añado detalles de naranja y dorado. Con la segunda campanada de advertencia, la profesora da comienzo a la clase. Ignoro las sillas que se arrastran, los papeles que crujen y los cajones que se golpean. Bloqueo todo y, a su vez, nadie reconoce mi presencia. Nadie se sienta en la misma mesa que yo ni me pide permiso para llevarse sillas hacia otro lado.

La única persona en mi mesa es el recuerdo difuso de un amigo que intentó matarme.

Sumerjo el pincel en una taza de agua para lavar la pintura y, al levantar la vista, casi puedo ver a Benton frente a mí, con la camisa arremangada hasta los codos y las manos enterradas en la cerámica. "¿Qué opinas, Walsh? ¿Debo hacerle un lirio o una rosa a esta taza?". Benton se reclina en su silla y, con la cabeza inclinada, contempla el montículo amorfo de cerámica junto a la taza a medio terminar. No recuerdo qué flor elegí ni si él aceptó mi sugerencia o hizo todo lo contrario.

Me tiemblan las manos, por lo que el pincel se sacude y dibuja una línea azul en medio del rostro de Morgan. Maldigo por lo bajo. En el pasado, cuando la magia estaba pronta a contestar mi llamado, hubiera sido un riesgo recurrir a la energía del agua para deshacer el error. De todas formas, en un momento como este, lo hubiera hecho si estaba sola en la mesa. ¿Y ahora? ¿Cuando recurrir a la magia seguro hace que una oleada de dolor intolerable recorra mi espalda? Ni siquiera me atrevo a intentarlo. En especial cuando hay un Benton fantasma sonriéndome desde el otro lado de la mesa. La cerámica ya no está, fue reemplazada por óleos en tonos pastel que dibujan un arcoíris en su piel.

Nuevas risas, fuertes, intensas y *reales*, penetran en mis pensamientos y hacen desaparecer a Benton. Nolan está parado junto a una mesa de chicas, inclinado hacia el frente para descansar los codos en el respaldo de una silla vacía. Se sacude el cabello fuera de los ojos y, con el movimiento, levanta la mirada y me ve. Después de sonreír, se inclina más y susurra algo que hace que las chicas vuelvan a estallar de la risa.

*Deja que se rían. Deja que miren.* Hago un bollo con mi pintura arruinada y arrastro la silla lejos de la mesa. Mientras arrojo el papel a la basura y lavo los pinceles, las risas se apagan. Alguien dejó el rollo de toallas de papel vacío sobre el fregadero, por lo que me veo obligada a revisar los estantes en busca de uno nuevo. En el tercer cajón, encuentro una colección de piezas de alfarería abandonadas. Al frente de la fila, hay una taza esmaltada con un motivo marmolado hermoso en color blanco y gris perlado. En la parte frontal tiene un lirio rosado, cuyos pétalos están pintados con mucho cuidado. Saco la pieza y recorro las líneas precisas de esa flor delicada.

—¿Hannah? —La profesora de arte, la señora Parker, se acercó al fregadero. Ella imparte todas las clases de arte de la secundaria, así que la conozco hace cuatro años. Tiene debilidad por la ropa colorida, y su vestido con estampa roja y dorada no es la excepción—. ¿Estás bien? —pregunta con las cejas en alto en señal de preocupación.

—¿Por qué conserva esto? —Sostengo la taza entre las manos para sentir su peso y recorro las líneas que Benton diseñó con tanto cuidado.

—El dueño la dejó el año pasado —responde, confundida—. Quería darle la oportunidad de reclamarla antes de deshacerme de ella.

—Pero la hizo *él*.

La señora Parker parpadea algunas veces antes de que una expresión horrorizada atraviese su rostro al comprender a quién me refiero.

—Ah, Hannah, lo lamento.

Mis dedos se tensan alrededor de la taza, tanto que uno de los pétalos se desprende. En ese momento, Nolan se acerca a nosotras.

—¿Benton hizo eso? —Esquiva a la profesora y estira la mano hacia la pieza de cerámica—. Apuesto a que valdrá una fortuna después del juicio.

La taza se hace pedazos contra el suelo antes de que me percate de que decidí dejarla caer. Los fragmentos se escurren por el suelo, y todas las miradas se fijan en mí.

*Puedes pasar de ser una celebridad a ser un paria con un solo paso en falso.*

Sé que debería disculparme, decir que fue un accidente y retroceder antes que la ronda de rumores vuelva a iniciar. Pero no puedo. *No lo haré.*

—Benton es un monstruo. —Mi voz recorre el salón cargada de emociones en carne viva—. Y púdrete por pensar que no lo es.

Se hace un silencio profundo entre mis compañeros y el tiempo corre con una lentitud imposible. La señora Parker nos mira a ambos hasta que, al final, asiente para sí misma con los rizos que rebotan sobre sus hombros.

—No usamos ese lenguaje en clases, Hannah. ¿Entendido?

—Sí. Perdóneme. —Tengo que morderme la lengua para evitar decir algo de lo que pueda arrepentirme.

–Gracias. –Luego se dirige a Nolan–. Tú ve a buscar una escoba para limpiar esto.

–Pero…

–No quiero repetirlo.

Nolan balbucea algo que suena muy parecido al lenguaje por el que la profesora me reprobó, pero busca la escoba y barre los fragmentos de la taza rota. Los pétalos rosados en pedazos me sonríen desde el suelo y, cuando suena la campana, juro que puedo oler el perfume de Benton siguiéndome en los pasillos.

$$\text{O} \, \text{D} \, \bullet \, \text{C} \, \text{O}$$

El fantasma de mi amistad con Benton me acecha durante el resto del día. Me sigue hasta mi casillero, en donde filosofa acerca de que estamos destinados a convertirnos en nuestros padres. Luego, en la sala de estudio, me consuela por mi rompimiento con Veronica. Cuando suena la campana al final del día, su sombra está apoyada en mi automóvil con su carta de aceptación de la Universidad de Boston. De repente, un destello gélido atraviesa su mirada, el sobre se disuelve y se transforma en un arma, que apunta a mi cabeza.

Subo al automóvil y cierro la puerta de un golpe para enterrar los recuerdos lo más profundo posible. Después intento llamar al detective Archer, pero me dirige directamente al buzón de voz. Antes de que arroje el teléfono por la ventana, recibo un mensaje de texto.

**DA: Estoy en medio de algo. Pasaré por tu casa después para discutir el plan.**

La certeza de que tendré noticias me da la tranquilidad suficiente para conducir de regreso, pero termino caminando de un lado al otro en la casa vacía. Mi madre no volverá de la universidad hasta pasadas las seis y no hay forma de saber cuándo llegará Archer, pero no puedo sentarme a esperar. Tengo que *hacer* algo.

*Zoë.*

Corro a mi habitación, le envío una solicitud de videollamada y cruzo los dedos para que me conteste esta vez.

Cuando su imagen aparece en la pantalla, la sorpresa es tal que casi no la reconozco. Desde la última vez que la vi, se dedicó a aprender maquillaje, así que tiene la piel morena contorneada e iluminada a la perfección. Tiene un labial audaz de color rojo vibrante con brillo metalizado, y la sombra de sus ojos es como el océano al atardecer.

—Hola, extraña. —Se esfuerza por sonar despreocupada, pero sus ojos reflejan tensión y el maquillaje no logra esconder la hinchazón de haber estado llorando. Su sonrisa parece desanimada—. Perdón por no haber respondido anoche. La situación aquí es...

—¿Intensa? —arriesgo.

—Es una forma de decirlo. —Resopla con una especie de risa, pero después hace silencio y baja la vista a sus piernas.

No sé cómo hablar sobre las cosas horribles que nos pasaron. Quiero que sepa que la entiendo, pero no logro decir la verdad sobre mi magia alterada, mucho menos ahora que ella la perdió por completo. Al final, me obligo a decir *algo*.

—¿Cómo lo llevas? Supe lo que pasó.

—Lo odio, Hannah. Odio todo esto. —Se le quiebra la voz y mira el techo como si se estuviera esforzando para no llorar. Zoë *nunca* llora—. Todos están devastados. El Consejo no quiere que le contemos a nadie lo que pasó, dicen que es para no causar pánico general. Pero que nos mantengan aislados no ayuda. Todas las familias están quejándose. Incluso tu abuela le *gritó* a nuestra Alta Sacerdotisa anoche en la reunión.

—Estás bromeando. —La idea de que la dulce abuela Rose alce la voz no tiene sentido. Ni siquiera puedo imaginármela enojada o molesta, a diferencia de mi otra abuela, lady Ariana, quien parece vivir a base de decepción y desaprobación familiar. La culpa vuelve a impactarme: debería llamar a la abuela Rose. Tendría que haberla llamado el fin de semana.

—Nunca bromearía con eso. —Zo se seca las lágrimas y aclara la garganta—. Bueno, dilo de una vez, Hannah. Sé que no me llamaste justo hoy solo para preguntarme cómo estoy. ¿Qué es lo que quieres saber en realidad?

Mi rostro se acalora porque odio que tenga razón. Odio tener algo entre manos cuando una buena amiga la hubiera llamado para que supiera que no está sola.

—Sé que el Consejo está investigando lo que le ocurrió al aquelarre —digo en voz baja, aunque sé que no hay nadie en casa—. Pero la última vez que los dejé manejar las cosas por su cuenta, no resultó nada bien.

—Así que quieres jugar a ser detective. —Suelta un suspiro—. ¿Qué quieres saber?

—Todo.

Pasamos alrededor de una hora repasando los detalles de las actividades de Zoë de la última semana. No hubo ningún momento en que todo el aquelarre estuviera en el mismo lugar hasta la reunión de anoche, cuando ya habían perdido la magia. Su rutina no cambió en absoluto, a excepción de que volvió a la escuela. Pero no tuvo compañeros nuevos ni hubo nada fuera de lo común. Sin embargo, todo el aquelarre había perdido los poderes para la tarde del sábado.

–¿Y no sientes *nada*? –pregunto. Cuando Benton me drogó, podía sentir la presencia de los elementos, pero no controlarlos.

–Todo está… vacío. –Niega con la cabeza y no necesita explicar qué le está provocando sentirse así, pues el dolor está escrito en todo su rostro. Es una pena que ninguna cantidad de maquillaje puede ocultar.

–Encontraré una forma de arreglar esto, Zo. Lo prometo.

–No si yo lo arreglo primero. –Una sonrisa amarga tuerce sus labios–. No eres la única con interés en este juego, Han.

Prometemos escribirnos cualquier detalle nuevo y, apenas termino la llamada, Archer toca el timbre. Cuando abro la puerta, lo veo con ropa tan casual que casi no lo reconozco. Está usando *vaqueros* y no tiene corbata. Debo mirarlo más de la cuenta, porque alza una ceja; una expresión extraña en su rostro estoico habitual.

–Tengo una vida fuera del trabajo, Hannah. No te sorprendas tanto.

–¿Sorprenderme? ¿Quién está sorprendida? –Lo invito a entrar y cierro la puerta–. ¿Quiere algo de beber? Estoy segura de que mamá tiene café en algún lado y hay agua en el refrigerador.

–No nos llevará mucho tiempo. –Recorre el pasillo corto hasta el comedor y niega con la cabeza–. ¿Empezamos? –pregunta con una carpeta delgada en alto.

–Sí, por supuesto. –Me apresuro a seguirlo y ocupo mi lugar habitual en la mesa–. ¿La Mayor Keating terminó el hechizo de protección para el pueblo?

–Ya casi. Se activará mañana por la noche. Cualquiera que intente entrar a Salem para herir a tu aquelarre, no podrá cruzar los límites del pueblo. –Percibo admiración en la voz del detective cuando habla de su Mayor, un tono que nunca escuché en él–. Me asombra que sea posible hacer algo de tal alcance. No sabría ni por dónde empezar.

—¿De verdad? —Sé muy poco sobre el funcionamiento de la Magia Conjuradora; desconozco los límites de su poder.

—Por algo es la Mayor. —Le vibra el teléfono en el bolsillo, por lo que procede a revisar la pantalla, pero sin desbloquearla. En cambio, deja el móvil sobre la mesa—. Como discutimos el sábado, la primera persona a la que debes reclutar es Alice Ansley. En los últimos meses, se ha hecho famosa como ilusionista muy rápido. Tiene un club de fanáticos en línea por sus espectáculos callejeros improvisados y gracias a eso consiguió patrocinio para una gira nacional.

—Ella es la Bruja de Sangre, ¿no? —Me sorprende que el Consejo le permita hacer magia en público.

—Así es. —Archer ignora el teléfono que sigue vibrando; en cambio, saca un anuncio de la carpeta y me lo entrega. Alice aparece vestida de negro con un sombrero de bruja antiguo inclinado hacia adelante para cubrirse el rostro. El único color de la imagen es el rosado del cabello que le cae más allá de los hombros—. No usa magia real en sus espectáculos, así que no tuvimos ninguna ventaja cuando le pedimos ayuda con el plan.

—¿Cuándo la contactaron?

—Unas semanas antes de la redada. Nos gusta tener varios planes en marcha para no derrumbarnos cuando algo falla. —Lo que dice tiene sentido, aunque no quiero saber qué tan abajo en su lista de planes estoy yo.

—¿Y el nuevo plan *cuál* es exactamente?

—Un paso a la vez. Por ahora, tu atención debe estar en reclutar a Alice. —Señala la parte inferior del anuncio y luego saca una segunda imagen, esta vez de un edificio grande—. Se presentará en un hotel de Brooklyn el sábado. Hay una zona de entretenimiento en la terraza desde donde veremos su espectáculo. Cal se infiltrará en el sistema informático del hotel para conseguir su número de habitación. Así podrás ir a convencerla de que venga a Salem con nosotros.

Un cosquilleo helado asciende por mis brazos mientras que reprimo el pánico que me sube por la garganta. La última vez que me topé con una Bruja de Sangre en la ciudad de Nueva York, las cosas no resultaron bien para ninguna de las dos. Tampoco estoy segura de cómo podré convencer a Alice de que renuncie a una gira nacional para ayudar al Consejo; en especial dado que ya los rechazó una vez.

—Si voy a reclutarla, necesito saber qué le pediré que haga. —Lo miro con cautela—. ¿Cómo se supone que nos ayude a ingresar a la Farmacéutica Hall?

El detective saca otra fotografía. En esta se ve a una mujer joven de tez blanca, de unos veinte años. El bronceado resalta las pecas en la nariz y los pómulos. Lleva el cabello castaño suelto sobre los hombros, muestra una especie de sonrisa y tiene un pañuelo rosado alrededor del cuello.

—Esta es Eisha Michelle. Está en el último año de la carrera de Bioquímica y, lo más importante para nuestros propósitos, es pasante en la Farmacéutica Hall.

—¿Es Cazadora? —Luce inofensiva. Aunque Benton también lo parecía hasta que me apuntó con un arma.

—En realidad, no. La mayor parte de la empresa realiza trabajo legítimo; vacunas y esa clase de cosas. —Él saca una pila de publicaciones impresas en foros de fanáticos y redes sociales—. Además de trabajar tres días a la semana en la base de operaciones de los Cazadores, nuestros investigadores indican que Eisha se autoproclama como la mayor fanática de Alice. Deja comentarios en casi todos sus videos y ha hecho varias publicaciones lamentándose de no poder presenciar la gira.

—¿Acaso quiero saber cómo descubrieron todo esto? —Paso una página tras otra de comentarios; a pesar de que fueron publicados en línea, donde cualquiera puede verlos, se siente extraño tenerlos a todos juntos en papel.

—Cal tiene talentos no-mágicos muy útiles —explica con una sonrisa.

—¿Y qué hay del otro brujo, el Conjurador? ¿Cuándo lo reclutaremos? —Sé que dijo que nos enfocáramos en Alice, pero estoy desesperada por conocer todo el panorama de lo que tendré que hacer.

—Te reunirás con David el fin de semana siguiente. Tal como dijo la Mayor Keating, queremos alterar tu vida lo menos posible. Pero nos ocuparemos de eso en cuanto regreses de Nueva York. —Le suena el teléfono de nuevo, pero esta vez ingresa la contraseña y lee los mensajes. Después de un momento, sus mejillas parecen estar en llamas.

—¿De qué se trata? —pregunto sin pensarlo, como si fuera un amigo en lugar de mi jefe/comandante/guardaespaldas. Para ser honesta, no estoy segura de cuál sea nuestra nueva relación. Lo único que sé es que es mi superior. Muy superior. Por suerte, no parece importarle.

—Nada. —Levanta la vista del teléfono y se sonroja todavía más—. Es Lauren siendo Lauren.

Frunzo el ceño por la confusión. ¿Quién rayos es…?

—Ay, por Dios, ¿mi *jefa*? ¿Siguen saliendo? —Mi voz se agudiza hacia el final de la pregunta, pero no me importa. No puedo creer haberme olvidado de que estaban juntos. ¿Estaban saliendo? No lo sé, pero la última vez que los vi estaban coqueteando, de eso estoy segura. Aunque fue hace más de dos meses.

—Sí —admite, rojo como un tomate—. Aunque, en realidad, ya no es tu jefa. Saldremos a cenar más tarde. —Se aclara la garganta—. Ahora, si no te importa, quisiera que volvamos a lo nuestro.

—¿El plan es que Alice convenza a la pasante de que nos haga entrar? —Controlo el impulso de provocarlo; Archer es un agente del Consejo, no un hermano mayor al que puedo molestar.

—No exactamente. —Apila los papeles otra vez para devolverlos a la carpeta—. Queremos que la pasante la invite a hacer una presentación *dentro* de la farmacéutica. Así podremos escabullir a un equipo reducido con ella para sortear el sistema de alarmas de la entrada. —Es un plan un poco mejor de lo que suponía, pero no mucho.

—¿Y cuándo se supone que se lleve a cabo su espectáculo devenido en redada? —pregunto. Él hace una pausa y la liviandad de la conversación sobre Lauren desaparece.

—El trece de septiembre. —Esa fecha me golpea las costillas, como un convicto que intenta liberarse.

—Pero el juicio contra Benton será ese día. —Su nombre es como ácido sobre mi lengua, y quiero limpiar esa combinación de vocales y consonantes de mis oídos.

—Lo sé. Está bien si quieres ausentarte de la redada para preparar tu testimonio, podemos convocar a otro Elemental. Pero ese día es el mejor para ingresar a la empresa sin ser detectados, ya que los Cazadores estarán enfocados en el juicio y… —Hace silencio.

—¿Y qué?

—También es nuestra última oportunidad para destruir la droga antes de que te llamen a testificar. —Me mira con una expresión feroz y llena de preocupación—. La Mayor Keating tendrá que desactivar el hechizo de protección para el juicio. Es probable que los Cazadores contraten a uno de los suyos para que represente a Benton y, si el hechizo estuviera activo, algún Reg podría ver cómo la barrera rechaza a los visitantes. El riesgo a quedar expuestos es demasiado alto.

Imaginar a los Cazadores rebotando contra un muro invisible me hace sonreír. Pero, después, las implicaciones de lo que dijo Archer hacen añicos la imagen.

—Espere. Si la barrera está desactivada y todos los Cazadores saben cuándo tengo que testificar…

—No tendremos forma de protegerlos —concluye por mí—. Si esta redada fracasa, puedes despedirte de tu magia.

## 6

LA ADVERTENCIA DE ARCHER NO ME DEJA DORMIR, PASO TODA LA noche mirando al techo, desesperada por encontrar algún tecnicismo para convencer a la Mayor Keating de que mantenga el hechizo de barrera, a pesar de saber que no tiene caso. La seguridad de un solo aquelarre nunca será más importante que mantener a todos los Clanes en secreto. No se arriesgarán a quedar expuestos para protegernos.

Tendida en la cama, me pregunto cuál será su límite. ¿Qué haría que el Consejo decidiera que el precio por mantener el secreto es demasiado alto? ¿Cuántos de nosotros tendremos que morir para que estén dispuestos a abrirse al mundo?

No encontré respuestas en la noche; tampoco el resto de la semana, y se acerca mi primera misión, así que no tengo tiempo para

considerarlo. Mi vida es un vendaval de escuela, preparación para el juicio y ensayos para mi reunión con Alice. La fiscal Flores me enseña la mejor manera de contar mi historia, ateniéndome a los hechos con la cantidad precisa de emoción. Archer hace que practique el discurso de reclutamiento con Cal, lo que resulta muy incómodo, pero al menos logro convencer al chico de que me cuente más sobre mi segundo recluta, David.

No puede decirme mucho (Archer tiene una irritante fijación con el lema "un recluta a la vez"), pero me contó que el Brujo Conjurador puede desarrollar una vacuna que nos proteja de la droga de los Cazadores.

Si es que puedo convencerlo de que nos ayude.

Para el viernes, estoy tan preparada como podría llegar a estar para la misión del sábado, pero eso no evita que sea un manojo de estrés durante toda la mañana en la escuela. En Historia, tenemos un examen sorpresa y, mientras leo las preguntas, no recuerdo cuándo fue la última vez que leí para esta clase. No hay forma de que lo apruebe.

Nunca lo admitiré en voz alta, pero no sé cuánto tiempo podré seguir así. No hubiera podido con el trabajo en el Caldero también.

—¡Hannah! —Gemma se extiende sobre la mesa del comedor para sacudir una mano frente a mi rostro—. ¿Qué te está pasando hoy?

—Nada. Estoy bien.

—No, no estás bien. —Nos mira a Morgan y a mí, y se despliega una sonrisa en su rostro—. Muy bien. Declaro que tendremos una noche de chicas. Vendrán a mi casa.

—Gem, sabes que no puedo. —Solo estamos las tres en la mesa, pero bajo la voz de todas formas—. Viajaré a Brooklyn mañana, no puedo pasar la noche despierta.

—¿Y cuáles son las probabilidades de que duermas esta noche? —replica y pone los ojos en blanco.

—Pocas —reconozco. Si tomo las cuatro noches anteriores como parámetro, estaré despierta hasta las dos de la madrugada repasando el discurso para Alice por millonésima vez.

—Creo que es una buena idea. —Morgan me choca el hombro—. Puedes practicar el discurso conmigo. —Agita las pestañas, hace pucheros y la expresión de cachorro abandonado no es justa—. ¿Por favor?

Finjo pensarlo un poco más, aunque no hay forma de rechazar a estas dos, en especial cuando ambas quieren lo mismo.

—De acuerdo. Cuenten conmigo.

La promesa de palomitas de maíz, pizza y tiempo con Morgan sin padres me ayuda a atravesar el resto del día. En cuanto suena la campana para salir de la escuela, le envío un mensaje a mi madre para avisarle dónde estaré, me encuentro con Morgan y con Gemma en mi casillero y conduzco hasta la casa de mi amiga. Sus padres siguen trabajando, pero a pesar de tener toda la casa para nosotras, nos amontonamos en la habitación. Ella se abre paso hacia el escritorio y se sienta en la silla.

—¿Puedo hacerte una lectura de tarot? Podría ayudar con tu misión de mañana.

—Adelante —digo antes de desaparecer para buscar otra silla de la sala. A pesar de que el tarot siempre me dio un poco de miedo (nunca dejé que Lauren lo leyera por mí), hoy estoy decidida a divertirme. Cuando vuelvo, Morgan está despatarrada sobre la cama, con el rostro metido en una novela con portada de color rosa—. Lees más que cualquier persona que conozca. ¿De qué se trata? —pregunto mientras acomoda la silla junto a Gemma.

—Política internacional.

—¿De verdad? —Levanta la vista con una sonrisa de lado. Luce tan adorable que temo que mi corazón estalle. Por suerte, creo que su Magia de Sangre puede arreglarlo.

—También es muy gay —agrega. Aprendí que esa es una característica que aprecia en los libros—. Puedes leerlo cuando termine.

—Ven a sentarte —indica Gemma antes de que responda. Las cartas repiquetean cuando las mezcla. Además, tiene una amatista apoyada de forma presagiosa a su lado. Me acomodo en la silla, pero no puedo evitar mirar a Morgan. Ella se muerde el labio al girar la página de prisa y, al verla, gran parte de mí quiere abandonar el tarot para recostarse junto a ella—. Vamos, Hannah —insiste mi amiga y me toca el hombro—. Tienes que concentrarte en las *cartas*, no en tu novia. De lo contrario, la lectura será sobre ella en lugar de esta Allison.

—En realidad, es Alice —la corrijo después de dudar un momento. Aunque ya pasaron dos meses, todavía me resulta extraño poder hablarle sobre los asuntos del Clan. Es difícil abandonar el hábito de guardar todo en secreto, pero vale la pena—. Perdón, Gem. Puedo hacer esto, lo prometo. ¿Empezamos?

—Concéntrate en tu misión. —Asiente y vuelve a mezclar.

Intento hacer lo que dijo, es solo que la concentración escasea por estos días. Mi mente alterna entre la misión, el aquelarre víctima de la droga y lo mucho que quisiera besar a mi novia en este momento, aunque eso me convierta en una pésima amiga. Después de mezclar un poco más, Gemma me pide que parta la baraja y luego dispone tres cartas sobre el escritorio. Un cielo azul profundo salpicado de estrellas doradas se posa frente a nosotras.

—¿Lista? —Está casi sin aliento por la ansiedad y, cuando asiento, voltea la primera carta. Hay una figura sentada de brazos cruzados debajo de un árbol, mientras que una mano incorpórea sostiene una de las cuatro copas que aparecen en la imagen.

—Bueno, sí que parece animado —bufo.

—Eh… No creo que Alice sea fácil de convencer. —Analiza la carta con más detenimiento; es evidente que, si bien también es divertido para ella, se toma el proceso en serio—. Me da la sensación de que es un poco terca con todo.

—Suena como alguien que conozco. —Morgan se ríe desde la cama.

—¡Oye! No soy *tan* terca. —Giro a mirarla—. ¿Tus chicos ya se besaron?

—Todavía no. —Suspira con dramatismo y da vuelta la cabeza hacia mí—. Me estoy muriendo.

—Y la carta número dos es… —dice Gemma en tono de presentadora para recuperar mi atención—. ¿Eh?

—¿Qué es? —Analizo la carta, que dice "Seis de espadas". Hay dos personas abrazadas en un bote, mientras que una tercera rema río abajo. Solo que la imagen está de cabeza—. ¿Por qué todas esas espadas clavadas en el bote? ¿Se nos pinchará un neumático en el camino o algo?

—No estoy segura. Lauren no me explicó las cartas de cabeza todavía. No creí que tuviera alguna en la baraja. —Gem se masajea las sienes como cuando tiene jaqueca—. Siento que algo con respecto al viaje en sí mismo será peligroso. No creo que se trate de un neumático pinchado. ¿Tienes idea de qué puede ser?

—Para nada. —Observo la carta e intento concentrarme en qué peligro podría haber en un viaje a Nueva York. La ciudad no es el mejor lugar para un Elemental, pero… Una revelación me azota como una ola, mientras que un escalofrío me recorre la columna. ¿Las cartas pueden ser tan certeras?—. La Mayor Keating puso un hechizo de barrera, pero apenas alcanza a mantener a los Cazadores fuera de Salem. Cuando vaya a Brooklyn, estaré fuera de esa protección.

—¿Pusieron una barrera? —Morgan se sienta en la cama y cierra el libro—. Nadie se molestó en pedirles ayuda a mis padres, por supuesto. —Como Gemma y yo la miramos confundidas, lo explica—. ¿Recuerdas las runas que encontraste en el Museo de Brujas este verano? Si el Consejo lo permite, podríamos asegurar todo el pueblo en cuestión de horas.

La esperanza se renueva dentro de mí, brillante e intensa. Quizás los padres de Morgan puedan proteger a todas las brujas y brujos que estarán en la corte. Quizás puedan mantener a los Cazadores lejos de nosotros. Sin embargo, mi costado racional toma el control: si su protección repele a los Cazadores, representaría el mismo riesgo de que los Regs vieran la magia en acción.

—¿Por qué no los dejan ayudar? —Pregunta Gemma, con la mano detenida sobre la última carta.

—Porque somos Brujos de Sangre y creen que somos monstruos aterradores o la Diosa sabrá qué. —Morgan se desploma en la cama y se cubre el rostro con un brazo—. Estoy harta de que todos nos odien.

—Yo no te odio —decimos Gemma y yo al unísono. Sonreímos, pero mi novia suelta un gruñido indescifrable como respuesta.

—No lo notaron, ¿o sí? —Nos mira sobre su brazo—. ¿No se dieron cuenta de que cada uno va por su lado? Puede que todos los Clanes tengan representación en el Consejo, pero casi nunca trabajan juntos. Cal y Archer son Conjuradores. Y la Mayor que fue a tu casa también lo es.

—Pero convocaron a Hannah, que es Elemental. —Gemma abandona la última carta sin voltear y gira la silla para quedar de frente a nosotras.

—Solo porque querían algo de ella. —El tono de Morgan es como una helada sobre mi piel—. No hay ningún Conjurador que tenga una historia como la suya. Si lo hubiera, apostaría lo que fuera a elegirían al Brujo Conjurador antes que a ella. Es claro que su Mayor no quería mi ayuda, a pesar de que Alice y yo somos del mismo Clan. —Su tono tiene un rastro de amargura y de dolor que me toca el corazón.

—¿Quieres ayudar?

—¿Si quiero ayudar a mi novia a reclutar a otra Bruja de Sangre? —Posa la intensidad de sus ojos azules sobre mí—. Por supuesto que quiero.

—¿Por qué ignorarían una clase de magia perfectamente útil? —Mi amiga nos mira a ambas, confundida.

—Dile tú. —Morgan sacude la mano en mi dirección—. Necesito más de mis chicos. Y estoy segura de que uno de los dos es bi. Sabes que me encanta eso. —Reabre el libro, pero ahora tiene la mandíbula tensa en lugar de la expresión despreocupada de antes.

—Es una historia un poco larga, pero puedo contarte lo más importante. —Le lanzo una mirada ansiosa a Morgan, que está concentrada en su libro—. ¿Ya te expliqué de dónde vienen las brujas?

—Sé cómo se hacen los bebés, Han.

—De dónde viene nuestra *magia*. —Pongo los ojos en blanco, aunque sé que solo está molestándome. Es probable que lo haga para disimular lo desesperada que está por saber todo—. La Diosa Madre, que guio la creación de este mundo, tiene tres hijas, conocidas como las Diosas Hermanas. Una vez que la humanidad estuvo encaminada, la Diosa Madre se ausentó para encargarse de otro mundo y dejó a sus hijas a cargo. Tras varios miles de años, se aburrieron de la tarea y comenzaron a hacerse retos entre ellas.

—¿Retos? —pregunta con las cejas en alto.

—Así fue como me lo explicaron mis padres. —Me encojo de hombros—. Como sea, la Primea Hermana creó a las Brujas Conjuradoras. Cuando fue el turno de la Segunda Hermana, quiso crear una magia más *escandalosa*, así que cubrió al mundo de tormentas. Aquellos que bailaron bajo la lluvia se convirtieron en Elementales —agrego con una sonrisa—. Es por eso que solemos creer que los días lluviosos son de buena suerte.

—Qué tipos raros —murmura Morgan en tono afectuoso, pero no estoy segura si se refiere a mi Clan o a los chicos de su libro.

—Entonces, ¿la última creó a las Brujas de Sangre? —arriesga Gemma.

—Sí. Solo que la Tercera Hermana no era tan fuerte como para crear brujas por sí sola, así que tuvo que irrumpir en el jardín de la Diosa Madre. Cuando se robó una rosa de inmortalidad, se pinchó un dedo con las espinas, en consecuencia, perdió la inmortalidad para crear el Clan de Morgan. Cuando la Diosa Madre descubrió lo que le había ocurrido a la más joven, castigó a las tres hermanas y las desterró.

—¿Odian a las Brujas de Sangre por un juego de verdad o reto celestial? —dice con el ceño fruncido.

—No exactamente.

—Casi. —Morgan bufa—. Y la Tercera Hermana no se pinchó por accidente. Quiso renunciar a la inmortalidad para bendecirnos. Quería que sus brujas estuvieran a salvo de las que habían creado las otras Diosas.

—Eso no fue lo que lady Ariana me enseñó.

—Lady Ariana no es una Bruja de Sangre —replica y cierra el libro otra vez.

—Tienes razón. —Mis mejillas se acaloran—. Pero ¿por qué las primeras Brujas de Sangre usaron la magia para convertir a las personas en marionetas? —*Y no solo las primeras*, pienso, pero no menciono a la que tomó el control de mi cuerpo. Morgan ya sabe los detalles de lo que sucedió, y no muero de ganas de revivirlo. Ella se sienta y deja las piernas colgando del borde de la cama.

—Su Diosa tuvo tiempo para enseñarles a sus ancestros qué hacer con la magia. Sin embargo, el destierro fue antes de que la nuestra pudiera enseñárselo a los míos. Tuvimos que aprenderlo todo solos. —Atraviesa la habitación y rodea mis hombros con los brazos—. Lo descubrimos, llegado el momento.

El calor de su poder palpita en mi interior, entonces dejo que mi magia dance y juegue con el aire hasta sacudirle los rizos detrás de los hombros. Desearía que siempre fuera así, con tanta liviandad y libertad, pero cuando ella se levanta, corta el flujo de magia y yo abandono la mía también. Cuando nos separamos, Gemma mira intencionadamente la carta que queda sin voltear.

—¿Puedo asumir que la historia de convertir a los humanos en marionetas tiene más que ver con un estereotipo escalofriante que con el destierro de las Diosas? —pregunta, y miro a Morgan para que ella responda.

—Quizás un poco. —Se encoge de hombros—. Pero sigue siendo una razón pésima para no pedirnos ayuda. En especial cuando las cosas están tan mal. —Se estremece y su estómago ruge.

—¿Tienes hambre? —dice Gemma—. Puedo ir a buscar algo de comer.

—No es necesario… —comienza a responder, pero mi amiga desaparece de la habitación antes de que termine. Morgan suspira y vuelve a rodearme con los brazos—. Pídeme que vaya contigo. —Esas palabras susurradas juegan sobre mi piel y me preocupan y enternecen a la vez. Me dejo llevar por el contacto de sus brazos.

—No quiero que salgas lastimada por mi culpa. Nada es seguro.

—Hannah, soy una Bruja de Sangre. —Su voz es suave y, de pronto, soy muy consciente del calor de su cuerpo contra mi espalda—. Sano muy rápido.

—No quiero perderte.

—No lo harás. —Me da un beso en la mejilla—. Pídemelo.

Me muerdo el labio porque, a pesar de que quiere darme seguridad, estoy preocupada. Sin embargo, al girar para mirarla a los ojos, las dudas se disipan.

—¿Vienes conmigo a Nueva York?

Ella responde con un beso, suave y dulce al principio, pero que enseguida se vuelve desesperado y anhelante. Cuando entierra los dedos en mi cabello, me olvido de cómo respirar.

—Lo único que pude encontrar fueron palomitas de maíz con sabor a… —Gemma se queda muda cuando nos ve, y su voz hace que nos apartemos de inmediato—. Queso cheddar —concluye con la bolsa colgando en una mano—. ¿Quieren que vuelva después?

—No. Perdón. —Me levanto para tomar la bolsa y meterme un puñado de palomitas en la boca—. ¿Terminamos con la lectura de tarot? —No es que muera por saber qué otras malas noticias me tienen preparadas las cartas, pero es lo menos que puedo hacer después de haber tenido un momento acalorado en la habitación de mi mejor amiga.

—La próxima vez que quieran echarme para tener sexo, pongan un pañuelo en la puerta.

—Gemma —bufo, aunque nos merecemos sus regaños—. Mantendremos nuestras manos en su lugar. Lo prometo.

–Si tú lo dices. –Ocupa su lugar, suelta un suspiro lento y luego voltea la última carta, en la que se ve un cuerpo desnudo inclinado sobre un charco de agua. Tiene un jarrón en cada mano, con los que vierte líquido dentro del charco y sobre la tierra. La inscripción en la parte inferior dice, "La Estrella".

–¿Esta qué significa? –No se ve mal, pero provoca algo en mi subconsciente.

–No sé. Suele provocarme buenas vibraciones. –Toma la amatista y la aprieta con fuerza–. Es extraño, pero no parece tener relación con tu viaje de mañana. ¿Es posible que estuvieras pensando en otra cosa?

–¿Tal vez? –Intento recordar en qué estaba pensando mientras ella mezclaba, además de en besar a Morgan. Sé que logré pensar, al menos un poco, en el viaje de mañana, y estaba preocupada por el aquelarre de mi madre y… La revelación me impacta como un rayo en medio de una tormenta. *Zoë*. El aquelarre drogado. La mujer vertiendo algo dentro de un charco de agua. Se me acelera el corazón al tiempo que me aparto de las cartas. No es posible, son solo *cartas*. ¿Cómo es posible que sepan lo que le pasó a mi familia?

–¿Qué pasó, Hannah? –Morgan detiene mi marcha atrás.

–Sé cómo lo hicieron –afirmo mientras giro a mirarla–. Sé que suena ridículo, pero puedo sentirlo. Sé cómo hicieron los Cazadores para drogar al aquelarre.

–¿Cómo? –Ella mira a la baraja de cartas de tarot detrás de mí.

–Pusieron la droga en el *agua*. –Busco mi teléfono para llamar a Archer. Puede haber miles de explicaciones, pero esta es la primera que tiene sentido, aunque la fuente de inspiración no lo tenga. El detective contesta al tercer tono–. Tenemos que hablar.

# 7

LA COMUNICACIÓN CON ARCHER DESATÓ UN EFECTO DOMINÓ. ÉL prometió que investigaría mi teoría del agua adulterada y, en cuestión de diez minutos, mi madre llamó para que fuera a casa. Desde entonces, está en modo "Operación nunca salir de Salem".

—No quiero que vayas —dice el sábado por la mañana por milésima vez. Está parada en la entrada de mi habitación con los brazos cruzados sobre el pecho—. Estás más segura dentro de la barrera.

—La Mayor Keating quiere que haga esto. No puedes obligarme a quedarme aquí. —Ella nunca contradijo a lady Ariana, ¿pero de pronto está dispuesta a enfrentarse a una Mayor?

—Lo sé, Han —dice y aprieta los labios—. Pero Keating *también* dijo que es *tú* decisión. Eso significa que puedes arrepentirte.

—No me arrepentiré, mamá. Es un viaje rápido a Nueva York. Volveré mañana. —Agrego otro par de calcetines a mi bolso antes de cerrarlo—. Archer estará siempre conmigo. Además, si no hago esto, quizás el Consejo no pueda destruir la droga antes de que tenga que testificar en la corte.

—Esto no me gusta. —Sabe que seremos blancos fáciles durante el juicio, pero no deja de vacilar. Se acerca para sentarse en mi cama y tomarme las manos—. ¿No puede ir otra persona? Cal parece un chico muy persuasivo.

—Mamá...

—Está bien. —Contempla la pared sobre mi escritorio, en donde creé un collage de fotografías de mi padre; imágenes que descargué de las redes sociales y llevé a imprimir en papel fotográfico. Cuando vuelve a mirarme, tiene los ojos llenos de lágrimas—. Al menos prométeme que volverás entera.

—Lo prometo —afirmo después de tragar el nudo que tengo en la garganta, pues no es algo que pueda garantizar—. ¿Ahora puedo terminar de empacar?

—¿Tienes suficiente agua? —Toma mi bolso y abre la cremallera.

—Sí —bufo. Hasta que sepamos si mi teoría es correcta, usaremos agua embotellada para todo, incluso para cepillarnos los dientes. Levanto el bolso para salir de la habitación—. No creo que Nueva York no tenga más si se me acaba.

Oímos cómo se cierra la puerta de un automóvil. Después otra. Mi madre me sigue como una sombra por la casa hasta llegar a la sala. Miro por la ventana esperando ver al detective Archer, pero hay alguien más con él.

—¿Sarah? —pregunto mientras arrastro la maleta por los escalones de la entrada. El sol de la mañana ya es intenso, por lo que me alegra haberme recogido el cabello en una coleta–. ¿Qué haces aquí?

–Buenos días para ti también. –Mi compañera de aquelarre, Sarah Gillow, está apoyada contra el automóvil, con los pies cruzados.

–Hubo un cambio de planes –explica Archer mientras se acerca ajustándose la corbata–. La Mayor Keating cree que tu teoría sobre el agua tiene fundamentos. Por desgracia, el suministro de Salem no es interno, sino que viene de Beverly.

–Ah. –No había pensado en eso. Beverly está fuera de los límites del hechizo de barrera de Keating, por lo que está desprotegido.

–Necesita mi ayuda para crear otra barrera de protección, así que no podré llevarte a Nueva York. Pero puedes escribirme todo el tiempo. Además, Sarah es una bruja muy talentosa; estarás en buenas manos.

Sacudo la cabeza porque todavía intento procesar el cambio de último momento.

–No me preocupa su magia. –Desde que la conozco, siempre ha sido una Elemental muy hábil, en especial con el aire y el agua. Su poder no es el problema–. ¿Qué hay de Rachel?

–¿Qué con ella? –No se mueve, pero tensa la mandíbula cuando menciono a su esposa. ¿De verdad tengo que explicárselo?

–¡Está embarazada! Estás a punto de ser madre. Rachel y el bebé te necesitan.

–Lo que *necesitan* es un mundo en el que no exista esta droga. Si puedo ayudar a que eso se haga realidad, lo haré. –Se dirige al lado del conductor–. Vamos, Hannah, tenemos un horario ajustado. –Luego se detiene para saludar a mi madre, que está de pie en la entrada–. ¡La traeré sana y salva, Marie!

Mi madre la saluda también, pero no dice nada. Si pudiera evitar que me vaya, lo haría. Pero soy la única persona (a excepción de otro Mayor) que puede evitarlo y no me quedaré sentada en la banca de suplentes ni un minuto más. Merodeo frente al automóvil de Sarah mientras juego con la correa de mi bolso.

—¿Una última palabra de aliento? —le pregunto a Archer, de espaldas a mi casa y a la preocupación de mi madre. Él respira hondo, como si estuviera armándose de valor antes de mirarme.

—Atente a lo que practicamos. Plantea tu caso con tranquilidad, pero con firmeza. —Por fin levanta la vista y me mira a los ojos. Su ceño fruncido delata que está preocupado, pero se guarda lo que sea que esté sintiendo—. Si eso no funciona, recurre al simbolismo del que te habló la Mayor Keating. Si tú sigues luchando después de todo lo que tuviste que atravesar, ninguno de nosotros tiene excusas.

—Está bien. Entonces, si la lógica falla, voy de lleno con la culpa. —Una risa sin humor resuena en mi pecho.

El detective se sobresalta. Es un gesto ínfimo que desaparece en un segundo.

—Si pudiera ocupar tu lugar, lo haría sin pensarlo. —Extiende los brazos hacia mí, y doy un paso al frente para aceptar el abrazo—. No deberías tener que hacer esto —susurra mientras me abraza fuerte. Nunca lo había notado, pero debe usar la misma colonia que mi padre. La esencia familiar y los brazos fuertes que me rodean hacen que se me cierre la garganta—. Pero tengo fe en ti. Llámame si necesitas algo.

—Lo haré. —Mi voz está cargada por las lágrimas que estoy desesperada por esconder. Cuando Archer me libera, guardo el bolso en el automóvil de Sarah y luego subo al asiento trasero. El interior está inmaculado y tiene una temperatura agradable. La tela del asiento todavía está firme, ya que solo son dos y nadie usa la parte trasera. Pero pronto llegará el bebé y eso cambiará. Sarah me mira por el espejo retrovisor.

—Puedes sentarte adelante. No muerdo.

—Morgan vendrá conmigo —digo cuando arrancamos—. Tenemos que recogerla en su casa.

—Ryan no mencionó nada al respecto.

—No tuve oportunidad de preguntárselo —admito. Con todos los cambios de planes de último momento, lo olvidé por completo—. Pero Morgan es una Bruja de Sangre como Alice, así que puede ayudarme a convencerla. Es en la próxima calle a la derecha. —Contengo la respiración hasta que ella suspira y pone el guiño para doblar.

—¿Quieres que te ayude con la bruja o quieres hacer que su ropa desaparezca?

—¡Oye!

—¿Qué? —Se ríe y eso ayuda a romper la tensión inicial—. Cuando tenía tu edad, hubiera hecho cualquier cosa por escapar a un hotel de lujo con mi novia.

Mis mejillas están demasiado acaloradas, tanto que corren peligro de combustión espontánea, pero me río con ella. A pesar de que es mortificante, se siente bien que otra bruja me moleste con bromas sobre Morgan. Al resto del aquelarre todavía le resulta muy extraño que ella sea una Bruja de Sangre como para bromear al respecto. Además, por más que acepten que las dos seamos chicas, Sarah es la única capaz de provocarme con esa clase de cosas.

—Para que sepas, todavía estamos en la etapa de dejarnos la ropa puesta. Y este fin de semana no se trata de eso. —Miro por la ventana para guiarla a la casa de Morgan—. Prométeme que no dirás nada frente a ella.

—Como tú digas, niña.

—No soy una *niña* —protesto, pero, por algún motivo, eso la hace reír más. *De verdad espero* que no le cuente las historias vergonzosas de mi infancia. Por suerte, después de recogerla, pasamos casi todo el viaje de cinco horas en silencio. Intento ocuparme de mi tarea varias veces, pero cuanto más nos acercamos a la ciudad, más aumentan mis preocupaciones. Odié Manhattan la última vez que estuve aquí, pues estaba rodeada de demasiados cuerpos, con kilómetros de concreto que bloqueaban mi percepción de la tierra. Incluso el aire, cargado por tantas personas en lugares tan pequeños, me provocaba más ansiedad que calma. Sin mencionar a las brujas que conocí en estas calles.

Mi ritmo cardíaco debe alertar a Morgan de mi estado, porque me aprieta la mano y me mira con una pregunta implícita en sus ojos azules. Asiento con la cabeza, entonces su magia corre dentro de mí y aplaca el estrés más intenso. Por otro lado, comienzo a sentir culpa por seguir temiéndole a la Bruja de Sangre que conocí aquí, a pesar que la magia de Morgan mejore tanto mi vida. A pesar de que me enamoro de ella un poco más cada día. Sarah nos mira por el espejo retrovisor con una sonrisa.

Cuando por fin llegamos al hotel, es mucho más impresionante que el lugar en el que nos quedamos durante el viaje escolar. Es un edificio grande, con un revestimiento con patrón geométrico gris y beige alrededor de vidrios brillantes. La recepción tiene detalles de blanco reluciente y azul intenso, con cerámicas de color beige. Además, está lleno de hipsters; hay una fila de turistas detrás del afiche que anuncia el espectáculo de Alice. De los nervios, se me eriza el vello de los brazos. De verdad estamos aquí. En unas horas, comenzaré mi primera misión real para el Consejo.

Cuando los demás turistas terminan, Morgan me arrastra hasta el afiche para que nos tomemos una fotografía juntas. Me abraza por la cintura y el contacto hace que la preocupación desaparezca, pero, al recordar las provocaciones de Sarah, siento un escalofrío. Morgan y yo estamos a punto de tener una habitación para nosotras. Sin padres y sin supervisión. Le doy un beso en la mejilla para tomar otra fotografía y después publicar las mejores en Instagram. Para cuando Sarah vuelve de habernos registrado, tengo al menos doce notificaciones de "me gusta" en el teléfono. Subimos hasta el sexto piso por el elevador, luego la seguimos por el corredor, en donde se detiene frente a una puerta y me entrega la tarjeta.

—Ustedes se quedarán aquí. Yo estaré en la habitación contigua. La recepcionista me dijo que hay una puerta interna que conecta ambas habitaciones. Dejaré la mía sin seguro en caso de que haya alguna emergencia. Les sugiero que hagan lo mismo.

—Gracias —respondo mientras presiono la tarjeta contra la cerradura. Se enciende una luz verde.

—Subiremos a la terraza para el espectáculo a las siete treinta —agrega con una sonrisa—. Diviértanse hasta entonces. —La indirecta es muy clara y prende fuego en mis mejillas al tiempo que ella desaparece en la otra habitación.

Abro la puerta de la nuestra, dejo caer el bolso al suelo de madera pulida y me desplomo sobre la cama de dos plazas. Mientras el cubrecama blanco abraza mi cuerpo, miro la pieza de arte que hay detrás de mí; parece la descomposición geométrica de un bosque.

—¿Estás bien? —pregunta Morgan, que está sentada en el borde del colchón—. Sé que dijiste que no te gustan las grandes ciudades y que la última vez que estuviste aquí…

—Estaré bien —aseguro porque me rehúso a permitir que los recuerdos de la ciudad arruinen la primera vez que estamos realmente a solas desde la cita en el bosque de Salem.

—Si tú lo dices. —Se saca los zapatos y se levanta para estirar sus extremidades—. ¿Quieres practicar tu discurso o prefieres distraerte?

—¿Qué clase de distracción tienes en mente? —La miro con una ceja en alto. Ella da un giro lento, con un brazo en alto en una curva de danza perfecta.

—Haré la audición para tener un solo en el espectáculo de otoño. Puedes ayudarme a practicar. —Su cuerpo parece derretirse cuando realiza los primeros pasos. Incluso sin música, es hipnótica; el arco de su espalda, el modo en que sus calcetines se deslizan por el suelo pulido. Quisiera tener mi cuaderno de dibujo. No sé si podría capturar tal elegancia en un papel, pero, por la Diosa, quiero intentarlo. De repente se detiene y rompe el hechizo—. O... —Se acerca y se inclina hasta que su rostro está sobre el mío—. Ya que Gemma no está aquí para interrumpirnos, podríamos besarnos.

—Sí —respondo. La idea de dibujar es olvidada por completo—. Eso, elijo eso.

○ ◑ ● ◐ ○

Unas horas después, emergemos en la terraza del hotel. Penden guirnaldas de luces sobre nosotras, como estrellas eléctricas, las mesas de jardín están cubiertas por telas suaves negras y plateadas y, en el centro de cada una de ellas, centellean velas.

Se me acelera el pulso al ver las llamas, pero Morgan está ahí para apretarme la mano. Intento respirar hondo para buscar consuelo en el aire, aunque, a pesar de que mi magia funciona gracias a Morgan, la energía de aquí es diferente a la de Salem. Está cargada, llena de conversaciones, con vibraciones muy altas.

Le echo un vistazo a Sarah para ver cómo lleva la intensidad de la ciudad, en especial dado que suele tener una conexión fuerte con el aire. Noto una tensión anormal en sus hombros, pero, más allá de eso, parece estar bien. Cuando me descubre mirándola, me ofrece una sonrisita.

—Tienes que desconectarte —me susurra al oído—. Es la única forma de sobrevivir en un lugar así.

—Allí hay dos lugares. —Morgan señala unas mesas al centro y frunce el ceño—. Pero solo queda otro lugar unas mesas más atrás.

—Está bien —dice Sarah—. No puedo creer que ya esté lleno. —Se aleja entre el público para ocupar el espacio solitario, mientras que Morgan y yo vamos de prisa a la mesa en el centro. Mi móvil vibra en ese momento con una serie de mensajes del detective Archer.

> **DA: Buena suerte esta noche. Intenta disfrutar del espectáculo.**
>
> **DA: Intenta percibir su energía. Si parece reticente, puedes pedirle a Sarah que espere afuera mientras hablan. No la abrumen.**
>
> **DA: Cal confirmó el número de habitación. Sigue siendo el mismo.**

Sus palabras de aliento me ponen más nerviosa. Sé lo mucho que está en juego y es evidente que quería estar aquí para poder cuidarme.

Al menos está protegiendo al resto del aquelarre. Le escribo una respuesta rápida en la que prometo darle noticias en cuanto haya hablado con Alice, después guardo el teléfono. A mi lado, Morgan mira hacia donde está Sarah.

—Ella me agrada. Parece buena onda.

—Sí, lo es —coincido, aunque a veces me trate como si estuviera en pañales cuando *no* es así: me declaré hace más de un año. Ya me rompieron el corazón y seguí adelante.

—¡Eso es fantástico! —dice, animada—. Me ofreceré como niñera. —Se muerde el labio inferior, que sigue inflamado por los besos que compartimos—. ¿Debería preocuparme que el mini Elemental me prenda fuego el pelo?

Su pregunta me hace estallar de la risa.

—Ni siquiera yo podría hacer eso. Al menos no hasta dentro de unos meses —digo sin pensarlo, pero una vez que las palabras salen de mi boca, ya no sé si son ciertas. No sé qué pasará cuando cumpla dieciocho. ¿Y si nunca estoy lista para progresar? ¿Lo peor de todo? No sé cómo se lo diré a lady Ariana, a mi madre ni a Archer. Sé que debería decírselos, pues cualquier cosa que ayude al Consejo a saber más sobre la droga puede ser importante. Pero si lo supieran, ¿la Mayor Keating me apartaría de estas misiones? Todavía tengo que reclutar a David y quiero ayudar a destruir la droga que me hizo esto. Una vez que termine con todo eso, si todavía me duele usar magia sin ayuda, se los diré.

Tal vez.

Probablemente.

Podría decírselo a Cal, al menos. Somos amigos, él no me miraría como si le hubiera roto el corazón como podría hacer mi madre. Tampoco entraría en pánico por mi seguridad como de seguro haría Archer.

Antes de que siga divagando, un estruendo ligero, como de un trueno lejano, atraviesa a la multitud. Quedamos en silencio al tiempo que un humo denso emerge de máquinas ocultas para cubrir el pequeño escenario y a casi toda la audiencia.

—Damas, caballeros y espectadores no binarios —exclama una voz profunda por el sistema de altavoces—. Prepárense para que sus sentidos sean engañados y sus mentes, embelesadas, al entrar a un mundo de ilusiones y distracciones, en donde nada es lo que parece. —El presentador hace una pausa y la anticipación carga el aire—. ¡Unan sus manos para darle una ruidosa bienvenida al estilo Brooklyn a Alice Ansley!

El público grita de alegría y todos aplaudimos. Acto seguido, se encienden los focos para iluminar a una figura difusa en el centro de la nube de humo, que luego se despeja y da paso a Alice. Algunos espectadores dan las hurras como si estuvieran en un concierto y su emoción se extiende por las mesas como si fuera contagiosa.

Alice está vestida de negro como en el afiche, pero cambió la chaqueta de cuero por un traje fresco de tres piezas, con corbata de moño y zapatos con alas. El sombrero de bruja antiguo está inclinado hacia adelante y su cabello rosado le cae más allá de los hombros, hasta la cintura. Cuando llega a la mitad del escenario, hace una reverencia y arroja a un costado el sombrero, que aterriza a la perfección en un perchero que no había visto antes. Es una maniobra imposible, pero supongo que cualquier Bruja de Sangre puede lograrla después de algunos intentos.

—Muchas gracias a todos por estar aquí —dice mientras saca una baraja de cartas de su bolsillo. Tiene un micrófono diminuto en la solapa del saco y sus palabras se transmiten de forma envolvente—. Necesito un voluntario.

Todos los espectadores ansiosos por que los elija levantan las manos a mi alrededor. Yo mantengo las mías bajas. Su voz me resulta familiar, algo resuena en el fondo de mi mente, pero no logro descifrarlo. Alice selecciona a una mujer de la segunda fila y le pide que elija una carta. Cada vez que habla, la sensación de que la conozco se hace más intensa. Analizo su rostro para ver más allá del rubor exagerado, de la sombra que le cubre los párpados y del iluminador llamativo. La artista coloca la baraja entre las manos de la mujer, presiona, y las cartas desaparecen hasta que queda solo una. La audiencia jadea cuando Alice muestra la carta, y la voluntaria se ríe sorprendida, señal de que es la correcta, el seis de corazones.

—¿Dónde está el resto de la baraja? —pregunta mientras da vuelta esa carta una y otra vez. Alice observa a la multitud.

—Tú, el de la corbata roja. ¿Puedes revisar tu saco, por favor?

Tres filas más adelante y tres mesas a la izquierda de donde estamos, la persona de corbata roja revisa su bolsillo y se ríe al extraer la baraja de cartas y levantarla para que todos la vean. La audiencia aplaude, Alice se muestra victoriosa, pero yo siento un escalofrío en la espalda. Ahora lo veo: la chica con un rodete ajustado, el cabello rubio en vez de rosado; rabia y miedo en su rostro en lugar de la sonrisa de una artista. Siento la mano que presiona mi cuello.

—La conozco —le susurro a Morgan. Esta misión está condenada. La esperanza de destruir la droga antes del juicio se derrumba.

—¿Cómo? —Ella no aparta la vista del espectador que está revisando la baraja en busca del seis de corazones.

—Es la Bruja de Sangre que conocí en Nueva York —explico, la voz tan baja que no estoy segura de que me haya escuchado. Pero después me mira, con los ojos como dos platos—. Ella fue la que intentó matarme.

8

DURANTE LA HORA SIGUIENTE, ALICE ANSLEY DELEITA Y CONFUNDE a la audiencia. Puedo jurar que me miró directamente en dos oportunidades, en las que mis manos se volvieron pringosas por el sudor frío, pero siempre apartó la vista. Espero que los focos que le iluminan los ojos distorsionen mis facciones y que no me reconozca. En su acto final, desaparece en una explosión de humo, y la audiencia se queda aplaudiendo y vitoreando en su ausencia.

Yo no tengo tiempo de estar impresionada por sus habilidades ni para preguntarme cómo logró cada uno de sus actos que parecían imposibles. La misión está más que arruinada.

—¿Qué hacemos? —susurra Morgan mientras el público va desapareciendo. Perdemos a Sarah entre la corriente de cuerpos, así que

Morgan se aferra a mi brazo de camino a la escalera para volver al hotel–. ¿Hay alguna posibilidad de que no te reconozca?

–Las Conjuradoras intentaron dejarla sin magia, estoy bastante segura de que se acordará de mí. –Atravieso la puerta siguiente, por la que salimos a un corredor vacío. No es nuestro piso ni el de Alice, así que deberíamos tener unos minutos hasta que Sarah venga a buscarnos–. Si el Consejo descubre lo que pasó ese fin de semana, podría perder mi magia y también Alice. –Todas las Brujas presentes somos culpables de haber usado magia en contra de otro Clan. Ninguna de nosotras será inocente frente a los tres Mayores.

–Pero los Mayores te necesitan. ¿Crees que te castigarán de todas formas?

–Para ser honesta, no lo sé.

Cuando Veronica me invitó a pasar el rato con las tres Brujas Conjuradoras (Tori, Lexie y Coral), no quería ir, pero ella me suplicó. Entonces, pensaba que salir con ella implicaba hacer cualquier cosa que la hiciera feliz, así que accedí. Esa noche no fue de lo mejor, en especial cuando una Bruja de Sangre (*Alice*) nos atacó. Ayudé a ahuyentarla, pero después de que supe que las Conjuradoras planeaban quitarle la magia de forma ilegal, intenté alejarme de ellas y concentrarme en el viaje escolar.

Al día siguiente, fui a Central Park con el resto de la clase con la idea de divertirme con Gemma; sin embargo, Veronica quiso que habláramos, solo que la charla se convirtió en *pelea*. Lo único que supe después, fue que estaba perdida en medio del parque. Todavía no estoy segura de cómo hizo Alice para encontrarme ahí, si me estaba siguiendo o si tuve pésima suerte, lo cierto es que me reconoció del apartamento de las Conjuradoras y me atacó. Estaba tan distraída conmigo, que las otras tres brujas (que estaban ahí para encontrarse con Veronica) lograron capturarnos a ambas. A pesar de mis objeciones, Alice pensó que yo quería robarle la magia como las demás y no hay razón para pensar que vaya a cambiar de opinión ahora.

Lo que las tres Conjuradoras intentaron hacer es imperdonable. Incluso lo que sí lograron hacer (secuestrar a Alice y amarrarla con cuerdas empapadas en pociones que adormecían su poder) es malo. Sin mencionar la pelea que se desató entre Tori y Veronica antes de que lográramos escapar. Esa clase de peleas entre Clanes son imperdonables ante las leyes del Consejo y no sé si los planes que Keating tiene para Alice y para mí serán suficientes para que nos salvemos del castigo.

Pero, al mismo tiempo, no puedo *no* intentar reclutar a Alice. Hay demasiado en juego con la droga de los Cazadores, que puede despojar a aquelarres enteros de su magia de la noche a la mañana.

—Tenemos que hablar con Alice de todas formas. Tiene que haber una forma de convencerla de que nos ayude sin decirle a nadie lo que pasó. La necesitamos. —Me asomo por el pasillo para espiar los números de las puertas—. Está en la segunda puerta. Nos atendremos al plan: tú y yo intentaremos hablar con ella. Le enviaré un mensaje a Sarah para decirle que queremos ir solas para no abrumar a Alice.

—No crees que te meta en problemas con el Consejo, ¿o sí?

—Es familia, pero prefiero no ponerla en posición de tener que elegir. —Guio a Morgan por las escaleras; mientras tanto, le escribo a Sarah. Cuando llegamos a la puerta indicada, mi novia mira hacia atrás.

—¿Cómo la convenceremos de que abra? ¿Y si te reconoce? —Su tono está teñido de dudas que intento no tomar personales.

Al final del corredor, alguien dejó un carrito de servicio a la habitación abandonado para que alguien lo recoja por la mañana. Sobre él hay una botella de champaña vacía junto a una cubeta con hielo semiderretido.

–Tengo una idea.

Dos minutos después, Morgan se presenta frente a la puerta de Alice. La cubeta tiene hielo nuevo y la botella de champaña está inclinada para ocultar que está vacía. Sarah me respondió diciendo que tenemos media hora para intentarlo solas antes de que venga como refuerzo. Morgan me mira y se acomoda la falda para que le caiga con delicadeza hasta las rodillas. Le hago señas para que sonría, a lo que responde poniendo los ojos en blanco y resoplando antes de levantar la mano para llamar a la puerta. El tiempo parece detenerse en el instante en que levanta el puño que me pondrá frente a frente con la Bruja de Sangre que protagonizó mis pesadillas durante meses.

Morgan llama y esperamos.

–¿Quién es? –pregunta una voz cautelosa.

–Eh… Servicio a la habitación. –Se oye movimiento del otro lado de la puerta. Yo contengo la respiración, mientras que Morgan levanta la cubeta para que Alice la vea por la mirilla.

–No ordené nada. –Su voz suena apagada, pero cercana. Demasiado cercana.

Me estremezco de miedo y se me eriza la piel al recordar la fuerza de su mano en mi garganta. Y las runas que dibujó con sangre en las paredes del apartamento de las Conjuradoras. Le hago un gesto a Morgan para que diga algo, lo que sea.

–Es un regalo –suelta–. Un fanático de su espectáculo… eh… pidió que se lo trajéramos.

Un segundo de silencio, Dos.

Oímos el deslizamiento de la cadena de la entrada, y la puerta se abre. Alice está ahí de pie, aún con su traje, pero sin moño y con el cabello rosado trenzado sobre un hombro–. Puedes dejarlo en el escritorio.

Morgan me lanza una mirada de preocupación, por lo que Alice sigue la dirección de sus ojos. Tiene el ceño fruncido por la confusión, pero percibo el instante en que reconoce mi rostro y cierra los puños.

–*Tú*.

–No entres en pánico. –Levanto los brazos en señal de rendición–. Solo queremos hablar.

–Come mierda, perra tira fuego –exclama y cierra la puerta de un golpe. Me apresuro a poner el pie contra el marco antes de que se cierre e intento entrar a la fuerza a pesar del dolor en la pierna.

–No puedo irme sin que me escuches. –La puerta se abre, y Alice se mueve más rápido que la vista; me mete adentro y me toma del cuello. Aprieta con fuerza y me eleva por la pared hasta que mis dedos apenas tocan el suelo.

–No tengo *nada* que hablar contigo.

Tengo la peor clase de *déjà vu*. La presión de Alice me deja sin aire y acalla mi respuesta, sin importar las consecuencias de que use su magia en contra de otra bruja.

–¿Qué haces? –Morgan deja caer la cubeta de hielo y el contenido se esparce por todo el suelo. Luego cierra la puerta de un empujón–. Bájala.

–Retrocede, princesita de tierra, o le romperé el cuello a tu amiga. –La Magia de Sangre toma el control de mi cuerpo y obliga a mis huesos y músculos a moverse según sus órdenes. El dolor recorre mis extremidades al tiempo que pierdo el contacto con el suelo y la capacidad de respirar.

Morgan corre hacia nosotras y retuerce la muñeca de mi atacante hasta que libera la presión de mi cuello. En consecuencia, caigo al suelo en medio de un ataque de tos por el regreso del aire a mis pulmones.

—No quiero lastimarte. —Empuja a Alice unos pasos hacia atrás y se coloca entre las dos—. Pero no dejaré que la toques.

—¿Quién dijo que necesito tocarla? —Su expresión cambia por un destello de dientes feroz que se asemeja a una sonrisa. A continuación, mi cuerpo tiembla cuando se me contraen los músculos cada vez más y más. Un grito queda atrapado en mi garganta y cierro los ojos para soportar el dolor mientras que estrellas fugaces diminutas vuelan detrás de ellos.

El poder de Alice es una invasión dentro de mí, es extraño y exprime cada una de las células de mi cuerpo. Llamo a los elementos en un intento de robar el aire de sus pulmones, de congelar el agua de su sangre, lo que sea, pero no logro alcanzarlos en medio de la agonía. No puedo concentrarme en nada, ni siquiera en mi propia respiración.

Percibo un altercado sobre mí, el crujir de huesos y una respiración profunda y dificultosa. Luego, el dolor desaparece, reemplazado por el palpitar de la magia de Morgan. Fluye como un arroyo tranquilo que aplaca el dolor de mis músculos, pero no hace nada en contra de la jaqueca que crece desde la base de mi cráneo. Cuando logro abrir los ojos, Alice está fulminándome con la mirada y limpiándose sangre de la nariz.

—Trajiste a una Bruja de Sangre esta vez —dice en tono burlón—. Muy astuta.

—¿Qué pasa contigo? —pregunta Morgan antes de que pueda iniciar el discurso que estuve practicando—. ¿Cómo puedes usar tu magia de esa forma? No se supone que nuestro Clan se comporte así. Ya no.

Alice la mira con odio al tiempo que se sienta en el borde del colchón. Hay dos baúles grandes junto a la cama, supongo que llenos de provisiones para su espectáculo. No creo que estén llenos de ropa.

–Y no se supone que *tú* engañes a una de las tuyas en favor de una… –Me señala con desdén–. Una florista impulsiva.

–Yo no…

–Hannah no es impulsiva –interrumpe mi compañera–. Fuiste *tú* quien la atacó cuando todo lo que queríamos era pedirte ayuda. –Se cruza de brazos; es un poco aterradora cuando está furiosa, pero también algo adorable.

–¿Ayuda? –Alice se ríe, pero, de alguna manera, incluso ese sonido suena cruel en ella–. Perfecto. Claro que quiere mi ayuda. ¿Tienes idea de lo que intentó hacerme? Tiene suerte de que no detenga su corazón en este instante.

–Yo…

–Me contó lo que ocurrió la última vez que estuvo aquí. No fue su culpa, sino de las Conjuradoras. –Mi novia no duda un momento antes de continuar–: Hannah me contó que te ayudó a escapar, ¿y cómo le pagaste? La lastimaste, igual que ahora.

–Dejarme ir fue lo mínimo que podía hacer. –Los ojos azules de la chica se vuelven gélidos–. Me atraparon por su culpa, en primer lugar.

–¿Qué? –Morgan se da vuelta a mirar hacia donde sigo sentada contra la pared. Quisiera poder negar la acusación de Alice, pero es cierta, técnicamente. Si no me hubiera visto en Central Park, es probable que no la hubiesen atrapado.

Ambas Brujas de Sangre se quedan en silencio por un momento, así que me esfuerzo por levantarme. Mi cuerpo se queja, pues tengo todos los músculos adoloridos por el ataque mágico de Alice.

—Dejemos eso atrás y empecemos de vuelta, ¿de acuerdo? El Consejo nos envió aquí porque necesitamos de tu ayuda con urgencia —explico, y ella redirecciona su mirada asesina hacia mí.

—Ya hablé con el *Consejo*. —Casi escupe al pronunciar esa palabra—. No quiero tener nada que ver con sus planes.

—Mantenerte al margen no te servirá para protegerte. *Todos* estaremos condenados si no detenemos a los Cazadores. —Doy un paso cauteloso hacia adelante. Las piernas siguen firmes, pero duele tanto que me estremezco—. Si no nos ayudas, es solo cuestión de tiempo hasta que nos den una dosis de su droga a cada uno de nosotros. Y, créeme, apesta.

Su expresión se suaviza por un ligero rastro de curiosidad, como si estuviera viéndome por primera vez.

—Espera, tú eres… —Nos mira a ambas—. ¿Eres la chica de Salem?

—Me enfrenté a esos Cazadores, Alice —afirmo. *Quizás debería haber empezado por ahí*—. Son mucho peores que las malditas Conjuradoras que intentaron lastimarte. Sé que no me crees, pero cuando supe lo que querían hacerte, intenté detenerlas. Ninguna bruja inocente merece que la despojen de sus poderes. —Cierro los ojos para contener la emoción repentina al pensar en Zoë y en mis abuelos—. Ya han sufrido demasiados compañeros. Estoy aquí para pedirte ayuda porque sin ti, no pasará mucho hasta que los Clanes no sean más que un recuerdo.

Alice sostiene la punta de su trenza rosada mientras mira al suelo, con una arruga en medio de su ceño. Pasa mucho tiempo en silencio, por lo que tengo que esforzarme muchísimo para no interrumpirla ni insistir. Debo darle espacio para que se convenza de ayudarnos. Al final, vuelve a levantar la vista.

—No puedo hacerlo. Estoy en medio de una gira y tengo

patrocinadores a los que debo rendirles cuentas. —Su voz está cargada de emoción y cambió tanto de actitud que apenas reconozco a la chica de antes, la que intentó romperme el cuello hace cinco minutos—. Mi vida *por fin* está en orden. No puedo dejar todo por una misión destinada al fracaso.

—Pero eres nuestra mayor esperanza para salvar a los Clanes. —Me acerco con cautela al recordar la advertencia de Archer: si la lógica falla, apelar a la culpa—. Los Cazadores me arrebataron todo. Asesinaron a mi padre, me dejaron sin magia y, cuando por fin volvió, ya no era igual. Ahora no puedo controlar los elementos sin sentir dolor y no sé si alguna vez dejará de suceder. —Se me quiebra la voz, pero no me preocupo por contener las lágrimas—. Por favor, Alice, puedes hacer algo al respecto. Puedes ser nuestra salvadora. —Ella me evalúa y también percibo el peso de la mirada de Morgan en mi espalda. La culpa que quise usar como un arma se volvió en mi contra. Dejé que mi novia creyera que estaba bien, pero ahora sabe lo que estuve ocultándole durante semanas. Cada vez que me preguntó si estaba bien, cada vez que la evité en lugar de contarle la verdad. De todas formas, si esto sirve para que consigamos la ayuda necesaria, soportaré los daños colaterales—. Alice… —Voy a tocarle la mano, pero la aparta de inmediato.

—Salgan de aquí. —Se levanta de forma abrupta y me sujeta del cuello de la camiseta, así que la sigo a los tumbos hasta que me lanza hacia el corredor. Morgan sale detrás de mí—. Consíganse a otro salvador —sentencia antes de cerrarme la puerta en la cara.

g

CUANDO LLEGAMOS A LA HABITACIÓN, SARAH ESTÁ ESPERÁNDONOS.

−¿Cómo les fue?

La pregunta pende en el aire entre las dos, pero no sé por dónde empezar. La conversación con Alice fue un completo fracaso, así que respondo encogiéndome de hombros e intento descartar mis emociones como si fueran una nota no deseada.

−Alice no fue muy… abierta a la idea −dice Morgan, mirándome. Sé que quiere hablar, aunque no sobre la misión fallida. Veo la curiosidad sobre mi primer encuentro con Alice en sus ojos, pero no dice nada frente a Sarah. Conoce los peligros de ser acusada de violencia hacia otro Clan. A pesar de que es posible que los Mayores sean más flexibles con respecto a la violencia del día de hoy, dado que estamos aquí por pedido suyo, no creo que sea un riesgo que alguna de nosotras quiera correr.

—¿Qué hacemos ahora? —Sarah mira la hora en su teléfono—. Ryan me dijo que no me fuera de Nueva York sin ella.

No hay forma de que Alice cambie de opinión y una pequeña parte de mí no la culpa. Recuerdo el brillo amenazante en los ojos de Tori tantos meses atrás, era tan intenso como el de su cabello azul. También recuerdo lo mucho que lastimó a Alice antes de que yo la ayudara a escapar.

—Entonces supongo que estamos estancadas aquí. —Presiono la tarjeta contra la cerradura y abro la puerta de un empujón.

—Hannah…

—Déjame hablar con ella —interviene Morgan—. No haremos nada sin avisarte.

Cuando la puerta se cierra, me desplomo en el borde de la cama con la mirada en las vetas del suelo de madera pulida. Todavía están las prendas que nos probamos para el espectáculo desperdigadas por la habitación y la traba hacia la de Sarah sigue abierta. Considero cerrarla para que no pueda entrar, pero eso implicaría encontrar la fuerza de voluntad para levantarme cuando todo lo que quiero es hundirme en esta cama y no volver a moverme.

La sombra de Morgan se posa sobre mí, su figura alta extendida por las luces superiores.

—No quiero hablar de eso —digo antes de que pueda preguntar. Ella se sienta a mi lado en silencio por un largo tiempo.

—Creo que deberíamos hacerlo. —Por fin rompe el silencio y gira a mirarme—. ¿Todo eso es verdad? ¿Qué ocurre con tu magia? —Las lágrimas que estuve conteniendo se liberan y caen más allá de mis pestañas–. ¿Por qué no dijiste nada? –Ella me seca las mejillas con los pulgares–. Soy una novia terrible, tendría que haber notado que algo andaba mal.

–Funciona mejor cuando tú estás cerca. –Admitirlo interrumpe el llanto, así que me seco con la manga–. Es mejor cuando usas tu magia, pero aunque no lo hagas, que estés cerca me ayuda a centrarme y a que sea más fácil controlar los elementos. No tenías forma de notarlo.–No sé por qué su presencia mejora la situación, pero, de algún modo, lo hace.

–Pudiste habérmelo dicho –insiste–. Podría…

–¿Qué podrías haber hecho? ¿Contárselo a mi mamá? ¿A Archer?

–Intentado *ayudarte*. Estamos en el mismo equipo, Hannah, pero no puedo ayudarte si no sé qué es lo que te pasa. –Me aprieta la mano, su magia fluye dentro de mí y alivia el dolor del ataque de Alice–. ¿Estás bien?

–Lo estaré *si* convencemos a Alice de que nos ayude. –No llegué tan lejos para volver con las manos vacías ni pasé por ese dolor a cambio de nada–. Aunque después de todo lo que pasó, no creo que lo haga.

Morgan está en silencio otra vez. Mientras dibuja círculos en mis nudillos con el pulgar, tiene el rostro atormentado por miles de preguntas.

–Adelante. Pregunta. –Un suspiro extenso me desinfla.

–No quería…

–Prácticamente tienes la pregunta escrita en la frente –interrumpo. Me dejo caer hacia ella, con la cabeza en su hombro. El aire baila por mi cabello y el mínimo destello de magia pone a mi cuerpo a cantar. Es increíble lo cerca que siento a los elementos cuando ella está conmigo–. Puedes decirlo.

Ella duda un minuto más antes de apoyar la cabeza contra la mía.

—No creo entender lo que pasó la última vez que estuviste aquí en realidad. ¿Dijiste que unas Brujas Conjuradoras querían dejarla sin magia?

Cierro los ojos para esforzarme por recordar ese fin de semana que lo cambió todo. Fue la última pieza para que me separara de Veronica.

—Eran tres —admito al final—. Tori, Coral y Lexie. —Es extraño decir sus nombres en voz alta y parte de mí espera que eso las haga aparecer en la habitación—. Se conocieron en la universidad y rentaron un apartamento juntas fuera del campus. Decían que los dormitorios allí no tenían privacidad suficiente para preparar pociones.

—Pero ¿por qué querían despojar a Alice de sus poderes? —Se mueve con incomodidad a mi lado.

—Fue idea de Tori, más que nada. Ella había perdido a sus padres por una enemistad con la familia de Alice. Tenían una especie de enfrentamiento al estilo Romeo y Julieta, pero sin romance. No creo que Coral y Lexie se hayan dado cuenta de que sus planes eran serios. —Me siento y me froto la nuca—. Tori dijo que Alice era la última Bruja de Sangre en la ciudad y que si no se iba, la iba a convertir en una Reg.

—¿Y qué pasó? —pregunta con un escalofrío—. Es obvio que no tuvieron éxito. —Luego niega con la cabeza—. No puedo creer que Alice te hiciera algo así. ¿Eso fue lo que pasó la última vez? —Su tono se debate entre tristeza y dolor, al tiempo que aparecen lágrimas en sus pestañas—. No me sorprende que me hayas culpado por lo que le pasó a tu padre cuando descubriste quién era.

—Oye —protesto mientras lucho contra el dolor que amenaza con humedecerme los ojos al oírla mencionar a mi padre—. No eres como ella. Sospechar de ti fue un terrible error.

Alguien llama a la puerta antes de que Morgan pueda responder. Mi primera idea es que se trata de Alice que vino a decir que cambió de opinión, pero ella no sabe nuestro número de habitación.

—Yo abro —dice Morgan. Se seca las lágrimas y abre la puerta: no es Alice la que está del otro lado.

Hay tres personas en el corredor, dos chicos y una chica. Son jóvenes, de nuestra edad o unos años mayores, tal vez. Uno de los chicos, el más alto, me resulta familiar; tiene cabello castaño, ojos color avellana y gafas de montura gruesa. Cuando logro reconocerlo, frunzo el ceño.

—Eres ese reportero que vi en el Caldero. —Doy un paso al frente con los puños cerrados—. ¿Ahora estás acosándome?

—No todo se trata de ti, Hannah. —Exhibe una sonrisa depredadora, luego desvía la atención hacia Morgan y la mira de pies a cabeza. Sigo su mirada: ella está congelada en el lugar, con las manos temblorosas.

—¿Morgan? —Mi voz parece destrabarle las extremidades. Intenta cerrar la puerta de un golpe, pero el segundo chico (más bajo y de cabello oscuro) se abre paso dentro de la habitación. Mi novia se tambalea; toda la confianza y la entereza que la caracterizan desaparecieron—. ¿Los conoces? —Doy un paso al frente y recurro a mi magia, sostengo su palpitar dentro de mi pecho solo por si acaso. Fue verdad lo que le dije a Morgan: soy más fuerte cuando ella está cerca, pero estaría mucho mejor si tuviera la Magia de Sangre en las venas.

—Me lastimas —dice el reportero y se lleva una mano al pecho de forma exagerada. Mientras tanto, la chica cierra la puerta despacio para encerrarnos a los cinco en el espacio reducido—. ¿No le contaste sobre mí? —Extiende la mano para acomodarle un cabello a Morgan detrás de la oreja, pero ella se aleja.

—No me toques, Riley.

*Riley*. El nombre me da vueltas por la cabeza. Cuando recuerdo por qué me resulta familiar, pierdo el control de los elementos. No es un reportero, es su exnovio. "Mi ex era más del estilo de aparecerse en mi casa a todas horas". Eso fue lo que me dijo la primera vez que lo mencionó e incluso antes de saber que ella era una Bruja de Sangre, supe que el chico no era nada bueno. Y dado que es un Cazador...

Es probable que los otros dos también lo sean.

—¿Qué quieren de nosotras? —pregunto en voz alta con esperanzas de que Sarah me escuche y sepa que algo anda mal.

Los miembros del equipo de Riley sacan armas tranquilizantes de la parte trasera de sus pantalones; si son las mismas que usaron los Cazadores en la Farmacéutica Hall, están cargadas con su droga. Por su parte, Riley no tiene un arma, sino que saca un cuchillo largo, por lo que Morgan se pone rígida detrás de mí.

—Nos facilitaste tanto las cosas con todas esas fotografías adorables que publicaste con ella, Hannah. Rastreamos tu teléfono hasta Nueva York, pero la fotografía en la recepción del hotel fue de mucha ayuda. —Avanza para cubrir la distancia que nos separa y nosotras lo imitamos para alejarnos. Él posa la atención en su ex—. Mis amigos y yo te arreglaremos, bebé. Podrás volver a Minnesota con nosotros. Todos te extrañan.

—Suficiente con el monólogo, Riley. —La chica pone los ojos en blanco—. Tenemos que volver antes de que alguien se dé cuenta de que no estamos. —Luego me apunta con el arma—. Curemos a estas chicas y regresemos a casa.

Tomo la mano de Morgan y espero que sea suficiente para transmitirle lo que estoy pensando.

—Como alguien me dijo hace poco: come mierda —rujo.

El aire responde de inmediato a mi llamado con un violento vendaval que levanta a los tres Cazadores del suelo. Grito para llamar a Sarah mientras jalo a Morgan de la mano. Logramos escondernos detrás de la cama justo cuando el chico más bajo dispara su arma. El darlo atraviesa las cortinas y sale volando por la ventana.

En ese instante, Sarah irrumpe en la habitación, echa un vistazo a la escena frente a sus ojos y se pone en acción. El aire le responde de inmediato y se arremolina entre nosotros con la fuerza de un ciclón. Después une las manos y los tres Cazadores caen al suelo con las manos en la garganta.

—¿Qué está haciendo? —pregunta Morgan, asomada sobre la cama.

—Dejándolos sin aire. —Ni siquiera intento esconder la satisfacción en mi voz. Una parte retorcida de mí se deleita con el temor en los ojos de los atacantes, con la forma en que quedan vencidos ante el poder de Sarah. Usar la magia de ese modo es una perversión de nuestros dones, pero ellos nos forzaron a hacerlo.

La chica es la última que se desploma en el suelo, con las extremidades lánguidas. Luego se estira como si pudiera superar la falta de aire, como si pudiera…

—¡Cuidado, Sarah!

Los dedos de la chica se cierran alrededor del arma y logra disparar. El pequeño dardo cilíndrico sale volando hasta clavarse en el pecho de Sarah, que baja la vista, aferra la punta emplumada y deja caer el proyectil al suelo. Se le expanden las pupilas, que consumen el verde de sus ojos.

—Corran —dice, aferrada del borde de la cama, al tiempo que el aire se aplaca con la desaparición de su magia—. ¡Corran!

Me sobresalto por la ferocidad en su tono, pero no tiene que repetirlo.

Llevo a Morgan detrás de mí mientras los Cazadores recargan y apenas llegamos a evitar la nueva ronda de disparos. Un segundo después, salimos al corredor y sorprendemos a una mujer ebria que está luchando con la tarjeta de su habitación. No sé a dónde ir ni cuántos Cazadores puede haber en el hotel. En la ciudad. Necesitamos refuerzos.

Giro hacia las escaleras y, una vez que Riley desapareció de la vista, Morgan parece volver en sí. Corre más rápido, tomándome la mano para ayudarme a seguirle el ritmo. Cuando damos la vuelta en otra esquina, oímos ruidos a la distancia: los Cazadores nos están persiguiendo. Subimos dos secciones de las escaleras. Mis pies apenas rozan cada escalón antes de que Morgan me impulse hacia el siguiente. La estructura metálica resuena con nuestros pasos y los de los Cazadores. El miedo y la adrenalina son lo único que evita que mi corazón se haga pedazos. Sarah acaba de perder su magia por mi culpa, pero no hay tiempo para pensar en eso. Ahora no.

Al llegar al piso de Alice, abandonamos las escaleras a una velocidad tal que por poco me caigo de cara al suelo. Mi compañera me arrastra tras ella, pero apenas puedo controlar mis pies. Voy jadeando para respirar, con lágrimas silenciosas en las mejillas.

—Vamos —me insta y hace fluir su magia dentro de mí. Con una nueva inyección de energía en las piernas, corro más rápido de lo que jamás corrí en mi vida. Tan rápido que el cuerpo no parece mío.

—¡Alice! —grito y golpeo la puerta cuando llegamos a su habitación.

—¡Vete al diablo!

—Abre la puerta, Alice.

—¡Hannah! —Morgan jala mi brazo, y giro a tiempo para ver a los tres Cazadores emerger desde las escaleras. Se acercan corriendo, todos con sus armas en mano. *Mierda, mierda, mierda.*

*—Necesito todo el poder que puedas transmitirme.* —Recurro al lugar de mi pecho en donde debería almacenarse el poder. No sé si esto funcionará, ni siquiera sé si es posible, pero me aferro a la esperanza de todas formas—. ¡Ahora!

Ella hace lo que le pedí, entonces la magia corre por mis venas con una fuerza intoxicante que casi me nubla la vista. La reserva de poder de mi pecho crece demasiado, tanto que temo que me ahogue. En cuanto levanto la mano, el aire responde antes de que sepa bien qué es lo que estoy pidiéndole. Se levanta viento para hacer mi voluntad, empuja a los tres Cazadores varios pasos hacia atrás y los hace caer al suelo. Detrás de mí, apenas percibo que Morgan está azotando la puerta de Alice, mientras tanto, sigo el rastro del aliento de cada uno de los atacantes hasta sus pulmones y presiono hasta que, uno a uno, pierden el conocimiento.

Una puerta se abre y se cierra de un golpe. Alice se acerca a nosotras, vestida con un pantalón pijama de franela y una camiseta gris, en lugar del traje de antes. Al verla así, de pronto me percato de que no debe ser mucho mayor que yo. Debe tener diecinueve años, veinte cuanto mucho.

—¿Quién demonios son ellos?

—Cazadores —respondo sin aliento. La magia de Morgan deja mi cuerpo de golpe, entonces me tambaleo y tengo que sostenerme de la pared. La repentina pérdida de control de los elementos me deja mareada y con náuseas. Imaginé que su magia iba a estabilizar a la mía, pero no esperaba que la hiciera más fuerte. ¿Alguien ha hecho esto antes? ¿Las Brujas de Sangre sabrán que pueden tener ese efecto sobre las Elementales? ¿Los Mayores lo saben?

—¿Están muertos? —pregunta con voz dudosa, al borde del llanto.

–No. No están muertos –respondo y le tomo la mano.

–¿Qué hacemos ahora? No podemos dejarlos en el corredor.

Miro a los cuerpos inertes, luego a la habitación de Alice y, finalmente, fijo la mirada sobre la chica a la que se supone que reclute.

–No me mires a mí –advierte y da un paso atrás–. No quiero *Cazadores* en mi habitación. Yo no soy parte de esto.

–Ahora lo eres. –Cubro la corta distancia hacia los atacantes inconscientes, tomo a Riley de los tobillos y comienzo a arrastrarlo por el corredor–. Dime que tienes lugar de sobra en esos baúles gigantes, por favor.

# 10

CIERTAS PERSONAS SON MUCHO MÁS PREDISPUESTAS CUANDO SON cuerpos inconscientes en el suelo. Alice no evita que arrastremos a los Cazadores a su habitación, aunque tampoco ayuda. Mientras me dedico a atarles las muñecas con cuerdas del espectáculo de la chica, Morgan, temblorosa, le explica que no nos estaban disparando dardos tranquilizantes, sino que estaban cargados con una droga que iba a dejarnos sin magia para siempre. La ilusionista de cabello rosado empalidece por completo cuando comprende la realidad de la situación.

Estoy a punto de pedirle ayuda a Morgan para enviarle un mensaje de aire a Sarah, hasta que recuerdo el dardo que se clavó en el pecho de mi compañera de aquelarre y se me parte el corazón una vez más. Tomo mi teléfono para llamarla, y ella contesta al instante.

—¿Están bien? —La preocupación supera la pena en su voz—. ¿Dónde están?

—En la habitación de Alice. Estamos bien. —Cierro los ojos con fuerza para controlar la culpa que amenaza con devorarme—. ¿Y tú? ¿Cómo…?

—Voy para allá.

Cuando llega unos minutos después, es evidente que intenta mostrarse fuerte, pero puedo ver las fisuras de su armadura emocional. Por mucho que quiera ocultarlo, una capa de sudor brilla en su ceño. Llego a percibir un mínimo de su magia Elemental, que disminuye con cada aliento.

—Lo siento —digo en cuanto cierra la puerta—. Todo esto es mi culpa.

—Conocía los riesgos cuando me ofrecí como voluntaria. —Se estremece, aferrándose las costillas. Luego se enfoca en el grupo de Cazadores amarrados e inconscientes—. Por la Diosa, son muy jóvenes —comenta, más para sí misma—. ¿Están heridas? ¿Ninguna más fue drogada?

—¿*Más*? —repite Alice en tono agudo.

—Estamos bien. —Ignoro a la Bruja de Sangre presa del pánico y me froto los ojos para detener la constante amenaza de lágrimas—. Pero tú no. Siento desaparecer tu magia. De haber sido más rápidas, tal vez…

—No es tu culpa, Hannah. Yo… —Sarah jadea y se lleva una mano al pecho. Dando tumbos, apenas llega al borde de la cama deshecha de Alice, cuando las piernas comienzan a fallarle y la última pizca de magia en ella se esfuma.

Para siempre.

Respira despacio, como si intentara controlar las náuseas, y por fin levanta la vista hacia las tres jóvenes brujas preocupadas frente a ella.

—Tenemos que sacarlos de aquí antes de que despierten. Eres Alice, ¿no? —La ilusionista asiente con la cabeza mientras retuerce la punta de su trenza—. ¿Qué clase de vehículo tienes?

Veinte minutos después, llevamos a los Cazadores atrapados en los baúles hasta la camioneta rentada de Alice. Ella se rehusó a compartir un vehículo con los atacantes, por lo que Sarah tuvo que extraer la camioneta. Me ofrecí a acompañarla, pero quiso estar sola y dijo que tenía muchas personas a quienes llamar para que le hicieran compañía. Entonces, Alice, Morgan y yo abordamos el automóvil de ella. No hablamos en todo el viaje a Salem. Intento no pensar en las pesadillas que tendré, pero lo único que se reproduce en mi mente sin parar son mis errores.

Al llegar a Salem, me ofrezco a llevar a Alice a un hotel y a Morgan a casa, pero ambas insisten en acompañarme a ver a Archer. Las luces de su casa están encendidas: nos está esperando como prometió al teléfono.

—¿Y bien, bruja de viento? —me urge Alice desde el asiento trasero, mirando la casa de Archer con pánico mal disimulado—. ¿Entrarás?

La fulmino con la mirada por el espejo retrovisor antes de apagar el motor. Archer abre la puerta antes de que llegue a la entrada.

—Gracias a las Hermanas —dice con ansiedad, como si no hubiera estado seguro de que llegáramos con vida—. ¿Dónde están los demás?

—Morgan y Alice están en el auto. —Les hago señas para que se acerquen, con lo que ambas bajan del vehículo—. Sarah viene de camino con la… carga.

—Entren. Las tres. —Archer nos hace pasar a su casa—. La Mayor Keating está preparando té en la cocina.

—¿Hay un *Mayor* aquí? —Alice se queda congelada en la puerta—.

¿No pensaron que debían decirme eso antes? —Su rostro transmite preocupación y entiendo por qué: si le contara a Keating lo que me hizo en el hotel, que controló mi cuerpo con su magia, la Mayor la despojaría de la magia.

—No le contaré lo que pasó esta noche —susurro—. Aunque no nos ayudes con la misión. Pero de verdad, *de verdad*, espero que lo hagas. —Le hago señas para que nos siga al interior de la casa. Quisiera decir que haría lo que fuera para reclutarla, pero no la amenazaría con hacer que pierda la magia. No recurriré al chantaje.

En la cocina, la Mayor Keating está parada junto a la estufa, sirviendo té en media docena de tazas. Nos mira por sobre el hombro y asiente con aprobación hacia mí al ver a Alice.

—Explíquenme todo.

No estoy segura de cuánto de nuestra historia ya le habrá contado Archer (suficiente como para que desactive la barrera de protección temporalmente para que Sarah pueda entrar con los tres Cazadores), pero, de todas formas, empiezo por el principio. Le cuento que Riley fue al Caldero, pero yo no sabía quién era y, contra mi voluntad, también admito que las fotografías que publiqué en Instagram lo guiaron hasta nosotras.

—Pero, ¿por qué lo hizo? —reflexiona Keating. Luce más preocupada que nunca—. ¿Por qué está tan obsesionado con Morgan como para violar el protocolo?

—¿Protocolo? —repito. Ella levanta la vista del té y se aclara la garganta.

—Dijiste que uno de ellos estaba preocupado de que los demás se dieran cuenta de que no estaban. Supongo que no era una misión autorizada. —*Ah. Tiene sentido*—. Entonces, ¿por qué fueron contra el protocolo?

—Fuimos novios —admite Morgan. Sus mejillas con pecas se sonrojan—. No supe que era un Cazador hasta que intentó lastimarme. Y ahora… —Me mira con los ojos llenos de lágrimas.

—Dijo que quería recuperarla después de darle la cura.

El teléfono de Archer se sacude con violencia sobre la mesada y nos hace saltar del susto. Bueno, a todas menos a la Mayor Keating. Creo que nada puede sorprenderla.

—Es Sarah —explica el detective tras revisar los mensajes—. Necesita ayuda con los baúles.

Morgan y Alice dejan las tazas de té a medio terminar sobre la encimera para seguir a Archer. Intento hacer lo mismo, pero Keating me pide que me quede.

—¿Todo está bien? ¿La protección del agua funcionó? —pregunto.

—Todo está bien —afirma—. No tienes de qué preocuparte. Estoy muy orgullosa de ti, Hannah —dice con una mano en mi hombro—. La misión fue mucho más difícil de lo que imaginamos, pero lograste reclutar a Alice de todas formas. Espero que encuentres consuelo en un trabajo bien hecho. —Sonríe, luego pasa junto a mí de camino a la sala. Sin embargo, su aprobación me deja inquieta, ya que no *recluté* a Alice, no accedió a ayudarnos más que a traer a los Cazadores hasta aquí. Al menos por ahora, en todo caso, pero no quiero admitir que fracasé. No quiero decepcionar a Keating.

Cuando llego a la entrada, Alice y Morgan están arrastrando los baúles cargados con Cazadores irritados dentro de la casa. Aún con fuerza potenciada, veo que les cuesta bajar los baúles por las escaleras del sótano mientras Sarah y Archer las ayudan a maniobrarlos. Tomo aire para calmarme y los sigo.

El sótano tiene suelo de cemento, pero, más allá de eso, se ve limpio y luminoso. Alrededor de un tercio del largo está cerrado por barras metálicas del suelo al techo. En una esquina de la celda hay un cuarto pequeño y, en el suelo, hay tres colchones. El resto del sótano, afuera de la celda, está ocupado por estanterías llenas de pociones y de ingredientes y, en el centro, hay una mesa larga con lo que parece un laboratorio químico.

—¿Por qué tiene una celda en el sótano? —pregunta Alice. Es la primera vez que habla desde que supo que estaba a punto de conocer a una Mayor del Consejo.

—Hice que la instalaran cuando me enteré de que había Cazadores en Salem —explica él mientras descuelga una llave de un gancho en la pared—. Supuse que solo era cuestión de tiempo hasta que atrapáramos a uno. —Destraba la cerradura y abre la puerta.

Acto seguido, Alice y Morgan arrastran los baúles al interior de la celda, les sacan los seguros y luego salen a una velocidad vertiginosa para que Archer pueda cerrar la puerta antes de que los Cazadores se liberen de las cajas. La chica es la primera que logra ponerse de pie y patea el baúl de Riley mientras él intenta levantarse. En ese momento, me percato de que los tres lograron liberarse de las ataduras durante el viaje, lo que es bastante aterrador.

—Te dije que no perdieras el tiempo atormentando a la chupasangre. Tendrías que haberle disparado de una vez.

A mi lado, Morgan se pone rígida.

—Bueno, quizás si tuvieras mejor puntería, no estaríamos en este problema —replica Riley. Es un intercambio tan *normal*, muy parecido a cómo Veronica y su hermanito Gabe solían pelear, que me eriza la piel.

—Dejen de discutir —interviene el chico más bajo—. Ya tengo jaqueca.

—Cierra la boca, Wes —dice los otros dos al unísono, y el chico suelta un suspiro.

—Por favor, díganme que hay un baño en esta estúpida celda. —Entre las barras metálicas, mira de forma intermitente a los tres adultos como si intentara definir cuál está a cargo.

Cuando Archer le señala la puerta en la esquina de la celda, sale del baúl de un salto y desaparece.

—Esto es tu culpa —bufa la chica y le da un empujón a Riley, que tropieza y vuelve a caer en el baúl—. Estaremos en terribles problemas cuando la Orden se dé cuenta de que no estamos.

—Termina con eso, Paige.

—No digas mi nombre frente a ellos. —La chica se desploma en una de las camas—. Son dos idiotas.

—Oye —dice Wes al salir del baño—. No me culpes por esto. Y tú usaste *mi* nombre antes, así que no te pongas tan cuidadosa con el tuyo.

—Que la Diosa Madre me dé fuerzas —bufa Keating a mi lado. Luego saca un vial del bolsillo de su chaqueta y lo arroja hacia la celda. Una bruma azulada se eleva desde el suelo, y los Cazadores se tapan la boca, pero ya es tarde. En cuestión de segundos, los tres pierden el conocimiento.

—No puedo creer que tres adolescentes me hayan hecho esto —dice Sarah, negando con la cabeza—. Casi sería gracioso si no fuera tan condenadamente horrible. —Se acerca para arrodillarse frente a la puerta de la celda y mira a Archer y a Keating sobre su hombro—. ¿Cómo esperan sacar algo útil de ellos?

—No lo lograremos sin un poco de ayuda mágica. —El detective abre la puerta y arrastra a Riley afuera, luego le lanza las llaves a Sarah para que vuelva a encerrar a los demás. Después acomoda al chico en una silla, en donde lo asegura con una cuerda larga. Una vez que el Cazador adolescente está inmovilizado, revisa las estanterías, selecciona una poción gris y destapa el vial delgado. El contenido se eleva como humo hasta la nariz de Riley, que se despierta de golpe. Su mirada se vuelve salvaje mientras analiza la habitación y lucha con las ataduras. Morgan me busca y entierra los dedos en mi brazo con fuerza suficiente para dejarlo marcado, pero no me alejo. Si necesita un ancla que la afirme en esta tormenta, puedo serlo.

—Comencemos con una pregunta fácil, ¿de acuerdo? —Archer tapa la poción y se apoya contra la mesa—. ¿Cómo es tu nombre completo?

Riley escupe hacia él. Entonces, Keating comienza a revisar los estantes.

—No tenemos tiempo para esto. —Selecciona una poción de color blanco radiante y toma un gotero, de esos que usan los padres para darle medicina a los niños.

—¿Qué está haciendo? —pregunta el chico, con una mezcla de miedo y de disgusto en la voz.

—Forzando la verdad —responde ella. Abre el vial, llena el gotero, le entrega el resto de la poción al detective y aferra el rostro de Riley. Él se resiste, pero Keating le inclina la cabeza y le vierte el líquido en la boca. El Cazador tose y escupe, pero ya es tarde, la poción ya le bajó por la garganta—. Volvamos a intentarlo. ¿Cómo te llamas?

Aunque el chico forcejea más con las cuerdas que lo retienen, las palabras salen de su boca:

—Riley Martin. —Con la frente cubierta de sudor, mira nervioso a la asamblea de brujos—. ¿Qué me hicieron?

—Yo haré las preguntas, señor Martin. Y, ahora, no le queda otra opción más que decir la verdad. –La Mayor arrastra una silla de la mesa para colocarla frente a él. Cruza los tobillos y lo observa con una indiferencia que sé que no debe sentir realmente–. ¿Sabes quién es la señorita Ansley?

Los ojos de Riley se desvían hacia Alice contra su voluntad. La analiza de pies a cabeza, pensativo.

–La vi en alguna fotografía –admite con el ceño fruncido.

–¿En dónde? –insiste Archer. Avanza hasta ubicarse junto a Keating y adopta el personaje detectivesco. El chico aprieta los labios, aunque solo logra retrasar la respuesta unos segundos.

–En el Instagram de Hannah. Ella y Morgan estaban paradas junto a una marquesina de ella.

Morgan se sobresalta al escuchar su nombre, pero Archer y Keating intercambian miradas.

–Bien –dice el detective. Después continúa con el interrogatorio preguntándole cómo me siguió a Nueva York.

Por más que me esfuerce, no puedo seguir el hilo de sus preguntas. Tengo la mirada fija en Sarah, en todas las grietas de su fachada. Está luchando para mostrarse íntegra cuando sé que, por dentro, debe estar desmoronándose sin su magia. Rachel va a *matarme* cuando descubra lo que pasó. Con todo eso en juego, no entiendo por qué Sarah parece tan aliviada de que Riley no sepa quién es Alice.

Pero, de repente, todo encaja: si Riley no sabía que Alice era una bruja antes, es probable que el resto de los Cazadores tampoco lo supieran. Estaba en el hotel por *mi* culpa, no para buscarla a ella, y eso significa que sus compañeros Cazadores no la verán como enemiga cuando intente organizar una presentación en la farmacéutica. Todavía hay posibilidades de que la misión sea un éxito.

*Si de verdad pudiera convencer a Alice de que nos ayude...*

—Quiero hablar del aquelarre de Washington. —Ahora es Keating quien habla—. Tenemos razones para creer que adulteraron el agua con su droga. ¿Cómo lo hicieron?

—No lo sé. —Riley dejó de luchar contra las cuerdas que lo sujetan, pero mira a Archer como si quisiera arrancarle el corazón—. Esa información está por encima de mi nivel.

—Pero los Cazadores alteraron el agua. —El detective plantea la pregunta como afirmación, de modo que el chico mantiene los labios sellados—. Señor Martin, ¿realmente tendremos que arrancarles todas las respuestas a la fuerza?

—Sí.

—Bien. ¿Los Cazadores pusieron droga en el agua?

—Sí.

—¿Planean hacerlo en toda el agua del planeta?

—No. —Riley muestra los dientes en un gesto tan violento que altera su rostro hasta que es casi irreconocible.

—¿Y entonces qué harán? —El tono de Archer está cargado de desesperación—. ¿Cómo planean administrar la droga?

—La lanzaremos con partículas aéreas —responde. Alza la voz y mira a Morgan al hablar—. En poco tiempo no tendrán escapatoria.

Su risa llena la habitación e incluso Archer se aleja de él, con expresión de terror. Morgan se da vuelta y sale corriendo por las escaleras, aunque no sé si escapa de Riley o de lo que nos depara el futuro. Pero no importa. Si lo que dijo es verdad, los Clanes no podrán sobrevivir mucho más.

La magia dejará de existir.

Giro para seguirla, pero Alice me detiene tomando mi muñeca.

—Espera —dice en voz baja—. Me quedaré en Salem y los ayudaré. Díganme lo que necesitan y lo haré.

—¿De verdad? —pregunto, con sorpresa y gratitud en igual medida.

—Si todos estamos condenados de cualquier manera, prefiero caer en la batalla —dice, inexpresiva.

Encuentro a Morgan en la cocina, con el rostro entre las manos.

—Todo estará bien. —La promesa se escapa de mis labios a pesar de que odio esta clase de consuelos. A pesar de que nada parece estar bien ahora—. Riley ya no puede lastimarte.

Ella gira y deja que la tome entre mis brazos.

—Lo odio demasiado. —La rabia con la que susurra eriza el vello de mi nuca, pero la abrazo más fuerte.

—Salgamos de aquí. —Me alejo para secarle las lágrimas. Su piel es cálida, está sonrojada bajo mis dedos, y en el azul de sus ojos brilla el dolor contenido—. Te llevaré a casa.

Encuentro las llaves de la camioneta rentada de Alice sobre la mesa, así que tomo prestado el vehículo y dejo una nota en la que prometo devolverla en la mañana. La calle está casi desolada cuando el reloj está por marcar las cuatro de la madrugada; el cansancio comienza a pesarme en los huesos y, para cuando llegamos a la casa de Morgan, apenas puedo mantener los ojos abiertos.

—¿Entras conmigo?

Luce tan preocupada, con marcas de lágrimas y de sueño en los ojos, que no puedo decirle que no. La sigo al interior de la casa y avanzo en silencio hasta la habitación, en donde cierra la puerta con firmeza detrás de nosotras.

—¿A tus padres no les molestará que esté aquí? —pregunto mientras me quito el abrigo y lo dejo en la silla del escritorio. El mural de fotografías de la pared creció desde la última vez que la visité: las imágenes con el grupo de danzas en Duluth están intercaladas con retratos de nosotras dos juntas, algunas en las que también está Gemma. Incluso guardó la nota de disculpas que le escribí después de haberla dejado plantada en nuestra primera cita para salvar a Veronica. Esa fue la primera vez que Benton irrumpió en su casa, aunque no sabíamos que había sido él en ese momento.

—Lo entenderán, en especial cuando sepan lo que pasó con Riley. —Se pone rígida al pronunciar el nombre de él y sus ojos vuelven a llenarse de lágrimas—. No puedo creer que me haya encontrado ni que esté aquí, en Salem.

—Oye —trato de consolarla, camino hacia ella, la abrazo y le acaricio la espalda con movimientos circulares, tal como ella hizo por mí tantas veces durante el verano—. Estás a salvo. Él ya no podrá atraparte. Archer lo tiene encarcelado.

—No me siento segura todavía. —Sus músculos se endurecen y, cuando se aparta de mí, baja la vista a sus manos para girar el anillo que tiene en el dedo medio una y otra vez—. Pero ya lo haré. —Después se saca el anillo y remueve el pinche escondido dentro demasiado rápido para que pueda detenerla. Se pincha dos dedos hasta que acumula sangre y, en un parpadeo, comienza a presionar el dedo ensangrentado en el marco de la puerta.

—¿Qué estás haciendo?

—Manteniéndolo fuera. Manteniendo a todos fuera. —Alrededor de la puerta aparecen runas de sangre brillantes. Los movimientos de Morgan son frenéticos y desesperados; la sangre de sus dedos fluyen más rápido de lo que puede trazas las líneas, por lo que corre un hilo color carmesí hacia su muñeca.

—Morgan…

—No sabes cómo es —insiste—. No sabes lo que hizo.

—Entonces habla conmigo, cuéntame lo que pasó. —Intento acercarme, detener los movimientos intempestivos, pero me aparta para dibujar runas del otro lado de la puerta.

—¿Quieres saber lo que pasó? ¿Quieres saber lo que hizo cuando vio que el pequeño corte en mi pulgar se curaba solo? —Se le llenan los ojos de lágrimas al hablar y golpea la pared, en la que deja la impresión de la palma de su mano—. Me sujetó la muñeca y me cortó la mano con una cuchilla.

—Mierda, Morgan.

—Ni siquiera es lo peor de todo. —Niega con la cabeza y continúa con los dibujos—. Soy más fuerte que él. *Sabía* que era más fuerte, pero tenía tanto miento que no podía moverme. El corte fue muy profundo y doloroso, por lo que no pude detener a la magia y la herida se sanó sola junto frente a sus ojos. Me llamó Bruja de Sangre y… —Toma aire, con lágrimas corriendo por las mejillas—. Intentó cortarme la garganta. Apenas logré escapar con vida. Después huimos del estado lo más rápido posible, pero ahora reapareció y yo…

—Y *tú* estarás bien. —Busco una toalla de mano del cesto de ropa sucia para limpiarle la sangre. No me detiene esta vez, así que la froto con toalla despacio desde el codo hasta la punta de los dedos para limpiar el rastro de sangre—. No dejaré que te lastimen. Lo prometo.

—Soy una *Bruja de Sangre*, Hannah. —Ríe, pero no hay humor en su voz—. Soy un monstruo al igual que Alice. Por mis venas corre el mismo poder que te lastimó. No deberías amarme, sino temerme.

Su magia reabsorbe el último destello de sangre. Quiero decirle que la amo, sin embargo, esas palabras siguen siendo demasiado aterradoras como para decirlas en voz alta. En su lugar, me inclino para darle un beso en la cara interna de la muñeca. Aunque no siento su magia palpitando en mis huesos, la mía se agita. El aire se arremolina alrededor de nosotras, nos alborota el cabello y nos acerca un poco más. Dejo que el viento me empuje hasta que hay solo un aliento entre las dos.

—No te tengo miedo.

Morgan me mira con esos ojos imposiblemente azules. Mirarla es como ver el fondo del océano, insondable e incomprensible. Al instante siguiente, está besándome con movimientos tan veloces que no registro el contacto hasta que me acorrala contra la puerta y toma mis labios por asalto. Las runas destellan alrededor de nosotras como un halo de sangre, pero cuando tomo consciencia de lo que está pasando, la atraigo más cerca y busco el interruptor en la pared para rodearnos de oscuridad. Ella desliza la mano por debajo de mi camiseta; sus dedos recorren mi piel, sin saber dónde detenerse o incapaces de elegir un lugar preferido. Recorre mi columna, luego lleva las manos a mi cabello y me muerde el labio inferior. Esa sensación hace que emita un gemido desesperado y anhelante, pero, antes de que pueda sentirme avergonzada, me aparta de la pared y me guía por la habitación.

Cuando toco la cama con la parte trasera de las rodillas, caigo sobre el colchón. Ni siquiera llego a extrañar el calor de su cuerpo porque desciende después de mí y dibuja una línea de besos por mi cuello que hace que me retuerza de deseo. Con un dedo en las presillas de sus pantalones, atraigo sus caderas contra las mías. Ella hace una pausa, se sostiene sobre mí en la cama y luego se inclina para darme otro beso. Esta vez es rápido e intenso, luego comienza a pasar los labios por mi clavícula y arrasa con cualquier otro pensamiento que haya en mi mente.

Me besa como si quisiera recordar cada segundo.

Como si quisiera olvidarse de todo lo demás.

Desliza las manos por debajo de mi camiseta otra vez, asciende hasta las costillas y se detiene en el borde del sostén. No quiero que se detenga; deseo mucho más, así que cuando levanta la cabeza para mirarme a los ojos con una pregunta escrita en el ceño, todo lo que logro decir es un "sí" ahogado.

Y, en un instante, nos encontramos en territorio desconocido, poniendo a prueba nuestros límites para ver dónde se encuentran. Nuestros labios tocan piel que suele estar oculta debajo de la ropa; nuestras piernas se entrelazan para atraer los cuerpos lo más cerca posible. Mi magia está libre y descontrolada, de modo que las corrientes de aire acarician la piel expuesta y se enredan entre las dos.

Cuando sus dedos alcanzan el botón de mis pantalones, me siento tentada, tanto que estoy a punto de suplicarle que siga. Sin embargo, no sé cuándo se despertarán sus padres y no quiero apresurar las cosas. No en la que será nuestra primera vez.

—Lo haremos pronto —prometo mientras le llevo la mano de vuelta más arriba de mi cintura—. Pero no esta noche.

Nos besamos hasta que se nos adormecen los labios. Vamos descubriendo los lugares que nos provocan cosquillas y los que nos hacen temblar. Y seguimos besándonos hasta olvidar de qué nos escondemos.

# 11

UNA SERIE DE MENSAJES QUE HACEN VIBRAR MI TELÉFONO CONTRA mi muslo me despiertan. Cuando despierto por completo, me encuentro envuelta en los brazos de Morgan, pero aún siento frío.

Todavía tengo el cuerpo adolorido por la pelea con Alice. Aunque parece que han pasado semanas desde que rodeó mi cuello con sus dedos, pasó menos de un día. Menos de un día y, aun así, han pasado tantas cosas. Busco el teléfono, que volvió a vibrar, y lo desbloqueo.

GG: ¿Cómo les fue? ¿Reclutaron a la vampiresa?

GG: ¿Hannah? Responde, estoy por enloquecer. ¿Estás bien? ¿Sigues en el hotel?

**GG: ¿Morgan y tú se divirtieron ☺?**

Los mensajes de Gemma me hacen sonreír mientras miro a Morgan, que duerme tranquila a mi lado. Anoche no fue la escapada romántica a un hotel que mi amiga supone, pero fue la primera noche que nos dormimos así. Escucho la respiración de mi novia al tiempo que la luz de la mañana resalta las pecas de su rostro. Quiero recorrerlas todas y acariciarle los labios carnosos, pero no lo hago. En cambio, le escribo a Gemma e intento ignorar la culpa y la rabia que hacen un dueto de percusión dentro de mi pecho.

HW: ¿Vampiresa?

Ella responde enseguida.

**GG: Necesitaba un nombre en código. No creas que dejaré pasar la evasión. ¿Puedo asumir que la pasaron bien en Nueva York?**

HW: No precisamente. Te contaré todo cuando te vea.

Lo único *bueno* de Nueva York fue lo que sucedió antes de la presentación de Alice. Todavía no puedo creer que los Cazadores hayan drogado a Sarah. Por poco nos drogan a Morgan y a mí también y, a pesar de lo que todos dicen, fue mi culpa: fui yo quien publicó la fotografía que guio a Riley hacia nosotras. Además, si no dependiera tanto de mi novia para controlar los elementos, hubiera podido detenerlos más rápido. Podría haber salvado la magia de Sarah.

No sé cómo le explicaré todo esto a mi madre.

Mis nuevas preocupaciones me obligan a salir de la cama de Morgan; tengo que llegar a casa antes de que Archer o Sarah llamen a mi madre y pierda la cabeza porque no llegué anoche. Le dejo una nota a mi chica sobre el escritorio para que no se preocupe y después intento usar magia de aire para descubrir si sus padres están despiertos. La tranquilidad de anoche desapareció, así que, cuando me empiezan a temblar las manos, me doy por vencida. La frustración me da ganas de gritar, por lo que, una vez en la camioneta de Alice, le envío un mensaje a Cal preguntándole si podemos vernos. No puedo seguir luchando sola contra esto. No puedo fallarle a nadie más como le fallé a Sarah. Como él no responde enseguida, conduzco hasta mi casa. Mi madre no espera que vuelva hasta esta tarde, así que cruzo los dedos para que siga dormida. Con un poco de suerte, podré entrar sin que me escuche, darme una ducha rápida e ir a ver a Cal antes de que ella se despierte.

Abro la cerradura, empujo la puerta y...

—¿Hannah? ¿Eres tú? —*Mierda*.

—Hola, mamá. —Intento darle un poco de alegría a mi tono, pero no creo haberlo logrado. Mi madre aparece desde la cocina con una taza de café; aún lleva un pijama rojo a cuadros y unas pantuflas.

—Llegaste temprano —dice con cuidado mientras mira por la ventana—. ¿De quién es ese vehículo?

—Eh... —Miro por la ventana y deseo, no por primera vez, ser buena mintiendo. Pero, dado que no lo soy (y que mi madre ha perfeccionado su detector de mentiras trabajando con estudiantes universitarios), suspiro y me dispongo a decirle la verdad—. Tuvimos algunas complicaciones.

—Complicaciones —repite con una ceja en alto—. ¿Quieres explicármelo?

—En realidad, no. —Paso el dedo por el filo de la llave, que todavía tengo en la mano, porque su mirada me inquieta. Ella me lanza una de sus miradas serias características; una expresión que no me dedicaba desde antes del fallecimiento de mi padre.

—Siéntate —ordena, señalando el sofá desvencijado que vino con la casa—. Explícamelo.

Así que, eso hago. Intento minimizar todo lo que sucedió en Brooklyn, pero es difícil restarle importancia al hecho de que una compañera de aquelarre haya perdido su magia y a que los Cazadores planeen lanzar una droga al aire que acabará con todos los Clanes de los Estados Unidos. Debo reconocerle que permanece sentada escuchándome sin interrumpir. Cuando termino el relato, se queda callada por un largo tiempo, da un sorbo a su café y se frota los ojos como si todo fuera parte de un mal sueño, como si fuera a disiparse si se esfuerza lo suficiente.

—Creo que me perdí de algo, Han. ¿Por qué Sarah o Ryan no te trajeron a casa? ¿Y por qué tienes la camioneta? —pregunta finalmente, y yo me estremezco porque estaba intentando evitar esa parte.

—Uno de los Cazadores es el exnovio de Morgan. Como verlo la alteró demasiado, la llevé a su casa.

Mi madre casi se ahoga con el café, luego deja la taza en la mesa auxiliar y se cruza de brazos. Su expresión podría verse ridícula acompañada por el pijama a cuadros y el cabello todavía alborotado por la almohada, pero, en realidad, es aterradora.

—¿Por qué estaba con ustedes? Eso no era parte del plan.

—¿Porque viajó conmigo a Nueva York? —Aunque no es mi

intención, subo el tono hacia el final de la frase, por lo que suena como una pregunta–. Pensamos que llevar a otra Bruja de Sangre nos ayudaría a convencer a Alice. Y, de hecho, funcionó: Alice nos ayudará.

–De verdad desearía que me hubieras llamado. No tendría que haber esperado horas para enterarme de que mi hija fue atacada por Cazadores de Brujas. O de que una compañera de aquelarre perdió la magia. –Echa un vistazo al reloj de pared y frunce el ceño–. ¿A qué hora dejaste a Morgan en su casa?

–No estoy segura. –Trago saliva al mirar la hora en mi teléfono: todavía es temprano, pero pasé muchas horas con Morgan.

–Piénsalo.

–¿A las cuatro?

–¡Las cuatro! –Exhala despacio y percibo lo mucho que se está esforzando para no gritar y para mantener la calma mientras se masajea las sienes–. ¿Siquiera durmieron? –El rubor de mis mejillas responde por mí, y ella suspira–. Dime que al menos usaron protección, por favor.

–¡Mamá!

–Sé que las chicas no pueden quedar embarazadas por accidente, pero eso no significa que no puedan contraer una ITS. Tu papá y yo lo investigamos y no es imposible. –Un destello de dolor atraviesa su rostro ante la mención de mi padre cuando me toma la mano, pero sigue insistiendo de todas formas–. Tener intimidad cambia las cosas, Hannah, y ustedes han estado saliendo poco más de un mes. Que hayas tenido sexo con Veronica no significa que tengas que apresurar las cosas con Morgan.

–Ay, por Dios, mamá. Ya para. –Me estoy muriendo. Caeré muerta en este sofá, literalmente–. Primero, ya son casi *dos* meses. Segundo, y más importante, ¡no tuvimos sexo!

—Que no haya penetración no implica que no sea sexo.

¿Estoy en el infierno? Estoy bastante segura de que este es el infierno. Estoy a punto de explicarle cómo es el sexo de una chica *queer* a mi madre. No. Eso no va a pasar. Ella no está *equivocada*, no es *necesario* que haya penetración, pero… nop. No entraré en eso.

—Hannah…

—Tuvimos los pantalones puestos todo el tiempo, ¿de acuerdo? No hubo sexo. ¡Ninguna clase de actividad sexual! —No necesita saber que Morgan sí me quitó el sostén y que su lengua se deslizó por mi… no. Hago esos recuerdos a un lado, no puedo sonrojarme frente a ella. Además, estoy noventa y nueve por ciento segura de que nada de lo que hicimos cuenta como sexo en sí. Por suerte, mi teléfono suena con la respuesta de Cal. Por fin.

> **CM: Te veo en mi casa en una hora. Podemos hablar antes de ir a ver a Archer por la tarde.**

Luego me envía su dirección, cerca del campus de la Universidad de Salem. Estoy por responder para preguntarme de qué demonios está hablando, cuando llega un mensaje de Archer.

> **DA: Tenemos que prepararnos para Ítaca. En mi casa a las dos.**

Mi madre suspira, por lo que levanto la vista del teléfono.

—Lo siento, Han —dice y toma su taza de café—. Tu papá era mucho mejor con estas cosas.

Él también hacía que la conversación fuera muy incómoda, pero al menos nunca hablaba de penetración. Me da escalofríos tan solo de pensar en esa palabra, pero extraño a mi padre. Lo extraño tanto que me enfurece.

—Me tengo que ir —anuncio antes de levantarme e ir camino al baño.

—¿Irte? Acabas de llegar.

—Cal me necesita.

—Pero…

Cierro la puerta del baño de un empujón y enciendo la regadera antes de que pueda terminar. Hasta que Cal no descubra qué es lo que me pasa, no le causaré más preocupaciones a mi madre. Y, obviamente, no le daré una excusa para que me mantenga alejada del Consejo.

Una vez que termino de ducharme y cambiarme, vuelvo a la sala. Mi madre no está a la vista, pero estoy demasiado avergonzada como para ir a buscarla, así que me despido desde la puerta.

—¡Adiós, mamá!

Le escribo a Archer para decirle que estaré ahí a las dos y preguntarle si antes puede buscar la camioneta de Alice en mi casa. No me preocupaba conducirla cuando no había otros vehículos en la calle, pero no quisiera meterme en el tránsito de la universidad con ella. En su lugar, conduzco mi automóvil, el de mi padre, al apartamento de Cal.

—Estaba muy preocupado por ti. Archer me contó lo que pasó —dice al verme. Me da un abrazo, al que correspondo, pero él se estremece y se aparta.

—¿Estás bien? —pregunto y lo analizo. Lleva un par de vaqueros, una sudadera holgada y el cabello bien peinado hacia un costado.

–Sí. –Se queja mientras se frota el costado, lo que no resulta para nada convincente–. Mi faja para el pecho estaba vieja, así que tuve que comprar una nueva y es más pequeña de lo que debería ser. Ordené una un talle más grande, pero aún no llega.

–Ah. Qué dolor. –Lo sigo por el apartamento. El lugar es pequeño, pero al menos puede vivir solo. Convirtió la cocina comedor en un taller improvisado para hacer conjuros. Allí hay una mesa que ocupa casi todo el espacio, en donde tiene vasos transparentes llenos de pociones que burbujean sobre mecheros Bunsen.

–¿Has pensado en pedirle ayuda a una Bruja de Sangre? –pregunto–. Sé que dijiste que estabas ahorrando para la cirugía de los pechos, pero estoy segura de que una bruja de Sangre podría ayudar a que la recuperación sea mucho más rápida. Así no tendrías que tomarte una licencia tan larga y no necesitarías ahorrar tanto.

–¿Tú crees que puedan hacer algo así? –inquiere, sin dejar de frotarse las costillas adoloridas. Espero que la nueva faja le llegue pronto; odio verlo sufrir así.

–Puedo preguntárselo a Morgan si quieres. Me dijo que no pueden hacer mucho con huesos rotos y esa clase de cosas, pero la recuperación de una cirugía debe ser algo posible. –Recuerdo cómo intentó ayudar a mi padre cuando descubrió el coágulo de sangre que tenía en el cerebro y cómo brillaba la magia en sus ojos mientras trabajaba. Solo gracias a ella pudo recuperar el conocimiento por un momento antes de que lo perdiéramos. Me trago la emoción que amenaza desde mi interior y la hago a un lado–. Necesitarás a alguien que esté familiarizado con esa clase de cirugía para que pueda hacer algo tan complicado, pero apuesto a que pueden ayudar.

–Mm… sí. Lo pensaré –dice, pero es evidente que la idea de

concederle acceso a su cuerpo a una Bruja de Sangre lo incomoda. Parte de mí comprende sus dudas (mi primer encuentro con esa clase de magia fue todo lo opuesto a genial), pero ¿ahora que sé lo que Morgan es capaz de hacer? Ahora que sentí la tranquilidad y la paz que su clase de magia pueden generar, es difícil no querer defender a su Clan–. Hablando de Morgan –agrega para desviar el tema de la Magia de Sangre–. ¿Cómo está?

–Tiene miedo. –Todavía puedo ver las runas que dibujó con desesperación en la puerta y siento escalofríos al pensar en el hilo de sangre que corría hasta su antebrazo–. Todos tenemos miedo, pero para ella es algo mucho más personal.

–Supe que uno de los Cazadores es su ex. No quiero ni imaginarlo. –Aparta la silla de la punta de la mesa con cuidado de no golpear ninguna de las pociones burbujeantes.

–¿Qué es todo esto? –Señalo los líquidos multicolores mientras ocupo la silla que corrió para mí.

–Algunas ideas en las que estoy trabajando para cuando hayamos destruido la droga.

–¿Todavía no decidieron cómo detener a los Cazadores? –insisto cuando se queda callado.

–Lo hicieron… –responde y juega con el cordón de su sudadera.

–¿Pero?

–No lo sé. –Se sienta a mi lado con un suspiro–. El plan no me parece bien. –Se pasa las manos por el cabello y sigue dudando. No estoy segura si está dando vueltas porque no debería decírmelo o si es que el plan lo incomoda.

–Vamos, Cal, ¿de qué se trata? –Lo miro hasta que, por fin, cede.

–El plan depende de que tú reclutes a David –explica. David es el

Conjurador al que debo reclutar el próximo sábado–. El Consejo está usando a los Cazadores encerrados en el sótano de Archer para identificar al resto de la Orden. El doctor O'Connell puede crear una poción dirigida que envenene a los Cazadores y deje al resto del mundo ileso.

–¿Y qué hará esa poción?

–Los matará –dice sin mirarme. Sus palabras resuenan dentro de mí y se agitan contra mis costillas. Emergen demasiadas emociones en mi interior, pero no alcanzo a definir qué es lo que siento. Por un lado, alivio de que por fin haya un plan. Siento que se hará justicia con los asesinos de mi padre. Pero, por otro lado, también tengo una sensación de intranquilidad. ¿Asesinar a las personas que nos quieren matar nos convierte en villanos a nosotros también?–. Por tu expresión, supongo que piensas lo mismo que yo –agrega en tono suave–. Estoy trabajando en otras ideas. Estoy seguro de que no soy el único, pero hasta que descubramos una mejor opción, ese es el plan. –Ajusta la intensidad de la llama frente a él para que el líquido hierva a fuego lento–. Como sea, en el mensaje dijiste que necesitabas mi ayuda. ¿Qué ocurre?

Dudo porque parte de mí quiere saber más sobre las pociones que está creando, pero vine con un objetivo. Tengo que recuperar el control de mi magia.

–Si te lo digo, ¿prometes no decírselo a Archer ni a la Mayor Keating?

–¿Debería preocuparme? –pregunta con una ceja en alto.

–¿No? –respondo, más como pregunta que como afirmación, así que lo intento otra vez–. Promételo, por favor. –Él accede a regañadientes, entonces me obligo a admitir lo que solo Morgan y Alice saben–. Hay algo... *mal*... con mi magia.

–Mal, ¿cómo? –Sin dudarlo, toma el libro forrado en cuero que está en la mesa y pasa las páginas llenas de símbolos geométricos que no reconozco–. ¿Puedes sentir los elementos?

Le explico la situación, que siento como si hubiera una puerta invisible que me separa de la magia y que, cuando logro abrirla, es demasiado doloroso manipular los elementos.

–Cuando Morgan está cerca es más fácil, en especial si usa su magia. Hace que vuelva a ser igual a como era antes de la droga.

–Es extraño –balbucea, por fin se detiene en una página a la mitad del libro grueso y levanta la vista hacia mí–. Nunca escuché que la Magia de Sangre hiciera algo así.

No me sorprende que no lo haya oído. Dudo que los Clanes hayan dejado de odiarse entre sí el tiempo suficiente como para intentarlo. Estoy segura de que Morgan y yo no somos la primera pareja inter-Clan, pero debemos ser la primera en la que una de las dos personas perdió la magia en manos de Cazadores.

–¿Eso es un grimorio? –pregunto mientras él recorre la página de símbolos con un dedo.

–Básicamente, sí. Es un registro de todas las pociones que me han enseñado y de todas las pruebas y errores para crear otras yo mismo. –Habla con orgullo y hace que me pregunte cuántos hechizos nuevos habrá creado–. Esta página tiene las instrucciones necesarias para poner a prueba tu magia y ver qué le está pasando.

–Nunca había visto algo así. –Lo que es extraño porque recuerdo haber visto el diario que tenía Lexie en Manhattan; también estaba lleno de símbolos, pero no se parecía en nada a este. Los suyos eran círculos y espirales entrelazados, mientras que los de Cal son líneas rectas y símbolos que parecen matemáticos.

–No me sorprende –responde mientras selecciona varios

ingredientes de los cajones–. Los Conjuradores tendemos a mantener los hechizos en privado. Y las distintas líneas de enseñanza usan métodos de anotación diferentes.

–¿Líneas de enseñanza?

–Sí. –Ubica cuatro vasos de precipitación vacíos sobre la mesa y aparta las otras pociones del camino con cuidado–. No tenemos aquelarres como los Elementales. No celebramos los cambios de estación como ustedes ni formamos lazos familiares entre nosotros. Lo que tenemos es más como... supongo que podría llamarlos grupos de estudio. Con el tiempo, se han desarrollado diferentes métodos para registrar las pociones sin que los Regs pudieran leerlos. ¿Puedes levantarte la manga?

Obedezco, y él se coloca guantes quirúrgicos. Tengo que mirar para otro lado cuando me prepara el brazo e introduce una aguja en la vena para tomar una muestra de sangre.

–¿Archer y tú utilizan el mismo método?

–No. El estilo tiende a ser regional. Él es originario de Texas, así que sus anotaciones no se parecen en nada a las mías. –Saca la aguja de mi brazo, coloca la sangre en un vial sobre la mesa y luego mezcla una variedad de pociones mientras echa vistazos ocasionales a sus notas.

–¿Las de él son arremolinadas? –pregunto, hipnotizada por su trabajo. Él revuelve la poción de la izquierda tres veces en sentido horario, luego coloca la mano sobre la boca abierta del vaso y susurra algo por lo bajo antes de volver a mirarme.

–No. Él utiliza un código alfanumérico. –Gira y me mira con curiosidad–. Pero sí existe un estilo que es más espiralado, ¿Cómo lo sabes?

–¿Qué? –Me toma un segundo darme cuenta de lo que hice. Pienso en contarle sobre Lexie y las otras Conjuradoras de Manhattan, pero al mencionarlas correría el riesgo de exponer todo el asunto de violencia entre Clanes–. Fue una suposición. Tu estilo es totalmente anticircular, por eso supuse que debía existir otro así.

No estoy segura de que se crea la mentira improvisada, pero está tan concentrado en la poción que no insiste. Lo observo trabajar, cautivada a pesar de que no logro comprender los detalles de lo que está haciendo. Pesa y calcula hierbas y susurra encantamientos. Me recuerda a mi padre, a cómo solía tararear mientras preparaba panqueques consultando la receta de vez en cuando. En el momento en que Cal salpica la mezcla de hierbas en la poción final, tengo un nudo en la garganta por la emoción. Lo trago mientras él susurra un encantamiento sobre la mezcla y levanta el vial de mi sangre.

—¿Lista para descubrir qué está pasando?

Me invade una nueva oleada de nervios. Asiento con la cabeza y contemplo con una fascinación mórbida cómo vierte sangre en cada una de las cuatro pociones. Algunas sisean, otras generan chispas eléctricas, y yo no tengo idea de qué significa. Después de unos minutos, todas las pociones se quedan quietas y se vuelven traslúcidas; apenas queda una pizca de los colores originales.

—¿Qué significa eso? —pregunto. Él niega con la cabeza y se muerde el pulgar.

—Cuando Morgan no está, ¿tu magia alguna vez funciona por sí sola? —replica.

—No que lo haya notado. —Me froto los brazos al sentir escalofríos—. Me dolía tanto que dejé de intentarlo.

—Aquí no se ve nada, Hannah. —Cal toma uno de los viales para hacerlo girar una y otra vez. El contenido era rojo en un principio y mantuvo casi todo el color después de que le añadió la sangre–. Tu magia no tiene ningún problema.

–¿De qué estás hablando? Por supuesto que hay algún problema. –Me levanto de golpe y la silla chirría contra el suelo–. Benton me drogó y me dejó sin poderes. Desde entonces no fue lo mismo.

–La magia de Veronica volvió a ser igual –afirma sin señales de juicio en la voz. Sin embargo, siento que la vergüenza clava sus garras en mi corazón e infecta todo mi interior–. No quedan rastros de la droga en tu sistema y tu magia reaccionó con normalidad a los cuatro elementos. Cuando Archer hizo esto con la sangre de Sarah, no sucedió *nada*. Lo que sea que te esté provocando dolor no tiene que ver con la droga. Tiene que ser otra cosa.

–¿Qué quieres decir? ¿Que todo está en mi mente? ¿Que lo estoy inventando? –Le estoy gritando, pero él sigue tranquilo.

–La magia de tu Clan es emocional y tu estado mental tiene un efecto real en ella. –Extiende la mano hacia mí, pero me aparto enseguida.

–Estoy *bien*.

–Creo que ese es el problema. –Vuelve a acercarse y sostiene mi mano con fuerza–. Has atravesado un trauma enorme, Hannah. No estás bien. Lleva tiempo sanar algo así.

–Pero estoy bien –discuto, a pesar de que las lágrimas en mi rostro me convierten en una mentirosa. A pesar de que la voz se me quiebra en mil pedazos–. Lo juro.

–Tienes que permitirte atravesar el duelo. –Cuando me atrae hacia él, las lágrimas comienzan a correr por mis mejillas y se me cierra el pecho hasta que casi no puedo respirar–. Si no te permites sentir cada una de las partes horribles, aterradoras y espantosas del dolor, nunca volverás a tener el control de tu magia.

*12*

CAL ORDENA PIZZA Y, MIENTRAS ALMORZAMOS, INTENTA convencerme de que ponga a prueba su teoría.

—Deja libre un poco de tu emoción y ve si puedes controlar el aire —dice mientras se limpia un poco de salsa del dedo—. Estaré aquí todo el tiempo. No es malo ser vulnerable a veces.

—No creo poder sentir *un poco* de dolor, Cal. —Dejo el plato en la mesa de café; estamos en la sala, ya que la cocina es más un taller de magia que un lugar donde comer—. No funciona así.

—Dame el gusto.

—Está bien. —Me reclino en el sofá con los ojos cerrados y, con cuidado, me acerco a los recuerdos que estuve intentando reprimir durante semanas. Veo a mi padre corriendo por la sala para dale un beso en la mejilla a mi madre y alborotarme el cabello antes de irse a trabajar. La fuerza de su magia en las reuniones del aquelarre, que sentía firme y estable a mi lado.

Estoy a punto de decirle a Cal que esto no funcionará, que estoy *bien* y que esta no es la razón por la que mi magia me produce dolor, pero, entonces, recuerdo el día del baile de la escuela. Veronica fue a buscarme y mi padre actuó como si fuera un paparazzi. Tomaba fotografías desde ángulos extraños y asomaba su teléfono por las esquinas de la casa para retratarnos, incluso saltó por encima del respaldo del sofá para capturar cómo Veronica me ataba un ramillete en la muñeca.

Ese recuerdo me hace reír, pero, en el momento de distracción, en un segundo en que bajé la guardia, el dolor se abre paso y otros recuerdos se roban el aire de mis pulmones.

Veo a mi padre en el hospital. Un médico joven con su alianza en la mano, nos dice que se ha ido. Quiero gritar, pero no puedo respirar, no puedo pensar, no entiendo cómo es que mi corazón sigue latiendo.

–No.–Me levanto del sofá y camino a tientas por la habitación con el rostro entre las manos, mientras me aprieto los ojos con fuerza para detener las lágrimas. Todo el control que logré durante las primeras semanas posteriores al fallecimiento de mi padre se desmorona. Tengo que volver a construirlo y enterrar los recuerdos. Esconder la verdad.

*Estoy bien. Estoy bien. Estoy bien.*

–¿Hannah? –dice con cautela detrás de mí y me apoya la mano en la espalda con cuidado–. ¿Estás bien?

Respiro hondo. Levanto las barreras. Cierro la puerta con llave.

–Estoy bien. –Giro hacia él con una sonrisa–. Como dije, no funciona. –Recojo el plato de la mesa de café y lo deposito en el fregadero de la cocina–. Deberíamos ir a casa de Archer, tenemos trabajo que hacer.

Cal me mira extrañado, pero no me contradice. Pocos minutos después, estamos en la calle, conduciendo por separado rumbo a la casa de Archer. En el camino, no dejo de darle vueltas a su teoría en mi mente; si él tiene razón, ¿cómo se explica que mi magia funcione mejor cuando estoy con Morgan? Para cuando llegamos a destino, aún no se me ocurrió la respuesta. Estaciono detrás de Cal y lo sigo adentro, en donde oímos voces provenientes de la cocina comedor.

—No hay garantías de que esta chica vaya a invitarme a hacer una presentación en su lugar de trabajo. —Me toma un segundo reconocer la voz de Alice. Suena tímida, como si tuviera miedo.

—Solo te pedimos que lo intentes —responde Archer. Suena como siempre, por lo que puedo imaginármelo sentado allí con uno de esos pequeños anotadores que guarda en el bolsillo del traje—. Nuestro equipo de inteligencia dice que Eisha es una gran fanática. Si se lo preguntas, es muy probable que diga que sí.

Cal y yo entramos a la cocina antes de que Alice pueda responder; ella levanta la vista y su mirada se endurece un poco al verme. No dice nada, pero su expresión está cargada de insultos hacia mí, excelentes augurios para el resto de mi tarde.

—No esperaba ver a Alice aquí —comento por lo bajo mientras atravieso la habitación para ocupar el lugar frente a ella. Cal se sienta a mi izquierda.

—Ah, qué bueno que están aquí. —Archer ignora la mirada intensa que me lanza Alice y pasa las páginas de la carpeta que tiene abierta sobre la mesa. Ahora le presenta a ella las mismas fotografías de Eisha y los comentarios en redes sociales impresos que me mostró a mí la semana pasada—. Ese es tu nuevo recluta, David O'Connell —me dice.

—Es el Conjurador de Ítaca, ¿no? —Tomo la fotografía brillante que

Archer desliza hacia mí; en ella se ve a un hombre joven de piel blanca y cabello oscuro. Es un retrato formal, acompañado por una breve biografía. Luce inofensivo, pero, según Cal, es la clave para crear una poción dirigida que pueda matar a los Cazadores.

—Está haciendo un postdoctorado en la Universidad Cornell especializado en investigación bioquímica. Para los Regs, su investigación se centra en los efectos que los fármacos producen en el cuerpo a largo plazo. Pero su verdadera área de interés es menos ortodoxa.

—¿Y qué es lo que estudia en realidad? —pregunto mientras leo la biografía. El detective se queda en silencio por un momento y, cuando levanto la vista, veo que intercambia una mirada con Cal—. ¿De qué se trata? —insisto.

—David lleva años trabajando para descubrir el origen científico de la magia de los Clanes.

—¿De verdad? —Alice levanta la vista de las páginas sobre Eisha. Cuando Archer asiente con la cabeza, ella frunce el ceño—. Los dones que las Diosas Hermanas nos obsequiaron no son ciencia. No es algo que puedan poner bajo un microscopio.

Sorprendentemente, estoy de acuerdo con ella: la ciencia nunca podría explicar lo que hacemos. Gran parte va en contra de las leyes de la física y eso se debe a que es más grande que la ciencia. Es *magia*.

*Pero si es así, ¿cómo es que los Cazadores la pueden destruir usando una droga?*

Antes de que las dudas tengan tiempo de asentarse más profundo dentro de mi mente, el detective continúa:

—Cuando nos hablaste de la droga por primera vez, me puse en contacto con la Mayor Keating. A su vez, ella se comunicó con el doctor O'Connell y le pidió que trabajara con nosotros para crear un antídoto o, al menos, una vacuna que pueda proteger a los que aún no fuimos drogados. –No menciona el plan de usar a David para borrar a los Cazadores del mapa, pero yo tampoco digo nada porque no quiero que Cal tenga problemas por habérmelo contado.

–Dado que me pidió que lo reclutara, supongo que la charla no resultó bien –comento. El detective asiente y luego vuelve a mirar a Cal–. ¿De qué me estoy perdiendo? ¿Por qué no querría ayudarnos?

–Cuando le pidió financiamiento al Consejo anteriormente, se lo negaron –responde, frotándose la nuca–. Los Mayores no aprueban su investigación. Eso fue lo que lo impulsó a ir a Cornell en primer lugar; necesitaba recursos que no podíamos brindarle.

–Y asumo que el Consejo ya se ofreció a financiar su investigación si accede a ayudar. –Me sorprende más que David se hubiera molestado en pedirle algo al Consejo y no que se lo hayan negado.

–Lo hicimos –afirma Archer–, pero él no cambió de parecer. Ha sido una especie de punto débil para la Mayor Keating. Hasta ahora, se rehúsa a compartir sus investigaciones con nosotros.

–¿Y creen que la Princesa de Hielo podrá convencerlo? –bufa Alice–. Suerte con eso. –*Muy atrevido para su actitud tímida frente a Archer.*

–Funcionó contigo –replico de brazos cruzados.

–No te ilusiones. La amenaza de una droga aérea fue lo que me convenció. –Examina sus uñas con manicura–. No iba a dejar que mi vida dependiera solo de *ti*. –Por la Diosa, es la peor. Quiero ignorarla, pero sus palabras hacen eco en mi mente.

–¿Qué quieres decir con que tu vida dependiera de mí? Hasta donde sabemos, los Cazadores no matarán a las brujas y brujos que crean curados. –*Al menos a los que no contraataquen*, me corrijo por dentro al pensar en los agentes que perdimos en la última redada.

–Nuestra magia afecta a *todo* nuestro cuerpo. –Me mira como si fuera la persona más estúpida que haya conocido–. No hay garantías de que mi Clan vaya a sobrevivir a esa droga. –Luego mira a Archer con nerviosismo–. Es por eso que el Consejo le pone ataduras a la magia de las Brujas de Sangre que rompen la ley. No nos despojan de los poderes. –Vuelve a dirigir la mirada hacia mí–. A menos que nos *quieran* muertas.

–Los Mayores no quieren que muera nadie –afirma Archer sin sorprenderse, pero preocupado por la acusación.

Siento náuseas que ascienden por mi garganta. Los Cazadores encontraron a Morgan por mí culpa. Le dispararon la droga por la que podría haber *muerto*. Y todo fue culpa mía. El pánico se agita dentro de mí y me hace temblar las manos, así que las escondo entre las piernas.

–Eso me recuerda: ¿cómo planean protegerme, exactamente, cuando esté haciendo mi show frente a un montón de asesinos? –pregunta la chica mientras reacomoda las publicaciones de Eisha en una pila ordenada.

–Yo tengo eso cubierto, de hecho –interviene Cal–. Estoy trabajando en una poción que hará que la tela de tu atuendo sea resistente a las agujas. Los dardos deberían rebotar en ella.

–¿Deberían? –repite con una ceja en alto.

–La línea es muy delgada porque la tela debe seguir siendo lo suficientemente suave como para no limitar tus movimientos.

–De todas formas –agrega Archer–, tu mejor defensa es que los Cazadores no descubran que eres más que una ilusionista. –Hace una pausa para mirarnos a todos–. Si algo sale mal, quiero que se escapen. No nos esperen. Ni siquiera nos busquen. Huyan.

—No hay problema —afirma Alice. Pretende sonar desinteresada, pero tiene cierto temor en la voz.

—¿Todos tendremos prendas antiagujas? —Faltan solo quince días para la misión, por eso estoy desesperada por saber todos los detalles–. ¿Cuál será el plan una vez que estemos adentro?

El detective parece estar a punto de objetar, pero Cal lo interrumpe.

—Creo que podríamos decírselo. Al menos contarle la idea general.

—Bien —suspira él–. Alice nos hará entrar con ella, mientras que Cal se quedará en la camioneta cerca de la entrada para mirar las cámaras de seguridad. Una vez que encontremos el laboratorio, le daré acceso al sistema informático mientras que tú destruyes la droga.

—¿Y cómo se supone que haga eso?

—Todavía estamos trabajando en eso —responde en tono críptico–. Llevaré pociones por si nos descubren, pero en ese momento tendrá que brillar tu magia Elemental. Tendrás muchas más formas de atacar que yo.

—Yo… eh… —Le lanzo una mirada de preocupación a Cal–. Sería bueno llevar a otro Elemental si ese es el plan. Todavía no cumplí dieciocho, así que hay muchas cosas que no puedo hacer. —Eso es verdad, técnicamente, pero mi poder está mucho más limitado de lo que Archer imagina. *Tengo* que descubrir cómo usar mi magia antes de la misión.

—Veré quién está disponible. —Archer saca un anotador del bolsillo trasero de sus pantalones, y la familiaridad de ese acto me hace sonreír–. Ahora tenemos que concentrarnos en Ítaca. Repasemos todo una vez más.

Pasamos la hora siguiente ajustando el plan para reclutar al doctor David O'Connell.

Primer paso: llamar a David y ofrecerme como sujeto en su investigación.

Segundo paso: presentarle mi caso como lo hice con Alice y recurrir a la culpa si es necesario.

Tercer paso: si el segundo paso fracasa, distraer a David para que Cal pueda revisar la investigación en busca de fragmentos relevantes para la creación de una vacuna.

*Y, probablemente, del veneno también*, pienso, pero Archer nunca lo menciona. El verdadero problema será descubrir qué código mágico utiliza David. Se mudó muchas veces durante su infancia, por eso el Consejo no está seguro de que Cal pueda leer sus anotaciones.

Cuando estamos casi listos para dar el asunto por terminado, una puerta se abre y se cierra de un golpe en algún lugar de la casa.

–¿Hay alguien aquí?

Empiezo a imaginar que los Cazadores se escaparon, pero la Mayor Keating aparece en la cocina antes de que Archer responda, así que me relajo. Un poco, porque la Mayor luce más desaliñada que nunca con algunos cabellos rebeldes pegados en el rostro y el cuello. Abre el refrigerador, toma una botella de agua y bebe la mitad antes de mirarnos. El momento refleja cierta vulnerabilidad que la hace parecer más real, como si de verdad tuviera un pasado y una vida como todos los demás. Como si no hubiera nacido como una Mayor.

–Disculpen –dice finalmente–. Ya cubrí mi cuota de Cazadores adolescentes. Ryan, ¿podrías llevarles la comida? Comenzarán a pedirla a los gritos en cualquier momento y no tengo muchas ganas de seguir escuchándolos.

–¿Han dicho algo? –Archer se levanta y le indica a Cal que lo ayude. Entre los dos, toman unos sándwiches ya preparados y más agua.

—No son más que niños. No saben nada de lo que quisiera saber. —Keating ve alejarse a los agentes y luego ocupa el lugar vacante de Archer–. La chica, Paige, me recuerda a la esposa de mi hermano. Bueno, la exesposa. Es agotadora.

—¿Tiene un hermano? —pregunto sin pensar. Puede que sea una Mayor, pero debió haber tenido infancia como todo el mundo.

—Tenía —responde con nostalgia–. De hecho, fue él quien me animó a unirme al Consejo. Los setenta fueron años difíciles para que las mujeres accedieran a puestos de poder, incluso entre las brujas, en especial para una joven en sus veinte. Fui una de las primeras agentes femeninas del Consejo, y mi hermano nunca dudó de que fuera a tener éxito. Siempre creyó que, algún día, me convertiría en una Mayor.

—Suena como una gran persona. —Ocupo las manos en la biografía impresa de David–. ¿Qué le pasó?

—Eli se enamoró —dice. Espero a que continúe, pero no lo hace.

—Perdón, no lo entiendo.

—Mi hermano se casó con una Reg, a pesar de mis advertencias. Tal como se lo advertí, eventualmente, ella empezó a creer que estaba ocultándole algo y pensó que Eli le era infiel. —Hace una mueca de dolor–. No se equivocaba al sospechar de él: estaba ocultándole su magia. Es por eso que desalentamos las relaciones con Regs, pero él era muy terco y pensó que el amor era suficiente para correr el riesgo.

—¿Le contó la verdad? —Pienso en Gemma, que me ama como a una hermana y guarda el secreto por mí. En Archer, a quien vi sonrojarse mientras le escribía a Lauren antes del viaje a Brooklyn.

—Lo hizo —asiente ella–. Su esposa quería internarlo hasta que él le mostró lo que podían hacer sus pociones. Entonces, ella lo acusó de haber usado magia para controlarla y escapó. El Consejo tuvo que involucrarse. *Yo* tuve que involucrarme. —Suspira y la edad que suele esconder muy bien se deja ver en el agotamiento que le provoca el recuerdo, potenciado por haber visto a una chica que le recuerda el pasado—. Eli no quería que le borrara la memoria a su esposa, así que se resistió. En aquel entonces, yo era apenas una agente principiante, así que, en última instancia, los Mayores decidieron su destino.

—¿Qué hicieron? —Tengo miedo de conocer la respuesta, pero me siento obligada a preguntárselo.

—Hicieron lo que debían hacer: le borraron la memoria a la mujer y despojaron a Eli de su magia. Mi hermano era muy terco, así que se resistió al poder de los Mayores. Se resistió hasta que eso acabó con su vida. —Keating niega con la cabeza—. Acabábamos de vencer a los últimos Cazadores. Se suponía que fueran tiempos más seguros.

—Lo lamento. —Las palabras parecen inadecuadas cuando muchas brujas han perdido tanto. La Mayor Keating perdió a su hermano. Yo perdí a mi padre. Incluso Tori, la Conjuradora de cabello azul que quería restringir los poderes de Alice, perdió a sus padres por una contienda con la familia de la chica. ¿Cuándo será suficiente? ¿Cuándo terminará?

—Fue hace mucho tiempo —responde con una sonrisa. En ese momento, le suena el teléfono y revisa de quién se trata—. Disculpen.

—No entiendo qué ve en ti. —En cuanto la Mayor desaparece de la cocina, Alice coloca un brazo sobre el respaldo de la silla.

—¿Tenemos que hacer esto ahora? —Me masajeo las sienes porque ya logró irritarme.

—Tal vez sea tu actitud de santurrona —continúa, como si yo no hubiera hablado—. Es demasiado irritante, pero supongo que a los Mayores les gustan esa clase de cosas. —Hace una pausa e imagino que está pensando en otros insultos, pero, en cambio, el veneno que emanaba antes se escapa de su interior–. Pero sé cómo se siente perder a alguien. Ustedes no son las únicas que lo sufrieron.

Permanezco sentada en silencio, viendo cómo la Alice que conozco se diluye para revelar a la chica real debajo de toda su bravuconería.

–Cuando era un poco más joven que tú –comienza a relatar mientras juega con el anillo que tiene en el dedo medio–, perdí a mis padres. –Parpadea rápido y mira al techo como si intentara contener las lágrimas–. Sé que crees que soy un monstruo, pero hice lo necesario para sobrevivir.

–¿Por qué estás contándome esto? –Su confesión suaviza mi actitud, al tiempo que se crea un pequeño lazo de afinidad entre las dos. Ella se acomoda inquieta en la silla antes de responder.

–Archer me dio el número de Morgan, pero ella no responde mis mensajes. Es la única Bruja de Sangre que conocí desde que perdí a mi familia. Solo… Dile que lamento lo que pasó en el hotel, ¿está bien?

–Claro. –Noto tanta desesperación en la forma en que me mira que no puedo evitar asentir–. Se lo diré.

–¿Cómo pudo pasar? –exclama la voz de la Mayor Keating desde el corredor, así que Alice y yo miramos hacía allí–. ¿Cuántos fueron? –Otra pausa, luego la Mayor suspira–. Gracias por informármelo.

Veo pasar los segundos en el reloj de pared hasta que, eventualmente, la Mayor vuelve a la cocina. Tiene los ojos irritados y el cabello más desarreglado que antes.

–¿Sucedió algo malo? –Es una pregunta sin sentido, es evidente que algo anda mal, pero no sé qué más decir.

–Seis de mis Conjuradores perdieron la magia. –Los ojos le brillan con lágrimas incontenidas.

# 13

LA COCINA DE LA CASA DE ARCHER ESTÁ CARGADA DE TEMOR.

—¿Es demasiado tarde? —Alice es la primera que logra hablar—. ¿Lanzaron la droga al aire?

Keating niega con la cabeza y luego llama al detective y a Cal. Cuando ellos llegan, comparte la información de la llamada: los Conjuradores de Chicago creyeron que el sistema de filtrado del agua de la ciudad era muy avanzado como para que la adulteraran, así que no tuvieron los cuidados necesarios. Fueron descuidados y ahora todos perdieron la conexión con sus poderes. Sus pociones ya no son más que mezclas inútiles de agua y hierbas.

Quiero hacer *algo*, dar batalla, pero Keating envía a Alice de regreso al hotel y a mí a casa con instrucciones de que nos preparemos para la misión que nos dio. Primero, iremos a Ítaca a reclutar al Conjurador que podría devolvernos la magia. Después haremos la redada para destruir la droga y evitar que más personas pierdan los poderes brindados por las Diosas. Además, la Mayor hace que prometamos dejarle el resto a ella.

Accedo, aunque de mala gana. Para cuando llego a casa, los eventos del fin de semana recaen sobre mí y estoy *exhausta*. Agotada hasta los huesos con una intensidad que no sentía hacía años. Todo el peso cae de una vez: la pelea con Alice, el ataque de Riley, que Sarah perdiera su magia por mi culpa, incluso, la conversación mortificante con mi madre. Es difícil creer que todo haya pasado apenas en dos días; cada pieza se asienta sobre mis hombros como un ladrillo y pesan sobre mi columna hasta que se hace difícil caminar. Además de todo, gracias a la sugerencia de Cal de que debería ahondar en mis emociones más dolorosas para intentar controlar mi magia, la represa que construí con cuidado para no ahogarme ahora está llena de grietas.

Me meto en la cama, desesperada por quedarme dormida a pesar de que son las siete. Por desgracia, el sueño es más evasivo que mi magia, así que, después de pasar veinte minutos mirando al techo, tomo mi teléfono. Sin embargo, hago una pausa porque no estoy segura de a quién llamar. Con quien más deseo hablar es con Morgan, pero con Riley en Salem, este fin de semana fue más difícil para ella que para mí. No quiero empeorar las cosas.

Gemma sabe acerca de los Clanes, así que es una opción viable, pero eso no significa que pueda comprender el peligro al que nos enfrentamos. No entenderá lo horrible que es que te despojen de tu magia, lo aterrador que es que haya personas ahí afuera complotando para destruirte.

Eso solo me deja a…

–Hola. –Veronica atiende al segundo pulso del teléfono con la voz cargada de preocupación–. ¿Todo está bien?

–No –respondo y procedo a contárselo todo. Le cuento sobre la visita de Riley a la tienda. Sobre el hechizo de protección alrededor del pueblo y del suministro de agua en Beverly. Es la única persona a la que le cuento lo que *de verdad* pasó cuando Alice volvió a verme, y ella es la única que entiende por qué me siento culpable de lo que le ocurrió a Sarah–. Es horrible. Pensé que capturar a los tres Cazadores iba a darnos ventaja, pero Archer dice que no saben nada útil. –Riley, Wes y Paige tienen menos de veinte años y están muy abajo en la cadena de mando de los Cazadores. El detective dijo que ellos solo siguen órdenes y que nadie les cuenta el plan general–. Pero tenerlos encerrados ni siquiera sirvió para proteger a los Conjuradores de Chicago. Si no sabían de una misión que iba a ocurrir el mismo fin de semana en el que fueron capturados, ¿de qué sirve tenerlos? –Mi compañera de aquelarre devenida en novia, luego en pésima exnovia, luego en *amiga*, se queda en silencio del otro lado–. ¿Veronica?

–Perdón –dice, pero suena distraída, como si estuviera pensando en otra cosa. Hace una larga pausa, y estoy a punto de preguntarle si sigue ahí cuando vuelve a hablar–. ¿Lexie no era de Chicago? ¿Crees que conozca a los Conjuradores que perdieron la magia?

La piel se me acalora por los celos, pero reprimo ese antiguo reflejo. Aunque odié la forma en que Veronica se pavoneaba frente a esas brujas de Manhattan, eso ya no importa porque volvimos a la amistad previa al noviazgo. Casi. Por quien se preocupe no es mi problema. Además, que recuerde el origen de alguien no es razón para estar celosa. De todas formas, eso no acalla la sensación extraña en mi estómago.

—Quizás debería llamarla otra vez —masculla—. Para ver si está bien.

—Espera. —La sensación extraña se vuelve intensa y furiosa—. ¿Cómo que *otra vez*?

—No te molestes, Han.

—Que digas eso es garantía de que debería molestarme —replico.

—No es gran cosa —dice con un suspiro—. Después de lo que… —Se queda sin voz y se aclara la garganta para poder continuar—. De *todo* lo que pasó, llamé a las Conjuradoras para advertirles acerca de los Cazadores. Lexie fue la única que contestó.

—¿Por qué sigues teniendo sus números telefónicos después de todo lo que *ellas* nos hicieron? —sentencio mientras me levanto de la cama para caminar de un lado al otro por mi habitación pequeña.

—Merecían saber que los Cazadores reaparecieron.

—Estoy bastante segura de que tenemos un Consejo para eso, Veronica. ¿O te olvidaste de eso como te olvidaste de todos nosotros cuando huiste a la universidad?

—No me olvidé de *nada*, Hannah. —Su voz se volvió más baja, con un tono peligroso—. Que no quiera revivir el trauma a diario no significa que lo haya olvidado. No significa que mi vida sea totalmente perfecta.

Sus palabras resuenan entre las dos, mientras que el dolor de su voz aplaca el enojo justificado que estaba creciendo dentro de mí. Fuimos amigas mucho antes de convertirnos en novias o en ex, pero es muy fácil caer en los sentimientos amargos y dolorosos que me consumieron después de la ruptura. Esas emociones son más recientes y todavía siguen un poco expuestas.

—Tienes razón —afirmo al sentarme en el borde de la cama—. Lo siento, es solo que…

—Lo sé —agrega, más tranquila también—. Y juro que solo las llamé para advertirles que tuvieran cuidado, no para decirles que nos viéramos ni nada de eso. —Hace una pausa, en la que la imagino tendida de espaldas en la cama de su dormitorio, mirando la luna por la ventana—. Sabes que lamento haberte arrastrado a ese problema. Y ahora, además de todo, tienes que lidiar con Alice.

—Mi vida es absurda. Parece salida de un museo de arte moderno.

—¿Te imaginas si hubieras tenido que reclutar a Coral o a Tori también? —bromea entre risas.

—Alice me mataría.

Durante la siguiente hora, dejo que me distraiga con historias sobre ella y Savannah. Comenzaron a salir oficialmente cuando Veronica salió del hospital en el verano y, después, lograron quedar como compañeras de cuarto en la universidad. Me cuenta acerca de caminatas bajo las estrellas, intentos fallidos de convertir el comedor en sitio para una cita romántica, y sobre algunas noches frenéticas sin dormir para estudiar con sus amigos.

—Savannah planea declararse con sus padres cuando vayamos para el receso de otoño —agrega en tono emocionado—. Les ha estado dando algunas pistas y, hasta ahora, no dijeron nada extraño.

—Eso es fantástico, Veronica —afirmo, a pesar de que los celos resurgen. Después me pregunta sobre Morgan y la sensación desaparece. Le cuento que mi madre todavía tiene la regla de "puertas abiertas" y eso la hace reír—. Tendrías que haber escuchado la charla incómoda sobre sexo seguro que intentó darme esta mañana. Es vergonzoso. Tendré que evitarla hasta que me vaya a Ítaca el sábado. —Ella bufa con empatía.

—Tendrás que contármelo todo cuando vengas. —No pregunta por qué iré; no quiere saber sobre mis misiones ni *nada* que tenga que ver con los Cazadores o con el Consejo. Quiero decirle que la ignorancia no la protegerá, pero nuestra amistad renovada todavía es frágil, así que no quiero presionarla.

Esa noche, Benton invade mis pesadillas, y estar despierta tampoco ayuda en nada. Su sombra me acosa en los pasillos de la escuela y es como un fantasma que me sigue a todas las clases. Lo veo apoyado en mi casillero en los recreos, con un cuaderno de dibujo en la mano para pedirme opinión sobre el logo que está diseñando para la banda de un amigo. Está en la fila del almuerzo, quejándose de la pizza gomosa y de la salsa ranchera a temperatura ambiente. Está en miles de recuerdos diminutos construidos durante más de un año de amistad. Estoy tan al límite por Sarah, Alice y todo lo demás, que cada vez que escucho su voz, que recuerdo su risa o sus codazos en la clase de arte, pierdo un poco más de mí misma.

Mi semana se convierte en un ciclo de pesadillas, fantasmas en los corredores e intentos poco entusiastas de conservar una pizca de normalidad. Cumplo la promesa de contarle sobre el viaje a Nueva York a Gemma. Archer organiza reuniones para que practique el discurso para David. También repasamos los planos de la Farmacéutica Hall. Además, intento hacer toda la tarea posible cada día, pero estoy quedándome cada vez más atrás.

Y el dolor en mi pecho por las personas que perdimos no desaparece. Los padres de Alice. El hermano de la Mayor Keating. Los agentes del Consejo.

Mi padre.

Así que, cuando mi madre me invita a visitar la tumba el viernes, accedo. Ya no puedo hacer mucho más para prepararme para el viaje de mañana y, tal vez, solo tal vez, visitar a mi padre me ayude con lo que sea que esté bloqueando mi magia. Ella va al volante y, con cada kilómetro que avanzamos, más crece mi ansiedad. No visité el cementerio desde el día del entierro y, cuando comienzo a sentir la gravilla debajo de las ruedas, todo mi cuerpo grita que debo irme, que debo pedirle a mi madre que dé la vuelta, pero no puedo hacerlo. No digo nada y seguimos adelante.

Aunque yo no haya estado aquí desde la ceremonia, ella viene al menos una vez a la semana. Siempre me invita, pero siempre le digo que no. Cuando estacionamos y veo el árbol retorcido, las lágrimas comienzan a amenazar. Permanecemos en silencio dentro del automóvil porque mi madre espera a que yo dé el primer paso. El aire es cálido; es su poder que llena el espacio para recordarme que no estoy sola.

Me tiemblan los dedos al tomar la manija para abrir la puerta. Bajo el sol de mediados de septiembre, el calor es sofocante, hay una sensación horrible de que es un momento definitorio y por poco hace que salga corriendo. Mi madre baja detrás de mí y ambas cerramos las puertas, que resuenan al unísono en el silencio. La tierra se mueve bajo mis pies, con una energía igual a la del resto de Salem. Puede que el cementerio sea un lugar donde los cuerpos descansen, pero no queda nada de la energía que tuvieron en vida. No hay chispas, no hay palpitaciones de poder en la tierra. Aunque no es que pueda sentirla ahora de cualquier manera. No cuando todavía es muy doloroso usar mi magia.

Sin embargo… desearía que quedara *algo* más allá de nuestras muertes, algún rastro de que mi padre sigue aquí, cuidándome. En cambio, la Segunda Hermana reclama nuestras almas y se las lleva al lugar al que la Diosa Madre la haya desterrado. Nos reunimos con nuestra creadora después de la muerte, pero no deja nada para quienes quedamos atrás. Tal vez sea por eso que la Diosa Madre no interviene con lo que sucede en tierra, debe ser feliz al dejar que sus tres hijas nos coleccionen como muñecas peculiares. De repente, me pregunto qué pasará con aquellas brujas que han perdido sus poderes. ¿Las Diosas Hermanas podrán encontrar sus almas después de la muerte?

Un temblor me recorre al aproximarnos a la tumba de mi padre. Me consuela un poco saber que conservaba todos sus poderes de Elemental cuando lo perdimos, al menos así sé que estará seguro en la otra vida. Aunque pueda que los demás no nos reunamos con él. Mi madre y yo nos paramos delante de la sepultura, entonces ella presiona el dorso de los dedos índices debajo de sus ojos.

—¿Qué hacemos ahora? —le pregunto con la voz agitada.

—A veces hablo con él. —Coloca una mano sobre la nueva lápida de granito—. Le digo lo mucho que lo extraño y que estoy muy preocupada por ti. —Me mira sobre su hombro, sin señales de que esté juzgándome. Solo está diciendo la verdad, aunque eso nos duela a ambas.

Avanzo con resquemor para sentarme junto a la lápida y me apoyo contra el borde rugoso como lo hacía contra él. Intento recordar el peso de su brazo apostado sobre mis hombros o la presión de sus besos en la cabeza, pero no lo logro. Quiero acordarme de su risa, de su perfume y de su sonrisa espontánea, pero todo me resulta errado y borroso, como si nunca fuera a verlo como era en realidad. Las lágrimas se acumulan en mis ojos, así que reprimo el sentimiento y dejo que la rabia lo reemplace. Dejo que me consuma, que envuelva mi corazón hasta que comprima todo lo bueno a lo que estuve intentando aferrarme.

—Odio que no estés aquí —expreso con los ojos cerrados—. Odio extrañarte tanto todo el tiempo. Odio tener que fingir que no te extraño solo para poder seguir respirando. –No es justo que el recuerdo de Benton me persiga como un fantasma. No es justo ver al chico que intentó matarme en lugar de al padre que me enseñó a amar la vida. ¿Dónde están los recuerdos de papá? ¿Por qué no lo veo sentado a la mesa en la cena? ¿Por qué no puedo recordar cómo sonaba *su* risa exactamente?–. ¿Crees que a papá le hubiera agradado Morgan? –La pregunta suena apagada y quebrada y, antes de que mi madre pueda responder, imagino todas las cosas que él nunca podrá ver. No estará en las visitas a universidades haciendo chistes pésimos de padre. No estará para ayudarme con la mudanza al campus ni verá ninguna de mis graduaciones. No podrá aconsejarme si alguna vez decido proponerle matrimonio a alguien. Nunca podrá ocupar su lugar como alto sacerdote de nuestro aquelarre. Y otros pequeños y fugaces momentos que nunca sabré que me perderé de vivirlos con él.

–Por supuesto que sí. –Mi madre se sienta junto a mí, y es su brazo sobre mis hombros lo que hace que me desmorone. Las lágrimas se liberan, intensas y furiosas, y sacuden mi cuerpo hasta que me preocupa abrir una grieta en la tierra. Me desplomo contra ella al tiempo que las barreras que Cal me dijo que abriera se hacen polvo. Todas las emociones se liberan: el dolor de haber perdido a mi padre. El temor y las escenas del fuego que me acariciaba las piernas cuando estuve en la hoguera. La presión que crece cada día que la droga sigue existiendo. El peso de tener que reclutar a alguien sobre mis hombros. El secreto que le estoy ocultando a mi madre, la única que queda de mis padres.

–No funciona –digo mientras me seco las lágrimas del rostro y el cuello y las mejillas se me incendian con la vergüenza que nace de mi pecho–. Mi magia no funciona.

—No entiendo. —Ella se inclina para mirarme con una arruga en la frente.

—No puedo controlar los elementos. —La confesión quema dentro de mí; no puedo creer estar haciendo esto, pero estoy cansada de los secretos. Estoy cansada de luchar contra esto sola. Quizás Cal esté equivocado y no se trata del dolor. Quizás sea algo que otra Elemental pueda solucionar.

—¿Hace cuánto tiempo? —Su voz suena engañosamente neutral. En un instante de tensión, pienso en mentir, en fingir que no es tan malo. Pero necesito ayuda.

—Desde que Benton me drogó.

—¿Qué? —Mi madre se levanta y me mira desde arriba. La arruga de su frente ahora refleja enojo—. ¿Quieres decir que fuiste a Nueva York sin poderes? ¿Que accediste a ayudar al Consejo sin que tu magia funcione? —El tono se vuelve agudo y la forma en que resuena en contraste con el silencio del cementerio me hace estremecer.

—No la perdí por completo… —Me abrazo las rodillas y la miro—. Es solo que… duele cuando intento usarla.

—Entonces, déjame entender esto —dice. Empezó a caminar de un lado al otro: es mala señal—. Fuiste a Brooklyn sin magia, apenas lograste volver de una misión que le costó a Sarah *su* magia, ¿y recién me lo dices? No dejaré que vuelvas a salir del pueblo en estas condiciones.

Me invade una oleada de culpa arrasadora; no vi a Sarah desde que volvimos a Salem porque no tuve valor para enfrentarme a ella. Mi madre me mantuvo al tanto: Rachel quedó devastada cuando se enteró y el estrés afectó el embarazo. No me contó cuál fue el problema exacto, solo dijo que tendrá que permanecer en cama hasta el próximo control médico en dos semanas. En cualquier caso, Sarah me da más razones para tener que hacer esto. Si David pudiera devolverle la magia, le debo el intentarlo. Entonces, me pongo de pie con esfuerzo y enfrento a mi madre.

—No puedes impedirme ir a Ítaca. No puedes desobedecer a un Mayor.

—¿La Mayor Keating sabe lo de tu magia? —replica y toma su teléfono como si estuviera a punto de llamarla para informárselo ahora mismo.

—No puedes decírselo. —No puedo dejar que eso pase. Cuando por fin dije la verdad, no es justo que me dejen otra vez en el banquillo de suplentes—. *Necesitamos* a David.

—El Consejo puede buscar a otra persona para la misión.

—No hay tiempo para eso. —Abrió la lista de contactos, así que extiendo la mano hacia su teléfono, pero una ráfaga de viento me azota y me hace retroceder varios pasos—. Mamá, no puedes hacerme esto.

—No te perderé a ti también, Hannah. Aunque para eso deba encerrarte dentro de la casa.

Una sensación de rabia, de amargura y malicia hierve dentro de mí. Ella no puede hacerme esto, se supone que debería ayudarme en lugar de arrebatarme la única oportunidad que tendré de luchar contra los Cazadores.

—Papá no haría esto —exclamo entre lágrimas calientes y furiosas.

—Tu padre no está.

Sus palabras son como un golpe en el pecho que por poco me hace estallar los pulmones. A quienquiera que haya llamado debió haber contestado porque está hablando sobre un encuentro esta noche. La escucho mencionar posibles ubicaciones y horarios para coordinar y, mientras tanto, me desplomo otra vez junto a la tumba y la fulmino con la mirada.

—Te odio —pronuncio. Aunque son palabras breves y en voz baja, colman el espacio que hay entre las dos y lo extienden hasta que parece imposible de atravesar. Ella corta la llamada y me observa desde arriba con una expresión ilegible.

—Prefiero tener una hija que me odie que una hija muerta —sentencia. Luego apoya los dedos en la lápida de mi padre y cierra los ojos—. Vamos. Ryan nos está esperando.

# 14

VEO PASAR ÁRBOLES CON LOS PRIMEROS PARCHES DE COLORES otoñales por la ventana del automóvil.

—Estás muy callada.

—¿Eh? —Desvío la mirada del escenario cambiante para ver a Cal. Anoche, Archer accedió a organizar una reunión entre mi madre y la Mayor Keating, a la que fui en silencio durante todo el camino a pesar de que ella prometió que lo hacía porque me amaba. Sin embargo, cuando les contó lo de mi magia, sucedió algo inesperado: a la Mayor Keating no le importó.

De hecho, *se disculpó* por haber asumido que lo que me pasó no había afectado mi magia. También por haberme hecho sentir presionada a ocultarlo. Incluso se aseguró de que entendiera que tener dificultades con la magia (o perderla por completo) nunca cambiaría mi identidad como Elemental.

Todavía siento la calidez de esas palabras, del consuelo. No sabía lo mucho que necesitaba que alguien me diera esa seguridad.

Mi madre estuvo de acuerdo con ella, hasta que Keating le dijo que yo iría a Ítaca de todas formas. Mi trabajo allí no requiere magia; aunque la estrategia para reclutar a David cambió un poco.

Desde entonces, mi madre y yo no volvimos a hablar.

—Perdón —digo por fin y hago a un lado los recuerdos—. Tengo muchas cosas en mente. *Por ejemplo, que soy una pésima hija.* Aunque sea posible que mi madre nunca me perdone que vaya a Ítaca, también estoy enojada con ella. En lugar de ayudarme, intentó arrebatarme lo único que me ha dado un propósito.

—Yo también, de hecho. —Cal mira el espejo retrovisor y después gira la cabeza antes de sobrepasar a un camión—. Estuve pensando en Morgan.

—¿En mi novia? ¿Por qué?

—No dejo de preguntarme por qué su cercanía te ayuda con la magia. —Terminamos de pasar al camión y él vuelve al carril derecho—. Tengo una teoría. —La emoción de su voz hace que quiera sonreír y bufar al mismo tiempo.

—¿Es mejor que todo ese asunto de que "me permita sentir dolor"? —Anoche, en el cementerio, sentí mucho dolor y eso no ayudó en nada. Abro la botella de refresco para beber un trago.

—Creo que la amas. —Me echa un vistazo antes de volver a enfocarse en el camino. Sus palabras me tomaron desprevenida, por lo que me ahogo, toso y termino escupiendo el refresco y sintiendo el gas en la nariz.

–¿Qué dices? –Me arden el cuello y el rostro por la vergüenza mientras me seco las gotas del mentón.

–Piénsalo –responde ignorando mi tos nerviosa–. El dolor tiene un lazo cercano con el amor. Extrañas a tu papá porque lo amabas, pero si estás bloqueando los sentimientos desagradables, es probable que también bloquees los buenos.

–¿Y estar con Morgan soluciona eso? –No pronuncio la palabra "amor" porque no estoy segura de que sea eso lo que siento cuando estoy con ella. Sé que es algo bueno, cálido y seguro, que quiero verla a diario, protegerla y hacerla reír. Quiero saber lo que piensa y las esperanzas que guarda en su corazón. Sin embargo, pensé que amaba a Veronica antes y eso se fue el diablo, así que no estoy lista para decir esas palabras otra vez. Ni siquiera para pensarlo demasiado.

–Tiene sentido –comienza, pero el GPS lo interrumpe al indicar que tome la siguiente salida hacia la Interestatal 90–. Si estar con ella es un lugar seguro para que sientas esas emociones, tiene sentido que tengas mayor control sobre tu poder cuando está cerca.

–¿No tienes miedo de que mi magia defectuosa te ponga en peligro? –Las palabras que dijo mi madre anoche resuenan en mi mente–. Morgan no está y yo…

–Hannah. –Pronuncia mi nombre con tal solemnidad que me deja sin palabras y giro a mirarlo de frente–. Soy un agente del Consejo. Yo estoy aquí para protegerte a *ti*, no al revés. Si algo sale mal, no estaremos indefensos –asegura, y yo asiento a pesar de que no hace que me preocupe menos. De repente, él se extiende sobre la consola para tomarme la mano–. Sé que esta misión es un asunto personal para ti, pero yo me ofrecí como voluntario para este viaje porque tampoco quiero vivir en un mundo en el que todos hayamos perdido la magia. –Aprieta fuerte antes de bajar la velocidad para tomar la salida–. Hablando de eso, deberías llamar a David enseguida para arreglar un encuentro.

–¿No puedo enviarle un mensaje? –Por más que agradezco el cambio de tema, resoplo de todas formas–. Odio hablar por teléfono.

–Oíste a la Mayor Keating. –Nos detenemos en la estación de peaje y luego volvemos a mezclarnos en el tráfico–. Si escucha tu voz va a ser más difícil que te ignore. Los mensajes de texto son fáciles de desestimar.

–¿Por qué eliges *este* momento para tener razón? –protesto antes de tomar el móvil y revisar los contactos hasta encontrar el que Keating me pasó. Después de tres tonos, la llamada va al buzón de voz y la grabadora mecánica solicita que deje mi nombre y número telefónico–. ¿Le dejo un mensaje?

–Sí, solo recuerda…

–No mencionar nada relacionado con los Clanes. Lo sé, Cal, no es la primera vez que llamo a alguien… ¡Hola! –exclamo después del pitido de la contestadora–. Habla, eh, Hannah. Hannah Walsh. Es probable que no me conozca; soy la chica de Salem, del, eh, incidente de este verano. –Miro a mi acompañante, que me hace señas para que continúe–. Como sea, supe de su investigación por un… conocido en común y pensé que, tal vez, podría ayudarlo. Estaré en Ítaca esta noche para ver a una amiga, pero creo que podríamos encontrarnos. Llámeme o envíeme un mensaje. Un mensaje sería mejor, en realidad. –Repito el número telefónico y cuelgo.

Espero nunca tener que dejar otro mensaje de voz.

–Vaya, eso fue…

–Lo sé –interrumpo–. Te dije que soy terrible para hablar por teléfono. –Me concentro en los árboles que pasan por el camino; las manchas anaranjadas de las hojas hacen que extrañe mi hogar. Es probable que el aquelarre esté reunido en casa de lady Ariana ahora para celebrar el equinoccio. Durante generaciones, los Elementales han acompañado el cambio de color de las hojas. La Alta Sacerdotisa preside la ceremonia y, para cuando termina, las hojas de todos los árboles detrás de su casa lucen como atardeceres. De pronto, siento una punzada en el pecho al percatarme de que la ceremonia es otra de las cosas que mi padre nunca más verá–. ¿Cómo van las clases? –Cambio de tema con desesperación cuando las lágrimas comienzan a amenazar.

–En realidad, la semana pasada entregué los papeles para tomarme el semestre libre –responde frotándose la nuca–. No tenía sentido desperdiciar el dinero de la matrícula. Me perdí la mitad de las clases nocturnas y estoy retrasado en todas las demás.

–Mierda. Lo siento, Cal. ¿Al menos te devolvieron el dinero?

–Sí, no todo, pero recuperé algo. –Cuando suspira es como si dejara caer la máscara y ahora puedo ver lo cansado que está. Entre la universidad, el trabajo en el Caldero y todos los asuntos del Consejo, algo tenía que resignar–. Adiós a mi plan de graduarme en tres años –agrega mientras se masajea la sien con el pulgar.

–No seas tan duro contigo. No es que vayas a tomarte el semestre libre por haber estado de fiesta.

–Es cierto –coincide entre risas.

Durante el resto del viaje a Ítaca conversamos sobre la vida, el amor y un futuro sin Cazadores. Él está intentando que la relación con su novio funcione porque los secretos que debe guardarle provocan tensión entre ellos. Quisiera advertirle lo que le pasó al hermano de la Mayor Keating, pero creo que no me corresponde a mí contar esa historia. Tal vez, el novio de Cal le perdone los secretos o, quizás, él se los cuente como yo hice con Gemma. Tal vez sea algo más común de lo que imagine, en especial dado que el Consejo no prohíbe salir con no-brujos. No lo alientan, por supuesto, pero no va contra las leyes.

—Me preguntó cómo lo manejará Veronica —reflexiono una vez que terminamos de cargar gasolina y volvemos a la carretera—. Savannah, su novia, no es bruja y ahora se ven todo el tiempo en la universidad. —Un cosquilleo de celos me baja por los brazos; no es porque quiera volver con Veronica, sino porque me gustaría tener la libertad de estar con Morgan cuando quiera.

Quisiera poder olvidar los peligros que nos acechan tan fácil como ella.

—¿Y qué hay de ustedes? —pregunta Cal—. De Veronica y tú, quiero decir. Recuerdo que, cuando te conocí, la situación era bastante tensa.

—Las cosas están… mejor. —Por la ventana, el cielo es cada vez más gris a medida que nos acercamos a la zona central de Nueva York; un lugar que, según Veronica, no es más que campos y ganado—. Estamos descubriendo cómo volver a ser amigas. No creo que sea como antes, pero está bien. Aunque ella no quiere saber nada de lo que sucede con el Consejo, así que es un poco difícil hablar con ella.

—¿Y de qué hablan?

—¿De nuestras nuevas novias?

Cal se ríe tanto que casi se pasa de la salida que tenemos que tomar, yo finjo estar ofendida por su reacción y paso el resto del camino mirando por la ventana. Cuando por fin llegamos a la universidad, Veronica está esperándonos en el estacionamiento cercano a su dormitorio. A pesar de que hace calor, tiene una camiseta de mangas largas; me pregunto si de verdad tendrá frío o si querrá ocultar la cicatriz del disparo que le hizo Benton. Los padres de Morgan se ofrecieron a curarle la herida, pero los rechazó. Nunca supe si quería tener la cicatriz como recordatorio o si estaba demasiado alterada como para dejar que Brujas de Sangre la ayudaran.

Cuando estacionamos, bajo del automóvil y me quedo parada con incomodidad junto a la puerta hasta que Veronica pone los ojos en blanco y me da un abrazo. El contacto no enciende ninguna chispa de sentimientos románticos remanentes, así que me vuelco en el abrazo con más comodidad.

—¡Deben estar muriendo de hambre! —dice al subir al asiento trasero conmigo—. ¿Qué les gustaría comer?

—Algo que podamos llevar al hotel —responde Cal al salir del estacionamiento y comenzar a conducir por el campus.

—No hicieron un viaje tan largo para ir a encerrarse a un hotel. —Veronica busca algo en su móvil—. Conozco un lugar de comida tailandesa excelente. Comeremos ahí.

—Pero…

—Es muy seguro —interrumpe ella—. Llevo semanas aquí. No quiero escuchar tonterías como que es peligroso.

Él me mira por el espejo retrovisor, así que pongo los ojos en blanco con esperanzas de que entienda lo que quiero decir. Clásico de Veronica: presiona hasta que consigue lo que quiere. Cal debió entenderme porque voltea y pregunta:

—¿Hacia dónde voy?

Debo reconocer que la comida es *fantástica* y que la pasamos bien. Veronica nos cuenta sobre su vida como estudiante de primer año y lo que la sorprende que el cielo siempre esté gris.

—No sé cómo haré con todas estas colinas en invierno —comenta mientras Cal paga la cuenta con una tarjeta provista por el Consejo–. Son una locura. –Después de la cena, todavía no quiere volver a su dormitorio, así que nos arrastra a The Commons, una zona peatonal en el centro de la ciudad, en donde hay toda clase de negocios y restaurantes locales.

–Es hermoso –admito mientras caminamos por la calle cerrada.

–Así que, ¿qué hay de ese Conjurador al que tienes que atrapar? –pregunta después de mirar a Cal por sobre su hombro. Él nos sigue a una distancia respetable para que podamos conversar con cierta privacidad.

–Creí que no querías saber nada de los planes del Consejo. –Su tono casual me irrita.

–Perdóname por intentar tener una vida más allá de la pesadilla de este verano –replica con las cejas en alto ante mi amargura–. No todos queremos regodearnos en el trauma a diario.

–Suena desagradable.

–Intento apoyarte todo lo posible, pero tengo límites –dice y me lleva debajo de un árbol que está cubierto de luces parpadeantes–. Nadie te culpará si te tomas un tiempo para sanar. Deberías poder recuperarte en lugar de dejar que el Consejo se apropie de tu dolor.

–¿Que se apropie de mi dolor? ¿Qué significa eso? ¿Quién eres y qué hiciste con Veronica?

–Hablo en serio, Han. –Recorre la corteza del árbol con un dedo–. Estuve yendo a terapia. Hay una consejería en la universidad y… Bueno, no quería cometer los mismos errores con Savannah.

–Eso es genial.

–No se trata solo de relaciones –admite por lo bajo, con reparos–. Mi terapeuta dice que tengo estrés postraumático por lo que pasó en el verano. Desde esa noche tengo mucho miedo de crear fuego. No es que le haya contado eso, claro.

—Yo tampoco puedo acercarme al fuego. —La brisa se hace más fuerte, por lo que estiro las mangas para taparme las manos—. Y lo veo en todos lados; en la escuela, cuando duermo. Es horrible. —Cuando se me quiebra la voz, ella se acerca para apretarme la mano.

—Tienes que hablar con alguien. —Habla en voz baja y se asegura de que no haya nadie cerca que pueda oírnos antes de continuar—. Al principio, creí que no iba a funcionar al no poder mencionar nada sobre los Clanes, pero gran parte de lo que pasó se hizo público. No hace falta explicar por qué quiso lastimarnos.

—¿De verdad? —Siempre pensé que había que explicar *todo* para que la terapia funcione, por eso rechacé la oferta de mi madre de hacer una cita. En mi aquelarre no hay ningún psicólogo ni trabajador social, así que, si quería ver a un terapeuta en persona, tendría que ser Reg. ¿Y cómo podría ayudarme un consejero así? Pero si funciona para ella, quizás también debería intentarlo. *Después de la redada*, prometo. Hasta entonces, no tengo tiempo de hacer nada más.

—De verdad —asegura—. Ahora ven, hay una tienda de artesanías que quiero mostrarte. —Jala mi brazo hasta que vuelvo a seguirla por la calle y después me lanza una mirada conspirativa—. ¿Qué tan extraño es trabajar con ella? Con la Bruja de Sangre que conocimos en la ciudad.

—¿Alice? Creo que puedo asegurar que me odia. —La vibración del teléfono contra mi pierna me interrumpe. Lo saco del bolsillo y veo que David O'Connell está llamándome—. Hola.

—Hola, habla David. ¿Eres Hannah?

—Sí, soy ella. Soy yo, quiero decir. —Miro alrededor en busca de

Cal y le hago señas para que se acerque, luego respiro hondo–. Sí, soy Hannah. ¿Recibió mi mensaje? ¿Podemos encontrarnos?

–Esta noche no –responde sin aliento, como si hubiera subido escaleras corriendo–. ¿Puedes venir mañana? Tendré todo listo para entonces.

–¿Mañana? –repito y Cal asiente con la cabeza–. Sí, claro. Envíeme la dirección y la hora. Allí estaré.

# 15

EL DÍA AMANECE GRIS Y LLUVIOSO EN ÍTACA.

Me baño y cambio de prisa con el mismo pantalón formal que usé para el funeral de mi padre, una chaqueta gris de tela suave y una camisa celeste. Aunque pueda no hacer la diferencia, quiero darle razones al doctor O'Connell para que me tome en serio cuando le pida que ayude al Consejo.

Me detengo antes de llamar a la puerta de Cal. Parte de mí quiere irse sin él porque estará más seguro aquí y no quiero que corra el riesgo de que lo droguen como a Sarah. Pero esta vez será diferente: los Cazadores no saben que estamos en Ítaca, no publiqué nada en línea y configuré todas mis redes como privadas. Según Wes y Paige, ellos eran los únicos que seguían mi actividad y solo lo hacían por la obsesión de Riley con Morgan. Una obsesión que el resto de la Orden no comparte.

Antes de que pueda escabullirme sin él, la puerta se abre y Cal, que parece mi mellizo con vaqueros oscuros, camisa azul y suéter color crema, se sorprende al verme.

—Ah, ya estás despierta. —Acomoda el bolso de mensajero sobre un hombro—. ¿Lista?

—Sí. —Giro el teléfono en mi mano porque no tengo bolsillos en los pantalones. David dijo que solo se podía estacionar en la calle frente a su casa (que está sobre una de las ridículas colinas de la ciudad), así que anoche decidimos que caminaríamos casi un kilómetro y medio desde el hotel.

Para cuando llegamos a la casa, mis piernas están agotadas. El lugar parece estar cayéndose a pedazos; faltan la mitad de las persianas, la pintura está gris, donde no se descascaró por completo, y los escalones de la entrada están peligrosamente desvencijados. La madera cruje bajo mi peso cuando subo. La puerta está entreabierta.

—¿Hola? —Esperaba que el Conjurador estuviera esperándome con un equipo de extracción de sangre como el que usó Cal hace unos días, pero no está en el pequeño recibidor—. ¿David? ¿Doctor O'Connell?

—¿Nos equivocamos de dirección? —Cal retrocede para comprobar el número de la casa—. Número ciento dieciséis, apartamento B.

—Espera. —Reviso la dirección que David me envió en un mensaje—. Sí, es aquí. —Empujo la puerta para entrar; aún sin magia, percibo una *mala* sensación en el aire, así que me detengo en la sala. No sé si debería aventurarme más dentro de la casa.

Hay señales de que hubo una limpieza nocturna apresurada en el lugar, pero hay un desorden sin remedio de todas formas. Casi todas las superficies están cubiertas de papeles. Junto a unos cuadernos gruesos con tapas de cuero se ven lo que parecen trabajos de química a medio calificar. Abro el primer cuaderno con precaución y encuentro páginas y páginas de remolinos intrincados y bucles metódicos.

—¿Crees que sea su investigación? —le pregunto a Cal en voz baja. Él se asoma para ver las páginas de notas codificadas y suelta un silbido.

—Eso parece. ¿Todos los cuadernos están completos?

Ojeo rápido los otros dos (con cuidado de no hacer mucho ruido para que David no nos atrape revisando sus cosas), y veo que todos están igual de llenos.

—Es demasiado. ¿Puedes leerlo?

—Si tuviera tiempo para aprender su estilo, es probable. Pero ahora tiene tanto sentido para mí como para ti.

—Bueno, entonces será mejor que nos aseguremos de que David acceda a ayudarnos. —Cierro los cuadernos y me aseguro de que queden en el mismo orden en que los encontré. Después sigo revisando el apartamento—. ¿Doctor O'Connell? Soy Hannah Walsh, quedamos en vernos esta mañana. —Casi que estoy gritando, pero aún no hay respuesta.

La cocina de tamaño reducido está limpia, excepto por una sartén con huevos quemados y un plato con una tostada fría a un costado. Todavía hay humo en el aire, que ahora huele un poco rancio. ¿David estaría retrasado? ¿Habrá renunciado a su triste intento de preparar un desayuno y salido a comprar algo de comer?

Escucho agua correr en alguna parte del apartamento, así que sigo el sonido hasta llegar al baño. *Gracias a la Segunda Hermana.* Miro al cielo, aunque sé que las Diosas Hermanas no tienen poder sobre lo que pasa aquí.

—Disculpe —digo al tocar a la puerta—. No quiero molestarlo, pero… —La puerta se abre y deja escapar vapor hacia el corredor. Aparto la vista al sentir el calor en el rostro—. Mierda. Lo siento, no era mi intención abrir la puerta.

Lo único que se oye como respuesta es el repiqueteo del agua dentro de la tina.

—¿Doctor O'Connell? —Cal da un paso adelante y se asoma dentro del baño lleno de vapor—. ¿Doctor O'Connell? —Su tono se tiñe de preocupación y, como el Conjurador sigue sin responder, me mira—. Hannah, ¿puedes con el vapor?

—Lo intentaré. —Siento las partículas de agua en el aire, dejo que su poder resuene en mi pecho y, cuando la magia comienza a cosquillear, pienso en Morgan. Pienso en cómo su sonrisa me ilumina y, entonces, la puerta de seguridad que bloquea mi poder parece una cortina delgada, a la que puedo atravesar para dominar el vapor. El aire me acaricia la piel susurrando que hay peligro y el miedo repentino quiebra el lazo con mi poder, al tiempo que un dolor caliente y veloz me recorre la espalda y me fallan las rodillas. Me desplomo y, en el suelo, algo moja mis pantalones.

—No, no, no, no, no. —Avanzo a tientas hasta el cuerpo inmóvil de David y presiono el hueco en su pecho. Su sangre se cuela entre mis dedos y empapa más mi ropa. Tengo que cerrar los ojos para bloquear el horror de ver su expresión vacía—. No estés muerto, por favor. *Por favor.*

Un desfile de sucesos de terror se reproducen detrás de mis ojos cerrados: Gemma sangrando en mi automóvil, mientras que su herida vuelve el agua rosada y luego roja a medida que nos hundimos cada vez más. Un charco de sangre en el suelo de la casa de Veronica.

Savannah atada a una silla, diciendo que le habían disparado a mi ex. Los ojos de mi padre girando hacia atrás y su cuerpo sacudiéndose.

Se me cierra la garganta ante esas imágenes y presiono el pecho de David con más fuerza. Nadie más morirá. Los Cazadores no pueden llevarse a otro de los nuestros. Pero, entonces, percibo el frío contra la piel, la quietud en el pecho de él y la mano caliente que jala mi brazo. Me obligo a mirar al científico, a mirarlo *de verdad*: tiene los ojos empañados y ciegos. Detrás de mí, Cal intenta hacer que me levante.

—Hannah, vamos —me insta y el pánico de su voz hace que me pregunté cuántas veces habrá dicho mi nombre—. Tenemos que salir de aquí.

Después de asentir, me pongo de pie apoyándome contra la pared para no resbalar con la sangre. Cal tiene razón, no podemos quedarnos más tiempo porque los Cazadores podrían volver. O, quién sabe, quizás hayan llamado a la policía para que nos encuentren aquí con las manos llenas de sangre.

Tengo el estómago revuelto. Al mirar atrás cuando llegamos a la cocina, veo huellas ensangrentadas que me siguen a dondequiera que vaya y marcas de manos en todo lo que toco. En consecuencia, corro al fregadero para refregarme las manos y limpiarme las uñas hasta casi arrancarme la piel.

—Hannah, tenemos que irnos.

—Necesito limpiarme. —Sigo frotando hasta que el agua me quema—. Tenemos que llamar a la policía. Tenemos que decírselo a Archer.

—Primero tenemos que salir de aquí. —Cal cierra el agua, aferra mi brazo y me arrastra hacia la puerta, pasando por los tres cuadernos con la investigación del doctor O'Connell que están sobre la mesa. Intento lanzarme hacia ellos, pero él me retiene.

—¿Qué haces? ¡Los necesitamos! —protesto.

—Estás empapada y cubierta de sangre —dice tan al pasar como si estuviera recordándome que el cielo es azul—. Deja que yo los guarde. —Después me suelta y guarda los cuadernos en su bolso—. Bien, ahora vamos.

Como sigo inmóvil, me jala del brazo y hace que tropiece. En ese preciso momento, la ventana que tenía delante estalla en pedazos. Al mismo tiempo, vuelan fragmentos del revoque de la pared de atrás al aire.

—¿Qué fue eso? —Me aferro a Cal, que hace que nos agachemos.

—No entres en pánico —indica y me sujeta más fuerte.

—No estoy en pánico.

—Lo estás, tienes que concentrarte. —Espera hasta que lo miro a los ojos. Mientras tanto, revienta otra ventana y los trabajos de química salen volando por los aires—. Nos están disparando, pero estaremos bien.

—¿En qué mundo podríamos estar bien? —Intento usar magia, pero no la siento en absoluto. Ni siquiera hay dolor. Siguen estallando ventanas a medida que los Cazadores (asumo que son los Cazadores) prueban diferentes ángulos. Un estante alto a la derecha se desploma y los libros se desparraman por el suelo—. ¿Son balas? ¿Por qué no nos disparan la droga? ¿Por qué quieren matarnos? —Él revisa el bolso, del que saca dos viales, uno de color blanco, otro de color negro. Después vierte la poción blanca sobre nosotros, que cae sobre mi piel como si fuera arena—. ¿Qué es eso? ¿Qué hiciste?

—Te dije que te protegería. —Tapa el vial y lo devuelve al bolso—. La luz se reflejará alrededor de nosotros. No nos haremos invisibles de verdad, pero será más difícil que nos vean.

–¿Y esa? –Señalo el vial negro con las manos temblorosas mientras que otra bala vuela por encima de nosotros.

–Nos ayudará a desaparecer. –Se cuelga el bolso en el hombro otra vez antes de tenderme de la mano–. Sin importar lo que pase, no me sueltes. ¿Entendido? –Tomo su mano extendida y asiento con la cabeza–. Bien. La situación está a punto de ponerse muy oscura. Espera.

–¿Qué estás…?

Una serie de disparos minan la casa. Cal arroja el vial negro al suelo y, entonces, surge una oscuridad que se expande como tinta por el aire hasta que todo el lugar queda envuelto en sombras impenetrables. Ya no se ve nada más.

Con la mano de Cal como única guía, logramos escapar de la casa del Conjurador muerto y desaparecemos en las calles sinuosas.

*¿Por qué no dejan de asesinarnos?*

Ese es el único pensamiento coherente que pasa por mi cabeza. El único que no es una espiral de sangre, muerte y dolor. Gracias a las dos pociones de Cal llegamos a la habitación del hotel sin ser vistos. Una vez allí, mientras me ducho para refregar los últimos rastros de sangre de David de la piel, Cal llama a Archer para explicarle lo sucedido. Me pongo ropa limpia dentro del baño lleno de vapor (opaco y difuso, igual que el lugar en el que encontramos al científico) y luego él llama a mi madre para avisarle que estoy bien y que regresaremos pronto.

*¿Qué les hicimos?*

*¿Por qué nos odian tanto?*

Las preguntas giran como dos ciclones gemelos mientras me meto en la cama y me tapo hasta el mentón. Estoy alterada, con un pie al borde del abismo de una crisis mental, pero Cal está enfocado. Está caminando de un lado al otro, esperando instrucciones de Archer. Después de que el detective por fin lo llama, se marcha para ocuparse del cuerpo del doctor O'Connell.

No abandono la seguridad de la cama ni me ofrezco a acompañarlo. No sé qué hará ni cómo se mantendrá seguro si los Cazadores reaparecen, pero no es que no me importe, sino que ya no puedo soportar el estrés que me causa la preocupación. La idea de que pueda pasarle algo me parece inconcebible.

Quizás Veronica tenía razón y yo *debería* escapar para que otro lidie con todo esto. Debería dejar que el destino de los Clanes recaiga sobre los hombros de otra persona, de alguien como Cal, Archer o la Mayor Keating. Alguien que sepa qué demonios está haciendo.

Alguien que no sea yo.

Cuando Cal reaparece, tiene un rastro de olor a humo en la ropa que ninguno de los dos menciona. Además, no está solo, sino que Veronica está con él. Ella se quita los zapatos de un sacudón y sube a la cama para envolverme en un abrazo. Su contacto está acompañado por el apoyo de todo el aquelarre y, en ese momento perfecto de confianza y amor, me desmorono. Mis defensas se rompen en mil pedazos diminutos y lloro hasta no poder respirar. Veronica me contiene hasta que la última lágrima sale de mi cuerpo y lo deja adolorido, expuesto y frágil. Debí haberme dormido después de eso, porque cuando abro los ojos, está arrodillada junto a la cama.

—Tenemos que irnos. —Su voz es suave, pero exigente, sin lugar a réplicas—. Iré contigo. Vamos.

Ella hace que me levante de la cama para salir. En la puerta, Cal está esperando con mis cosas ya empacadas en el bolso. Le entrega la llave del automóvil a Veronica para que podamos esperar ahí mientras él registra nuestra salida del hotel y, un momento después, salimos a la carretera rumbo a Salem.

—¿Cómo sucedió esto? —pregunta Veronica cuando quedamos en medio de un embotellamiento cerca de Albany. Viaja sentada en el asiento trasero conmigo y, a pesar de que no es seguro, deja que vaya recostada con la cabeza sobre el suéter que tiene en la falda. Juega con mi cabello para apartarlo de mi rostro y el gesto reconfortante me recuerda mucho a su madre. La señora Matthews hace lo mismo cuando un niño del aquelarre está enfermo; pensar en eso hace que extrañe tanto a mi madre que me duele el cuerpo. No puedo creer haberle dicho cosas tan horribles antes de irme.

—No lo sé. —Cal suena exhausto, igual que yo. Se le agotó la energía por tantos sentimientos, tantos horrores, tanto de todo—. Se supone que los Cazadores no debían saber nada sobre David o nuestro viaje. A menos que él haya dicho algo, no lo sé.

—¿Y si lo hizo? —Veronica se endereza en el asiento, lo que también me obliga a sentarme—. Hannah me dijo que querían reclutarlo porque estaba trabajando para descubrir la ciencia detrás de la magia. ¿Y si él ayudó a los Cazadores a crear la droga?

—¿Por qué…?

—Por el financiamiento —interrumpo—. David estaba molesto con el Consejo porque no quisieron financiar su investigación. ¿Y si recurrió a los Cazadores para pedirles ayuda?

—Si fuera así, ¿por qué lo asesinaron ahora? —Cal se ve obligado a pisar el freno cuando el automóvil de adelante se detiene de pronto.

—¿Porque era un cabo suelto? —arriesgo—. O, tal vez, mi llamado hizo que David cambiara de opinión. Quizás se haya arrepentido de haber creado la droga cuando supo lo que estaban haciendo los Cazadores. —Mis hipótesis penden en el aire mientras que nos pasan vehículos de ambos lados.

—Realmente no quisiera creer que un Conjurador nos hizo esto... —Cal pasa al carril central, que avanza un segundo más rápido que el nuestro—. Al menos cuando lleguemos a Salem estaremos a salvo —asegura. Por desgracia, una sensación fría que ya me es familiar arruina la calma que intentó inspirar.

—Durante los próximos siete días —digo después de hacer la cuenta.

—¿Siete días? —pregunta Veronica—. ¿Por qué solo una semana?

—Porque comenzará el proceso de selección del jurado. —Como tuve que sentarme, me abrocho el cinturón de seguridad y miro por la ventana—. La Mayor Keating tendrá que desactivar la barrera para el juicio. No podemos arriesgarnos a que alguien note que los Cazadores quedan atrapados detrás de los límites del pueblo.

—Pero si no hay barrera... —Mi compañera de aquelarre se pone tensa y sus nudillos pierden el color.

—Seremos presas fáciles dentro de la corte. Sí, lo sé. —Apoyo la cabeza contra el vidrio al tiempo que el ánimo de lucha desaparece. Es demasiado. Cazadores, una posible traición, las esperanzas del Consejo puestas en tres posibles registros que ni Cal ni Archer pueden leer.

Veo el mundo pasar, centímetro a centímetro, y no logro reunir energía para que me importe. ¿Y qué si los Cazadores me dejan sin magia? Ni siquiera funciona de todas formas. Ya nada importa.

Veronica apoya la cabeza en el asiento y una lágrima se desliza por su mejilla.

—¿Cuándo terminará? ¿Alguna vez volveremos a estar a salvo?

—No nos rendiremos —asegura Cal—. Alice está progresando con

Eisha y estamos cerca de conseguir entrar a la empresa. Aún hay esperanzas.

—Murió un hombre, Cal. —Separo la cabeza del vidrio frío porque el tono carente de emoción de mi voz es irritante incluso para mí. Pero no puedo inyectarle más vida porque ya no me queda nada—. Tener esperanzas no lo traerá de vuelta. Tampoco servirá para traducir los hechizos. Se terminó.

—David no es el único Conjurador que usa ese sistema —afirma él.

—¿Y alguno es científico? —replico—. Que pueda leer sus notas no significa que logre entender lo que significan.

—La Mayor Keating encontrará a alguien —responde, aunque tampoco suena muy seguro.

El tráfico comienza a fluir más rápido y nadie habla por bastante tiempo. Al menos hasta que dejamos Nueva York atrás. Entonces, Veronica me toma la mano.

—No te enojes por esto, Hannah —dice. Aparto la vista del paisaje y la veo mordiéndose el labio como si estuviera nerviosa. En respuesta, alzo una ceja, y ella se dirige a Cal—. Conocemos a alguien que quizás podría ayudar. Es otra Conjuradora que es científica. Estudia Bioquímica en la universidad de Nueva York.

—¿Quién?

Ella me mira preocupada otra vez, así que suspiro y respondo en su lugar:

—Lexie. —Imagino a la Conjuradora en su apartamento de Manhattan, haciendo anotaciones arremolinadas como las que vi en los cuadernos de O'Connell, y la esperanza intenta resurgir en mi corazón—. De hecho, creo que usa el mismo sistema que David. Quizás pueda traducir sus notas.

Apenas consiguen la aprobación de Archer, Cal y Veronica planean llamar a Lexie. Los escucho conversar, pero me siento vacía otra vez. Debería advertirle a Alice que las Conjuradoras que intentaron lastimarla podrían ir a Salem, pero no tengo energías para buscar mi teléfono. Todos los planes que organizamos se caen a pedazos. Cada vez que pensamos que progresamos en contra de los Cazadores, ellos van un paso más adelante. Aunque consigamos que Lexie vaya a Salem, no hay garantías de que realmente pueda ayudarnos.

¿Y de qué sirvo yo en contra de todo esto? Soy una Elemental que ni siquiera puede usar su magia. Una chica que no puede reclutar a otra bruja sin que otra persona termine drogada o muerta.

*No hago más que empeorar las cosas.*

*¿Y si arruino todo?*

El sueño debió reclamarme y arrastrarme desde la desesperación hasta la inconsciencia, porque veo a mi padre. Él no quiere que me rinda, pero ¿qué haré? No se puede combatir un huracán con un paraguas agujereado.

Me despierto de un salto cuando alguien abre la puerta. Enderezo la cabeza de pronto y mi cuerpo se llena de adrenalina, hasta que veo a mi madre parada en la oscuridad, iluminada por las luces con sensores de movimientos de nuestra entrada. Todas las cosas horribles que le dije se reproducen en mi mente de golpe.

—¿Mamá?

—Está bien, Han. —Se extiende para ayudarme a bajar—. Aquí estoy.

—Tenías razón. —Hundo el rostro en su cuello sin siquiera intentar contener las lágrimas—. No puedo hacer esto. Me rindo.

—Ah, cariño —expresa mientras me abraza con fuerza—. No quería tener razón.

16

PASO EL RESTO DE LA NOCHE PONIÉNDOME AL DÍA CON LA TAREA. Supongo que así es mi vida ahora: encontrar brujos asesinados por la mañana, leer Shakespeare después de cenar.

Evito las llamadas de Archer y, el lunes por la mañana, cuando Cal pasa a verme antes de la escuela, le pido a mi madre que le mienta y le diga que ya me fui. Él dice que el detective está investigando la muerte de David y que lo llame. En mi escondite en una esquina, la culpa se abre paso en mi pecho, pero no lo llamaré. No puedo hacerlo.

En la escuela, los pasillos están difusos por las oleadas de recuerdos. Aunque me topo con la figura de Benton dos veces antes de llegar a mi primera clase, lo ignoro; él ya no es parte de mi vida. Estoy comenzando mi futuro como Reg, pues solo es cuestión de tiempo hasta que lancen la droga en el aire y el esfuerzo de toda mi vida ya no tenga importancia.

Nunca aprenderé a crear fuego solo con mi magia.

Nunca heredaré la posición de mi abuela en el aquelarre.

A pesar de que una parte de mí recuerda lo que dijo la Mayor Keating (que siempre seré una Elemental más allá de que pierda la magia), ahora es difícil de creer.

El miércoles por la mañana, Morgan me espera con una sonrisa maliciosa junto a mi casillero antes de clases. Pasé los últimos dos días distrayéndola con besos cada vez que me pregunta cómo me siento y, anoche, dediqué una hora a dibujarla mientras practicaba para su solo de danzas.

Ahora, mira hacia atrás sobre su hombro para asegurarse de que nadie la vea darme un beso en la mejilla.

—Resulta que… mi papá quiere invitarte a cenar.

—¿Por qué me invita a cenar? —pregunto con una ceja en alto—. ¿Ese no es tu trabajo?

—Bueno, yo quería salvarte del interrogatorio de mis padres, pero ahora planearon esta cena para "conocer a la novia". —Suelta un suspiro dramático y apoya la cabeza en mi hombro—. ¿Existe alguna posibilidad de que aceptes una reunión incómoda con mis padres?

—¿Honestamente? Suena perfecto. —En ese momento suena el timbre y Morgan me abraza con fuerza.

—¡Gracias, gracias, gracias! —repite antes de ir a su primera clase y dejarme hecha un desastre sonriente en el camino.

Cuando llegamos a su casa después de la escuela, me lleva a su habitación y les grita a sus padres que los veremos cuando la cena esté lista.

–¿Te avergüenzo yo o ellos? –pregunto después de que cierra la puerta. Mi novia se queda congelada a mitad de camino. Luego gira a mirarme con una mezcla de sorpresa y de vergüenza en el rostro.

–¿Qué? Tú no, jamás. Es solo que mis padres son... un poco ridículos. Intento salvarte de su extraño humor parental. En especial del de papá. Es la desventaja de que sea bisexual, hace bromas de padres *y* de bisexuales.

–¿Parezco alguien a quien vaya a importarle? –Me rio y debe ser la primera risa sincera desde que volví de Ítaca. Señalo mi camiseta que dice "Déjame ser perfectamente *queer*" adelante, después giro para mostrarle la espalda, donde dice "Soy super gay".

–Bueno, si lo dices así. –Me toma de las manos para atraerme hacia ella–. Quizás quería una excusa para estar a solas contigo.

–*Ese* es un plan que no puedo rechazar. –Todavía tiene puestos los vaqueros y la blusa holgada sin mangas que llevó a la escuela. Su piel expuesta se siente cálida contra la mía cuando le acaricio los brazos con los dedos. Nuestros labios se encuentran en un beso suave, casi imperceptible–. Pero todo esto se queda puesto mientras tus padres estén en casa –digo señalando nuestra ropa.

–Trato. –Se sonroja y se muerde el labio.

Lo que tenemos es como una danza elegante. Caemos juntas sobre la cama, con sus piernas entrelazadas con las mías y sus labios tibios sobre mi cuello, es muy difícil no dejarse llevar. Quiero perderme en ella. Quiero reemplazar todos los recuerdos malos con huellas de felicidad sobre mi piel. Sin embargo, cuando las dos nos quedamos sin aliento, desesperadas por hacer cosas que sabemos que no debemos hacer sin tener más privacidad, nos obligamos a tranquilizarnos. Cuando empezamos a dejarnos llevar otra vez, paramos por completo.

Después de buscar el cuaderno de dibujo de mi bolso, me acomodo en su cama con la espalda contra la pared. Morgan se recuesta con las piernas sobre las mías y comienza un nuevo libro; este tiene una mano con armadura que sujeta una espada rosada en la portada. Mientras lee, paso a una hoja nueva y la dibujo intentando capturar la atención y la seriedad que le dedica a los personajes.

—¿Pensaste en el baile de bienvenida del viernes? —pregunta al pasar a la página siguiente.

—¿Qué tendría que pensar? —Delineo la forma básica de su rostro y luego me concentro en los ojos.

—¿Deberíamos ir? —pregunta y se apoya el libro en el estómago.

—¿Deberíamos ir al baile escolar terriblemente heterosexual cuando el mundo se está cayendo a nuestro alrededor? —repregunto y también bajo mi lápiz.

—Eh, ¿sí?

—Si quieres ir, entonces sí —accedo haciendo rebotar el extremo sin punta del lápiz en mi rodilla—. Tenemos que ir.

Morgan sonríe antes de volver a sumergirse en su libro. Lo último que quiero hacer esta semana es ir al baile de bienvenida, pero si eso la hará feliz, puedo poner una sonrisa en mi rostro y bailar. Empiezo a dibujar otra vez y, al terminar con su expresión, sigo con el contorno de sus brazos y hombros. Cuando llego a los delicados dedos, alguien toca la puerta.

—¿Están presentables, chicas? —pregunta su padre. Las runas de hace diez días todavía adornan el marco de la puerta, por lo que debo reprimir un escalofrío cuando me recuerdan el pánico con el que Morgan las dibujó con su propia sangre. El señor Hughes espera a que ella responda "sí" en tono irritado antes de entrar. Tiene los mismos colores que ella: el cabello de un rojo intenso y la barba rojiza muy prolija. Viste unos vaqueros y una camisa a cuadros blancos y azules arremangada hasta los codos–, Perdóname por no querer interrumpir el amor.

–¿Qué tienes, papá? –Morgan pone los ojos en blanco.

–¿Además de la presión sanguínea elevada? –Se ríe de sí mismo, entretenido.

–¿Se supone que es un chiste de Brujos de Sangre? –le susurro a Morgan porque estoy confundida. Estoy bastante segura de que su clase de magia previene esas afecciones.

–Sí, mejor ignóralo.

–Oigan, no sean insolentes con sus mayores. –El señor Hughes se pone las manos en las caderas y mira a su hija con lo que para mi madre sería "la mirada", pero que en él me hace pensar que me estoy perdiendo de algún chiste interno.

–Ah, ¿así que admites que eres mayor? –replica ella con encanto inocente.

–Sigue así, señorita, y serás castigada sin libros.

–¡Jamás! –Mi novia finge jadear ofendida. Su padre se ríe antes de acercarse a la cama y dirigirse a mí.

–Ya que mi hija no nos ha presentado, pensé que debía pasar a saludar por mi cuenta. Puedes decirme Fritz, señor Hughes, papá de Morgan u Oye, tú.

–Encantada de conocerlo, señor Hughes –respondo al tiempo que Morgan bufa como si su padre fuera la persona más vergonzosa que haya conocido. Para mí, la situación me provoca un dolor en el corazón que no puedo permitirme en este momento, no frente a ellos si quiero seguir funcionando–. ¿Necesita ayuda con algo para la cena?

—Eleanor y yo tenemos todo bajo control, pero gracias. —Vuelve hacia Morgan para alborotarle el cabello—. Veinte minutos, niña. Las esperamos en la mesa. Es un placer por fin conocerte oficialmente, Hannah. —Luego se marcha y deja la puerta abierta al salir.

—Lo lamento —dice Morgan una vez que desaparece—. Se pone muy raro cuando ve personas nuevas.

—Me agrada. —Apoyo la cabeza contra la pared y dejo de luchar contra el ardor en mis ojos—. Me recuerda un poco a mi papá. Apuesto a que se hubieran llevado muy bien. —Ella me aprieta la mano, pero, antes de que pueda decir algo, suena el timbre de la entrada y uno de sus padres contesta—. ¿Esperaban a alguien? —pregunto.

—No, yo…

—¡Morgan! —exclama una voz femenina, seguramente de su madre—. ¡Es para ti!

Nos miramos y ella luce tan confundida como yo. Baja de la cama, me indica que la acompañe y cierra la puerta al salir. Me pregunto si lo hará por las runas, para esconderlas de la persona que haya llegado.

Cuando llegamos a la entrada, Alice está parada en la puerta y luce más pequeña que nunca. Tiene unos vaqueros con una sudadera holgada y el cabello recogido en una coleta sencilla. Al verme, frunce el ceño.

—Alice, ¿qué haces aquí? —La preocupación hace que mis nervios se disparen—. ¿Cómo sabes dónde vive Morgan?

—Mis padres le han estado enseñando algunas técnicas de sanación —explica mi novia. Después se adelanta, rodea los hombros de Alice con un brazo y la guía adentro—. ¿Qué pasó? ¿Estás bien?

La bruja de cabello rosado no dice nada hasta sentarse en el sofá con los antebrazos sobre los muslos.

—Drogaron al primer Brujo de Sangre —informa, y siento cómo Morgan se pone tensa a mi lado.

—Mamá, papá. —El pánico en su voz hace que sus padres lleguen corriendo. La magia los vuelve tan rápidos que es como si tan solo aparecieran ahí—. ¿Cómo lo sabes? —le pregunta a Alice—. ¿Qué ocurrió?

—Escuché a la Mayor hablando con el señor Anotador en la reunión de hoy. A la que *tú* faltaste. —El veneno en su voz se aplaca y ella se estremece—. Es solo un niño, un chico de Texas. Sus padres juran que fueron cuidadosos y que no usaron agua del grifo en su casa.

—¿Qué le pasó? —El miedo invade mi corazón. Alice dijo que sus poderes controlaban todo y que no sobrevivirían sin ellos—. ¿Se encuentra bien?

—Está en el hospital. —Niega con la cabeza y empieza a derramar lágrimas—. Se desmayó el viernes durante un viaje escolar y todavía no despertó. Tiene apenas catorce años. —Hunde el rostro en sus manos, así que la señora Hughes va a sentarse junto a ella para consolarla.

—Aquí estamos a salvo, Alice, estarás bien. —Mientras le acaricia la espalda, mira a su esposo y llegan a un entendimiento tácito.

—Lamento decir esto, Hannah —dice él—. Creo que necesitaremos un momento familiar. ¿Podemos pasar la cena para otro día?

—Ah, eh, claro —afirmo al darme cuenta de que, de alguna manera, ya me hizo salir de la habitación. Miro hacia atrás: ahora Morgan y su madre están sentadas en el sofá con Alice en medio. Morgan me mira con una breve sonrisa de disculpas en su expresión preocupada.

Intento no tomarme su rechazo personal, pero duele más de lo que quisiera. Soy la única bruja presente que sintió los efectos de la droga de los Cazadores, si alguien puede dar testimonio de lo que están pasando en este momento, soy yo.

Aunque, tal vez...

Tal vez algo en que sean Brujos de Sangre lo hace diferente. Quizás mi experiencia no tiene la importancia que yo creo. El chico está en el hospital, inconsciente, mientras que Sarah siguió estando saludable después de perder la magia.

Por eso no intento quedarme cuando el señor Hughes me pide que recoja mis cosas. Tampoco digo nada cuando me promete que Morgan me llamará para organizar la cena para otro día.

Sin embargo, cuando la puerta se cierra detrás de mí, el rechazo se vuelve doloroso. Saber que están ahí adentro, sufriendo incluso más que yo, hace que se convierta en rabia. Tengo que estar en otro lugar ahora. Hay alguien que nos debe respuestas que nadie más parece dispuesto a darnos.

Subo al automóvil y aferro el volante hasta que los nudillos se me ponen pálidos.

Es hora de hacerle una visita a Riley.

Oigo voces en la casa de Archer al colarme por la puerta principal. La Mayor Keating habla en voz baja, así que no puedo entender lo que dice, pero reconozco la objeción murmurada de Archer. Si tuviera el control de mi poder, podría hacer que el aire me trajera sus palabras, también podría silenciar el crujir de mis pasos para que no me escuchen caminar hacia el sótano. Por suerte, ninguno de los dos es Elemental porque si lo fueran, hubieran percibido mi respiración apenas entré.

Una vez en la entrada, pruebo la manija de la puerta del sótano y descubro que no tiene llave. La abro despacio y me estremezco cuando chillan las bisagras, así que me quedo congelada ahí. Cuando nadie aparece para gritarme porque me inmiscuí en la casa, sigo adelante.

El lugar luce igual que hace una semana y media, salvo porque hay más viales vacíos de las pociones usadas sobre la mesa. Alcanzo a ver a los Cazadores desde el último escalón. Riley está parado de espaldas a la reja, Wes está sentado en el borde de un colchón y Paige está parada frente a ambos. Están comiendo sándwiches y hay botellas de agua tiradas por el suelo. Riley dice algo que hacer reír a Wes y después le da otro mordisco a su cena.

El hielo de mi corazón se hace trizas y las esquirlas perforan el órgano sensible. Doy un paso más y Paige es la primera que me ve. Frunce el ceño y aprieta los labios, pero no dice nada. Cuando Riley nota su expresión, se da vuelta.

–¿Qué tenemos aquí? –Inclina la cabeza a un costado y me recorre con la mirada, que baja por mi cuerpo como un par de garras indeseables. Avanza despacio hasta la reja, donde apoya los antebrazos–. ¿Cómo está la chica que no es Hannah? –pregunta en el papel del reportero intrépido que conocí hace casi tres semanas.

–¿Lo sabías? –exijo con los puños apretados. No perderé el tiempo con estupideces.

–Tendrás que ser más específica –responde con pereza y le da un gran mordisco al sándwich; la lechuga cruje entre sus dientes.

–La droga –digo, debatiéndome entre mantenerme firme y salir corriendo hacia él para arrancarle la maldita confianza del rostro. ¿Cómo es que puede parecer tan tranquilo y controlado cuando está tras las rejas?–. ¿Sabías que la droga mataría a Morgan?

El chico se queda helado, todo su cuerpo se pone rígido y, después, alza las cejas en un gesto cargado de preocupación. Pero cuando parpadea, todo eso desaparece, vuelve a morder su comida y a masticar despacio. Su silencio amenaza mi compostura. Me siento como una cuerda demasiado tensa que está a punto de desgarrarse.

—No lo sabías, ¿verdad? —Cubro la distancia entre los dos—. No te dijeron que la droga podía matar a una Bruja de Sangre.

Se encoge de hombros ante la acusación y, cuando vuelve a mirarme, su expresión no es para nada indiferente. Es dura, fría y carente de humanidad.

—Si esos monstruos no pueden sobrevivir a la cura, no merecen vivir —afirma, y el dolor estalla en mi puño al impactar contra su rostro.

—Repite eso. —Mis palabras suenan como un rugido. Después extiendo la mano entre las barras de metal para sujetarlo del cuello de la camisa y, con toda la fuerza que me queda, lo jalo para golpearle el rostro contra la reja—. ¡Repítelo!

—Riley... —Wes se levanta del colchón—. Suficiente, hombre. —Camina hacia nosotros, pero Paige levanta una mano, entonces él retrocede y ella se cruza de brazos y mira la espalda de Riley con irritación.

—Quisiera ser yo quien lo haga. —Él ni siquiera parpadea y su voz es estable—. Espero que tenga una muerte dolorosa.

Con una velocidad inesperada, extiende la mano entre las barras para clavarme dos dedos en la garganta. Como resultado, me ahogo, empiezo a toser, pierdo el control de su camisa y caigo al suelo, donde me golpeo los codos contra el cemento. Siento la sangre caliente que brota de la piel desgarrada. Riley se ríe de mí y retrocede hasta donde está Wes.

—Patético —comenta Paige, mirándome con desprecio. Después se dirige a los chicos como si yo no estuviera—. No puedo creer que *ella* nos haya atrapado. Es vergonzoso.

Me pongo de pie, temblorosa. Estos jóvenes, con su odio y su obediencia propia de un culto, son los verdaderos monstruos; los Cazadores que quieren matarnos solo porque existimos. Por primera vez entiendo por qué el Consejo quiere asesinarlos a todos. Aunque les mostremos piedad, ellos nunca nos verán como humanos.

Sería mucho más fácil si pudiéramos usar las mismas técnicas en su contra. Retrocedo a los tumbos hasta que choco con la mesa, entonces miro la pared llena de pociones por sobre mi hombro. Hay menos que antes y no sé para qué sirven, pero me encuentro yendo hacia ellas de todas formas.

—¿Qué estás haciendo? —Wes suena nervioso. Giro hacia ellos con los brazos llenos de viales.

—Si pueden asesinarnos, dispararle a David, drogar a niños pequeños e intentar asesinar a una persona a la que solían amar, bien, ustedes ganan. Seremos tan despreciables como ustedes.

—¿Quién es David? —Paige y Riley se miran preocupados, mientras que Wes frunce el ceño.

—Era un Conjurador. —Dejo las pociones sobre la mesa y elijo una de color rojo—. Uno de sus compañeros Cazadores lo asesinó el fin de semana pasado. Iba a crear una poción que acabaría con cada uno de ustedes. —Sus expresiones de preocupación y conmoción iluminan la amargura en mi interior—. Pero estoy segura de que alguna de estas pociones servirá para hacer el trabajo —concluyo con un brazo en alto.

—*Hannah.* —La voz de Archer recorre el lugar. Bajo el brazo a medida que la vergüenza va creciendo despacio en mi pecho y me doy vuelta. La decepción en el rostro del detective por poco me destruye. Luego, me saca la poción de la mano con cuidado y la deja sobre la mesa con las otras—. Arriba, ahora —ordena en tono bajo y exigente.

# 17

EL DETECTIVE ARCHER ME LLEVA HACIA ARRIBA; CADA ESCALÓN aumenta la preocupación y ya puedo anticipar el sermón que me dará. Imagino que me llevará frente a la Mayor Keating. ¿Tocar las pociones de un Conjurador sin permiso va en contra de las leyes? Nunca lo mencionaron en las reuniones del aquelarre.

¿Qué me hará el Consejo?

Mi respiración es breve y entrecortada cuando llegamos al corredor. Todavía escucho murmullos en la cocina. Aunque no reconozco la voz de la mujer que está hablando con la Mayor Keating, me preparo para enfrentarlas. Sin embargo, Archer lleva un dedo a sus labios para que haga silencio y cierra la puerta muy despacio. A continuación, lo sigo hasta una parte de su casa en la que nunca había estado; atravesamos la sala, otro corredor y una puerta que llega a una oficina pequeña. Las paredes son del mismo color crema que el resto de la casa y hay una computadora portátil abierta sobre el escritorio en la pared del fondo. Archer me hace pasar y cierra la puerta.

Nos quedamos parados en silencio durante mucho tiempo con el último rastro de luz natural que entra por la ventana. Tengo la sensación de que está esperando a que yo hable primero, que me disculpe, pero no sé por dónde debería empezar. Finalmente, se pasa una mano por el cabello, con lo que su compostura se desmorona y parece más bajo de lo que es.

—¿Qué está pasando, Hannah? Tú no eres así. —No hay juicio en su voz, solo curiosidad, pero me tensiona de todas formas. Siento amargura y dolor.

—Alice fue a casa de Morgan y nos habló del Brujo de Sangre. Nos contó lo que le pasó. —Se me cierra la garganta y todo lo que intentaba ocultar detrás de la rabia resurge—. ¿Por qué permitió que los Mayores me convocaran? ¿Por qué no me obligó a quedarme fuera de esto? —A pesar de que las lágrimas hacen que la habitación se convierta en una imagen de colores borrosos, sigo adelante; no puedo detenerme—. Metí la pata en cada paso que di. Dejé que Morgan fuera conmigo a Brooklyn y pudo haber muerto. Sarah perdió la magia. Por poco nos disparan a Cal y a mí. Los Cazadores *asesinaron* a David, y todavía siento su sangre sobre la piel. Todavía lo veo cada vez que cierro los ojos. —Los sollozos ahogados me dejan sin palabras, así que me tapo el rostro con las manos—. Ya no tenemos tiempo para organizar la redada y los Cazadores no dejan de matarnos. Seguirán asesinándonos hasta que todos hayamos desaparecido, ¿no es así? —Él no me contradice ni dice que todo estará bien. Levanto la vista cuando el silencio se extiende porque el detective luce triste. Extremadamente triste, perdido y asustado. Mis lágrimas vuelven a caer–. Tengo razón, ¿no es así? Estamos arruinados.

Archer niega con la cabeza y oculta toda la preocupación expuesta detrás de una máscara de compostura.

–No hay una solución fácil –dice en un tono lleno de seguridad en el que no confío. No después de haber visto los sentimientos que intenta esconder–. Pero no nos rendiremos. Estamos progresando y eso no sería posible de no ser por *ti*.

–Solo lo dice para que deje de llorar. –Me seco el rostro y me siento en la silla de su escritorio.

–No, Hannah, no es así. –Se acerca y se arrodilla para mirarme a los ojos–. Sé que lo que pasó en el hotel fue horrible, pero si Riley no las hubiera seguido a Morgan y a ti, no sabríamos de sus planes de crear una droga aérea. Alice podría no haber accedido a ayudarnos.

–Pero Eisha…

–Eisha se contactó con Alice temprano en la noche. Sus supervisores aprobaron el espectáculo para el lunes. Estamos dentro, Hannah. Destruiremos la droga. Le daremos nuestro primer golpe a los Cazadores –afirma. Una diminuta partícula de esperanza intenta salir a la superficie pero la derribaron tantas veces que no creo que vuelva a emerger por completo–. Y la Mayor Keating se comunicó con las Conjuradoras de las que nos hablaste. Estarán aquí mañana y nos ayudarán. –Se pone de pie otra vez y me ofrece una mano para ayudar a incorporarme–. Tú lo conseguiste, Hannah. *Tú*. No minimices el progreso que has logrado. No dejes que los Cazadores te conviertan en alguien que no eres.

–Yo no…

—La Hannah que conozco no amenazaría con asesinar a nadie ni lanzaría pociones al azar dentro de una celda. Eres mejor que eso.

—¿Realmente lo somos? —Vuelvo a sentir la desesperación que me hizo bajar hacia ese sótano en primer lugar, la certeza de que no tenemos ni una maldita idea de cómo derrotar a los Cazadores sin usar sus propios métodos contra ellos—. El Consejo planea asesinarlos. ¿Cómo es que eso nos hace mejores que ellos?

—No lo hace —coincide, y me sorprende. No logro interpretar su expresión—. No me gusta el plan de los Mayores porque tú tienes razón. Asesinarlos nos volverá tan malos como ellos. Espero que no tengamos que llegar a eso. —Tras decir eso, frunce el ceño e inclina la cabeza—. ¿Cómo supiste de esa parte del plan de David?

—Eh… —No quiero mentirle, pero tampoco quiero delatar a Cal.

—Cal, por supuesto. —Suspira y niega con la cabeza.

—Él no…

—Cal y yo éramos los únicos que sabíamos el plan además de los Mayores. Él me dijo que estaba trabajando en un plan alternativo, así que no me sorprende que haya compartido sus pensamientos contigo. Sé que son cercanos. —Se apoya en el alféizar con la mirada en el jardín—. También sé que decidiste no participar en la redada.

—¿Está enfadado?

—No. —Me mira sobre su hombro—. Aunque Alice nos haga entrar, es muy riesgoso. Has pasado por peligros como para toda una vida. Me alegra que vayas a quedarte aquí.

—¿Entonces por qué me siento como si fuera a decepcionarlos a todos? —Aunque es probable que la misión vaya mejor sin que esté ahí para arruinarla, no puedo acallar la culpa que me susurra al oído que estoy dejando ganar a los Cazadores al retirarme de la batalla. De todas formas, Archer tiene razón, no podemos dejar que nos corrompan. Aunque no tenga idea de cómo hacer eso sin abandonar el frente.

—No lo harás, lo prometo. —El detective cruza la habitación en dirección a la computadora—. Tengo algunas buenas noticias, si eso ayuda. Requirió de discursos creativos, pero conseguimos más respuestas de los Cazadores. —Ingresa una contraseña—. Según Wes, debe haber, como mucho, cien Cazadores en el país.

—¿Solo cien? —No parece posible.

—La Farmacéutica Hall es su base de operaciones. —Asiente y abre un mapa—. Pero hay familias instaladas en todo el país. Tienen un financiamiento descomunal, por eso pueden viajar y reubicar a familias enteras en cuestión de una semana.

—¿Saben los nombres? ¿Dónde están? —No puedo creer que sean tan pocos. ¿Cómo es posible que un grupo tan reducido cause tanto daño?

*Porque entrenan para eso. Porque se alimentan del odio.*

Llevan generaciones en esta cruzada, tejiendo redes controladas y contenidas, criando a los suyos con absoluta devoción a la causa. Toda la familia de Benton está en el campo de la medicina y él iba por el mismo camino; lo habían entrenado para pelear desde que aprendió a caminar. Además, con el dinero suficiente, podían contratar a cualquiera para llenar los espacios vacíos.

—Los Cazadores a los que capturamos solo conocen a unas pocas familias cada uno. Nos llevará tiempo tener el mapa completo de quiénes son porque se trasladan con frecuencia y eso dificulta mucho las cosas. —Cierra su computadora y se da vuelta para mirarme—. Tengo que regresar a la reunión. Deberías ir a casa.

—¿No me llevará con la Mayor Keating?

—¿Quieres que lo haga? —dice con una ceja en alto.

—No, no. Así está bien —respondo mientras lo sigo al corredor—. ¿Cómo supe que estaba en el sótano?

—Las pociones son extensiones de nuestros cuerpos. —Llegamos a la puerta principal, que mantiene abierta para mí—. Sabemos si las están manipulando de forma incorrecta.

—Ah. Lo siento. —Mis mejillas se acaloraron. Archer enciende la luz del pórtico porque el sol ya desapareció detrás de los árboles al otro lado de la calle, así que el frente de la casa quedó cubierto de sombra.

—Te veré mañana.

—¿Mañana? —pregunto a mitad de camino de mi automóvil.

—La Mayor Keating convocará a todos para una reunión. Tus amigas Conjuradoras ya deberían estar aquí para entonces.

—Nos vemos, entonces. —Tengo una nueva sensación de pánico en el estómago, pero fuerzo una sonrisa de todas formas.

GG: ¿Quieres venir a casa? Hace años que no te veo.

HW: Esta noche no puedo.

GG: ☹ ¿Por favor? Mamá compró las palomitas que tanto te gustan.

Las palomitas de maíz son muy tentadoras y extraño mucho a Gem. Podría pasar un tiempo libre de cosas de brujas que me recuerde que tengo una vida más allá de la pesadilla que está viviendo mi aquelarre. Parece que ya pasaron años desde la noche de chicas que tuvimos con Morgan.

HW: ¿El fin de semana? ¿O después del baile? Tengo un asunto familiar esta noche.

**GG: ¿"Asuntos familiares" como hacer jardinería?**

HW: ¿Jardinería?

**GG: Es una palabra clave. Como "vampiro".**

HW: 😊

—¿Lista, Han? —Mi madre golpea el marco de la puerta abierta, entonces levanto la vista del teléfono, que está sobre el libro que debería estar leyendo para Literatura. Ella sonríe al verme haciendo tarea y el alivio transforma su rostro; no recuerdo la última vez que la vi tranquila.

Con lo difícil que fue todo para mí, nunca me detuve a pensar realmente por lo que mi madre debió estar pasando. Debe haber sido terrible verme correr una y otra vez hacia las garras del peligro. No me sorprende que no dejara de insistirme para que abandonara.

Antes de salir, le envío un mensaje rápido a Gem para decirle que me tengo que ir y pongo un marcador en la página del libro. Esta noche veré por primera vez a todo el aquelarre desde la muerte de mi padre. También será la primera vez que veré a Sarah desde que perdió la magia. Al principio, falté a las lecciones porque estaba recuperándome de las lesiones en la cabeza. Después, evité al aquelarre porque no quería que nadie descubriera que tenía problemas con la magia. Entre el trabajo con la fiscal Flores para preparar mi testimonio y la ayuda al Consejo, tenía muchas excusas para mantener la distancia. Pero esta vez no hay escapatoria. Asistirán todas las brujas y brujos, incluso la familia de Morga y Alice. No estoy segura qué Conjuradoras vendrán de Nueva York (¿todas? ¿Solo Lexie?), pero llegarán hoy y yo *todavía* no se lo advertí a Alice. No dejo de escribir y eliminar mensajes para hacerlo. ¿Cómo se le dice a alguien que las personas que intentaron lastimarlo vendrán de visita?

–¿Hannah? –insiste mi madre porque no me moví.

–Sí, perdón. Estoy bien. Ya voy. –Dejo el libro sobre la almohada y bajo de la cama. Todavía me resulta un poco dura, pero ya me estoy acostumbrando a ella. Mi madre dice que los constructores esperan terminar de reconstruir nuestra casa cerca de fin de año, sin embargo, no tuve el valor para ir a ver cómo progresa.

–Puedes quedarte si tienes tarea. –Me intercepta antes de que salga y me da un abrazo–. Puedo contarte lo que Ryan nos diga. –Cuando me da un beso en la cabeza, mi corazón se comprime. Cierro los ojos con fuerza con esperanzas de ver a mi padre, que siempre me besaba así, pero no hay nada.

–Está bien, mamá. Estoy segura de que no será mucho tiempo. –Respiro hondo y enderezo los hombros–. Además, tengo que dejar de evitar a Sarah.

–Ella no te culpa, cariño. Te lo prometo –asegura mientras me aparta el cabello del rostro. Me encojo de hombros en respuesta y paso junto a ella con la mirada en el techo para contener las lágrimas. Estoy *harta* de llorar todo el maldito tiempo.

Mi madre conduce a la casa de Archer contándome sobre sus nuevos estudiantes de la universidad. Tiene muchas clases de primer año y jura que cada grupo tiene una personalidad colectiva propia. Al parecer, el grupo nuevo es muy activo en el campus, lo que, según ella, es muy divertido de ver.

Cuando llegamos, casi todo el aquelarre ya está ahí. Mi madre me deja para ir a conversar con Margaret Lesko y, entretanto, analizo el jardín en busca de Lexie y de las otras Conjuradoras de Manhattan. No las veo entre la multitud, pero sí a Sarah, que está en una punta, con los brazos cruzados sobre el pecho. Ellen Watson, que es unos años mayor que yo, está parada detrás de ella; me da la impresión de que intenta hacer que se mezcle con el resto y que Sarah no lo acepta, lo que parece ser mi culpa. Al final, Ellen se rinde y vuelve deambulando hasta el centro del jardín, pero cambia de dirección al verme.

—Esto es una mierda —dice en tono bajo, pero feroz—. Los odio.

—¿A los Cazadores? —pregunto por si acaso. No estoy segura de qué es lo que más me impacta, si su improperio o su voluntad de poner en palabras lo que todos pensamos.

—¿Por qué no arrasamos con su centro de operaciones y los ponemos a todos de rodillas? —Me fulmina con la mirada cuando intento responder—. Es una pregunta retórica, Han. Sé por qué, pero es una mierda. Mira lo asustados que están todos; miran hacia atrás constantemente para asegurarse de que no estemos bajo ataque. Todavía no puedo creer que el Consejo te haya puesto en peligro de esa manera. ¡Eres una niña!

—Solo eres tres años mayor que yo.

—Me alegra que no te hagan participar de la redada del lunes —agrega sin darle importancia a mis palabras.

–¿Cómo lo sabes? –La miro con una ceja en alto. Ella chasquea los dedos, con lo que crea una llama entre nosotras.

–Me ofrecí para ser la fuerza de ataque.

–Pero es peligroso. –Retrocedo al sentir el calor de la llama en el rostro. Pensé que Archer reclutaría a otro agente del Consejo, no a una compañera de mi aquelarre–. ¡Podrías perder la magia! –Con eso, ambas miramos a Sarah, que sigue a un costado, mirando al resto del aquelarre.

–Valdrá la pena –afirma Ellen con un dejo de furia y tenacidad–. Archer confía en que tendremos éxito y yo haré lo que pueda para proteger al aquelarre.

Me choca con el hombro al pasar en dirección a la multitud. Mientras la veo alejarse, debo admitir que no se equivoca con respecto al aquelarre: hay una tensión en el aire que no solía estar ahí. Hasta los niños están tranquilos y callados, cuando deberían estar corriendo, lanzándose bombas de aire y disfrutando uno de los pocos lugares en donde pueden quitarse los hechizos de atadura para liberar su magia. En cambio, están agrupados a un costado del jardín. Cuando uno de los niños se mueve, revela un destello de cabello rosado. Por supuesto, *Alice*.

La Bruja de Sangre devenida en ilusionista tiene una moneda grande y brillante en las manos. La exhibe frente al grupo de pequeños y, al instante siguiente, desaparece, lo que deja a los niños sin aliento.

–No entiendo cómo puede ser la misma Bruja de Sangre que conocimos en Nueva York –comenta Veronica, que aparece a mi lado con los brazos cruzados–. Parece inofensiva.

Observo a Alice: hoy, su cabello rosado cae en ondas suaves por debajo de sus hombros y, aunque se abstuvo de usar el traje de tres piezas completo, reluce una chaqueta verdeazulada con rayas blancas sobre una camisa blanca y vaqueros oscuros desgastados. Algo en ella atrae mi mirada como si fuera un imán; está tan llena de contradicciones que no sé qué es real qué no.

Es una chica huérfana, desesperada por formar lazos con su Clan.

Una bravucona desagradable que se rehúsa a llamarme por mi nombre.

Una joven que está por saltar a la fama y aun así se toma un momento para entretener a niños nerviosos.

Después me acuerdo de sus dedos en mi garganta y de su Magia de Sangre incinerando mi cuerpo y me causa escalofríos.

—Dista de ser inofensiva, Veronica. Ten cuidado con ella.

—No tienes que decírmelo dos veces. No tengo intenciones de hablar con ella. —Me da un empujoncito con el hombro—. ¿Quieres ayudarme a molestar a Gabe? A mamá se le escapó que está interesado en una chica de su clase de Matemáticas y, como hermana mayor, mi trabajo es fastidiarlo hasta que muera de vergüenza.

—Ve tú. Estoy bien aquí. —No tengo energías para provocar a Gabe esta noche—. No seas tan dura con él. Siempre se portó bien con nosotras.

—Solo cuando *tú* estabas presente —replica y se sacude el cabello sobre el hombro—. Era un pequeño bastardo cuando no estabas. Es hora de la venganza. —Me aprieta la mano antes de esquivar brujas en busca de su hermano, lenta y metódicamente como si fuera una leona acechando a su presa.

Me río sin pensarlo, pero después veo a Sarah en una punta del jardín, evitando a los demás, y mi interior se congela. Ni siquiera el calor del sol podría derretir el hielo de mi corazón.

De repente, chillidos animados asustan al menos a la mitad de los adultos (también a mí), después, los niños salen disparados en miles de direcciones y su magia desatada corre por la tierra con ellos. El suelo se sacude, hasta que mi abuela lo nota y les saca el control de la tierra para dejarles solo el aire a disposición. Le gritan a Alice para que los mire, pero cuando giro hacia ella, tiene la vista fija en mí.

En ese momento, un contacto inesperado en la espalda hace que me de vuelta de golpe.

—¡Perdón! —dice Morgan con las manos en alto—. No era mi intención asustarte.

—Estoy bien. —Me concentro en su sonrisa para que calme todas las preocupaciones que tengo en la cabeza—. Tendré que regalarte una pulsera con cascabeles para el solsticio, eres demasiado silenciosa —bromeo y ella se ríe.

—¿Tienes idea de qué es lo que quiere Archer?

Antes de que llegue a responder, el suelo se sacude; giro hacia la fuente de poder, dónde veo a lady Ariana, de pie junto a Archer, llamándonos al orden.

—Creo que ahora lo descubriremos.

Nos reunimos frente a ellos y Archer relata todas las cosas que ya sé: que desactivarán la barrera de protección; que tendremos que tener cuidados extra; que Veronica y yo tendremos protección, que incluirá una poción que hará nuestras prendas resistentes a las agujas para la corte. Cuando menciona los riesgos de testificar, mi madre me lanza una mirada de preocupación a través del jardín.

—Disculpe. —Una voz interrumpe al detective, que estaba preguntando si alguien tenía alguna duda, y todos los reunidos giramos hacia el sonido—. ¿Estamos en el lugar correcto?

Lexie, una chica menuda de piel morena, se acerca con cautela desde el otro extremo de la propiedad. Se cambió el estilo del cabello desde la última vez que la vi (ahora tiene trenzas, que hoy recogió en un rodete sobre la cabeza), pero reconocería esos ojos oscuros, agudos e inquisitivos, en cualquier lado. Se cambió el piercing brillante de la nariz por una argollita delgada y lleva un par de vaqueros, sandalias rojas y una camiseta de la Universidad de Nueva York.

—¿Lexie Scott? —pregunta Archer mientras camina hacia ella.

—Sí. Y ella es Coral. —Señala a su amiga, una chica latina de rizos hasta los hombros y gafas rosadas. Contengo la respiración a la espera de que Tori aparezca detrás de ellas. Nunca lo hace.

Archer les da la bienvenida a las dos recién llegadas y siguen conversando en voz muy baja como para escucharlos. Coral observa a la multitud, hasta que me reconoce y abre los ojos como platos. De pronto, una mano rodea mi brazo y lo aprieta.

—¿Es una *maldita* broma? —La repentina aparición de Alice me deja perpleja—. ¿Qué *demonios* están haciendo aquí? —me susurra al oído.

A nuestro alrededor, el aquelarre comienza a inquietarse mientras el detective habla con las desconocidas. Los niños salen corriendo a jugar y los adultos se reúnen en grupos más pequeños para hablar de sus planes. Los padres de Morgan la llaman, entonces Alice ocupa su lugar a mi lado. En cuanto nos quedamos solas, su magia invade mi cuerpo.

—¿Y bien, Abraza Árboles? —El dolor corre por mis huesos y me hace difícil permanecer de pie—. Estoy esperando.

—Perdón, yo…

—¿Lo sabías? —Suelta mi brazo, pero el dolor aumenta junto con su rabia. Cuando se me vencen las rodillas, su Magia de Sangre toma el control para obligarme a permanecer de pie–. ¿Por qué rayos no me dijiste nada? ¿Por qué no fuiste anoche a la reunión?

Al principio, no sé de qué reunión me está hablando, pero después me acuerdo dónde escuchó hablar del Brujo de Sangre que fue drogado. Recuerdo las voces en la cocina de Archer. Alice debió haber estado ahí con Ellen y la Mayor Keating antes de escapar a la casa de Morgan.

–Archer no me dijo que tendrían una reunión.

–Patrañas. –Su magia comprime los músculos de mi abdomen–. No podría haberse olvidado de invitarte. La misión es en cuatro malditos días, Reina de las Nieves.

–Alice –digo con un jadeo–. No puedo respirar.

Me mira con el ceño fruncido, cierra los ojos y el poder sale de mi cuerpo. Aunque no dice nada, la forma en que respira con esfuerzo me hace pensar que el dolor no era intencional. Vuelve a abrir los ojos, azules y penetrantes, y los fija en mí. Puedo ver el miedo que canaliza en rabia dentro de ellos. Lo traicionada que debe sentirse con la llegada inesperada de Lexie y de Coral.

–No lo olvidó –admito cuando ya no aguanto su mirada fulminante ni un segundo más–. Ya no soy parte de la misión.

–Sí, lo eres –sentencia, más como amenaza que como afirmación.

–No, Alice. No puedo…

–Al diablo con eso. –Se acerca un paso más y, esta vez, el dolor que me recorre la columna se siente *muy* intencional–. No sé qué clase de trampa intentas ponerme trayendo a esas Conjuradoras, pero *no* me meteré en el cuartel de los Cazadores sola. De ninguna manera. ¿Quieres mi ayuda? Será mejor que vuelvas al juego, Ciclón.

–Alice…

—Ahórrate las palabras. Si no apareces en la reunión del sábado, llamaré a mis patrocinadores para volver a la gira. —Cierra los puños, con lo que el dolor se intensifica. Me tiemblan las rodillas, entonces me sujeta el brazo para mantenerme derecha—. Si esas Conjuradoras hacen algo para lastimarme —susurra, y sus palabras penetran en mi cerebro como alambre de púas—, haré que tu corazón deje de latir.

## 18

LA AMENAZA DE ALICE ME SIGUE A CASA ESA NOCHE. MI MADRE habla de lo bueno que fue verlos a todos juntos y después repasa el plan para mantenerme a salvo en la corte. Le presto toda la atención que puedo, pero no sé cómo confesarle el ultimátum de Alice: si no participo en la redada, no tendrá lugar siquiera.

Saberlo le romperá el corazón.

Paso toda la noche buscando una salida. Sé que nadie puede obligar a Alice a seguir adelante con la misión, ni siquiera la Mayor Keating. Las palabras que me dijo la noche en que nos conocimos se reproducen en mi mente: "No obligamos a nuestros brujos y brujas a hacer nada, Hannah. Ni siquiera cuando estamos desesperados como ahora. Tiene que ser su decisión".

Si no accedo a ir con Alice, estaremos jodidos. Tendría que haberle advertido sobre Lexie y Coral. Debí haber hecho *algo* además de escribir y borrar el mismo mensaje una y otra vez.

En la escuela, los carteles pintados me recuerdan que el baile de bienvenida es esta noche, algo que resulta… *desafortunado*. No tengo qué ponerme, pero Morgan está muy emocionada y quisiera cumplir al menos *una* promesa este año.

Por suerte, Gemma viene al rescate. Después de arreglarme el cabello y maquillarme, me presta el vestido que usó el año pasado. La tela roja con volados le llegaba al muslo, pero en mí cae hasta las rodillas. El vestido de ella, que este año es celeste, es hasta los tobillos. Mientras se cambia, noto el diseño formado por cicatrices en su muslo derecho.

—Ni una palabra, Han —me advierte cuando me ve mirándola.

Finjo cerrar una cremallera en mis labios y resisto la necesidad de preguntarle si está bien o de pedirle perdón por haber permitido que saliera lastimada en primer lugar. En cambio, dejo que me guie fuera de su casa. Al recoger a Morgan, su entusiasmo por el baile es contagioso, así que, para cuando llegamos a la escuela, estoy decidida a tener la mejor noche de mi vida.

Una hora más tarde, dejé que la fiesta borrara todo el estrés que estuvo deprimiéndome durante semanas.

Morgan me toma de la mano con el cuerpo pegado al mío y nos hace girar al ritmo de la música que sale de los altavoces al límite de la potencia. Deslizo las manos por su vestido negro hasta encontrar un lugar de descanso en su cintura y atraerla más cerca. Está deslumbrante esta noche. Siempre es hermosa, pero hay algo en el rosado de sus mejillas y en la forma en que algunos mechones se escapan de su rodete que me acelera el pulso. En un instante, inclina la cabeza y me besa en la mejilla.

Gemma intentó bailar sin el bastón, pero es evidente que la pierna todavía le causa problemas. Aunque permaneció sentada durante las últimas canciones e intentó disimular leyéndoles el tarot a algunos compañeros, percibí la forma en que se masajeaba el muslo. Vi el gesto de dolor en su ceño.

Sin embargo, ya está de vuelta en la pista, humillándonos a todos con sus movimientos de cadera y la forma en que se contornea como si estuviera hecha de ritmo y melodía en lugar de músculos y huesos. Ahora tiene el bastón, que integró al baile para liberarle un poco de presión a la pierna.

—¡Oigan, consigan una habitación! —grita cuando Morgan me besa en la mejilla.

—¡Esta es una habitación! —responde Morgan. Luego se aparta de mí, toma la mano de Gemma y la hace girar dos veces. Yo las observo con el corazón pleno y la mente más liviana de lo que la sentí en mucho, mucho tiempo. Ella baila de vuelta hacia mí—. ¡Iremos por algo de beber! —grita para que la escuche sobre la música, a pesar de que está tan cerca que podría besarla si me acercara un poco—. ¿Vienes?

En lugar de gritar sobre el ruido, asiento con la cabeza y las sigo fuera de la pista, donde hay mesas largas llenas de tazones de ponche y bandejas con bocadillos. Tomo un puñado de *pretzels* bañados en chocolate y sigo a Gemma por la fila de mesas hasta las bebidas. Ella elige una botella de agua, bebe la mitad y después se la ofrece a Morgan.

—No, gracias —responde mi novia—. En realidad, necesito ir al baño. ¿Hannah?

–¿Eh? –Levanto la vista al escuchar mi nombre mientras termino los bocadillos.

–¿Me acompañas?

–Sí, claro. Estarás bien, ¿Gem? –Miro a mi mejor amiga, que pone los ojos en blanco y me empuja detrás de Morgan. Seguimos de largo del baño en el corredor principal y, en cambio, nos escabullimos por una esquina.

–¿A dónde vamos? –susurro, al tiempo que me toma de la mano y me arrastra al interior de un salón vacío, donde las luces de afuera iluminan las hileras de pupitres.

–A un lugar donde no vayan a interrumpirnos –responde mientras cierra las cortinas. Con una sonrisa tímida, me acaricia los brazos expuestos–. Pensé que te gustaría que tuviéramos un momento a solas.

–Suena como una brillan… –Corta el resto de la oración con un beso. Al principio, me quedé helada porque me tomó por sorpresa, pero después me derrito entre sus brazos, contenida por arrullo del salón vacío–. ¿Y eso por qué fue? –pregunto cuando se aleja.

–¿Te dije alguna vez lo hermosa que eres? –Me rodea por la cintura para acercarme más a ella.

–Dos veces, al menos. Pero una tercera no hará daño. Tú también te ves bastante bien.

–Ah, ¿sí? –La sonrisa en su rostro dice que ya lo sabe. Asiento de todas formas y, al instante siguiente, estamos besándonos otra vez. Estamos volando, realmente, porque su magia cosquillea sobre mi piel y calienta todo mi cuerpo. Sigue avanzando hasta presionarme contra la pared, con las caderas contra las mías y los dedos enredados en mi cabello.

Encerrada en nuestro mundo, me olvido del baile y del juicio que comenzará el lunes. Me olvido del ultimátum de Alice y de *todo* a excepción de los labios abiertos de Morgan y del roce de sus dientes en mi piel. Deseo sus manos en todo mi cuerpo y, como si escuchara mis pensamientos, me besa con más intensidad y desliza la lengua dentro de mi boca. Pero, de repente, se aleja. Sus dedos cálidos permanecen en mi nuca y me sonríe, con repentina timidez, y me da un beso ligero antes de agachar la cabeza. Su aliento me hace cosquillas en el cuello cuando me da el primer beso sobre la piel sensible. Me estremezco por el contacto de sus manos por mis brazos, que después lleva a mis caderas. Cuando baja besándome la garganta, cierro los ojos con fuerza. Quiero jalarla más cerca, pero mantengo las manos contra la pared a medida que sigue bajando por el escote de mi vestido prestado. Sus dedos bajan hasta el dobladillo de mi falda y se deslizan por debajo de la tela, luego ascienden apenas unos centímetros antes de volver a bajar para dibujar círculos pequeños y electrizantes en la cara externa de mi muslo. La sensación es tan intensa y el deseo de seguir tan fuerte, que tengo que cerrar los ojos porque no podré soportar ni un solo estímulo más.

—Espera —digo mientras me acaricia la clavícula con los labios—. Tenemos que ir más despacio. —Tengo el corazón en la garganta y la respiración acelerada. El aire gira alrededor del salón y de nuestros cuerpos, agitado por mi magia inconsciente, así que coloco las manos sobre sus hombros para poner distancia entre las dos. Mi piel está acalorada y, por la Diosa, todavía hay una parte de mí que quiere mandar al diablo las consecuencias y besarla otra vez—. No queremos que nuestra primera vez sea en la escuela, ¿o sí?

Morgan se muerde el labio inferior y, por un momento, me pregunto si quiere correr el riesgo, pero después niega con la cabeza.

—No, tienes razón. —Levanta mis manos y me besa los nudillos—. Perdón por haberme dejado llevar.

—No fuiste tú sola —admito pensando en el aire que hice girar por accidente—. Pero creo que deberíamos esperar a tener una habitación con cama. ¿Es un trato?

—Trato. —Extiende el meñique y lo enlazo con el mío. Después sellamos la promesa con un beso que sube la temperatura de la habitación. Literalmente, porque mi magia, que sigue viva y agitada, calienta el aire alrededor de nosotras.

—Tenemos que irnos. —Me obligo a retroceder—. Gemma debe estar esperándonos. —Salimos tomadas de la mano, hasta que ella me detiene antes de la última esquina.

—Déjame acomodarte el cabello. —Mueve los dedos con destreza para arreglar los bucles que me aplastó—. Perfecto —evalúa y me da un beso suave.

Cuando giramos, por poco chocamos con Gemma, que está completamente pálida y con los ojos desorbitados.

—¿Qué tienes? —le pregunto mientras espío detrás de ella. El baile se convirtió en un caos y parece que se está terminando a pesar de que todavía queda una hora más—. ¿Qué pasó?

—Benton —pronuncia, y el nombre es como una puñalada al corazón. Me sujeta el brazo con fuerza, no sé si para sostenerse a sí misma o a mí.

—¿Qué pasa con él?

—Se escapó de la cárcel. Está libre.

# 19

BENTON.

*Se escapó de la cárcel. Está libre.*

Las palabras hacen eco en mi cabeza, acompañadas por la corriente de sangre que palpita por mi cuerpo. No puede estar libre. El juicio comienza en tres días. No puede…

—¿Cómo lo sabes? —Mi voz suena agitada e irreconocible. El mundo me da vueltas, por lo que me tambaleo, y Morgan coloca una mano sobre mi hombro para estabilizarme—. Tiene que ser alguna clase de truco.

—Está en las noticias. —Los ojos de Gemma brillan, llenos de lágrimas. Después presiona la pantalla de su teléfono y extiende la mano. Entonces, se empieza a reproducir un video en el que una reportera habla frente a la valla de la prisión.

—Hemos recibido noticias de que, esta noche, se produjeron disturbios en la prisión. La presión ha ido en aumento al acercarse el día del juicio contra Benton Hall, que tendría lugar el lunes. Alrededor de las siete de la tarde se desató una revuelta y fuentes internas… —La mujer hace una pausa y se lleva una mano a la oreja. Después mira hacia arriba de la cámara, como si observara al camarógrafo y, en un instante, vuelve a enfocarse en la audiencia—. Acabamos de recibir noticias desde el interior de la prisión: Benton Hall ha escapado. Repito: Benton Hall escapó de la cárcel. Aunque no estaba armado, los oficiales advierten que es muy peligroso y que los civiles deben mantener distancia.

Antes de que el video termine, busco mi teléfono para llamar a Archer, que responde al instante.

—¿Vio las noticias?

—Voy de camino a la comisaría. Convocaron a todo el personal en servicio para que ayudemos en la búsqueda.

—¿Qué hacemos? —Me apoyo contra la pared para tener estabilidad, con Morgan y Gemma como escudo contra los compañeros que salen del gimnasio. Los profesores los van empujando hacia la salida. Todos deben saberlo ya. Eso significa que es solo cuestión de tiempo hasta que empiecen a buscarme.

—No harás nada, Hannah. —Una puerta se cierra de su lado de la línea y después se enciende el automóvil—. Quiero que vayas a casa. Enviaré a Ellen y a Cal para que monten guardia.

—No es necesario. La barrera…

—No correré ningún riesgo, Hannah. Ve a casa. Necesito saber que estás a salvo.

—La redada —digo antes de que cuelgue—. Iré con ustedes. —La amenaza de Alice ya no significa nada. Nadie podrá mantenerme alejada de los Cazadores ahora que Benton escapó. Mi corazón late con la furia de mil soles ardientes. Si creen que podrán recuperar a Benton sin sufrir las consecuencias, están muy equivocados.

–Hannah…

–La Mayor Keating dijo que podía participar. Iré con ustedes.

–¿Morgan está ahí? Pásale el teléfono –dice con un suspiro.

Obedezco y le entrego mi móvil a Morgan. La explosión de adrenalina inicial ya se está disipando, así que me deslizo por la pared hasta abrazarme las rodillas contra el pecho. Aunque estoy temblando, estoy decidida. Que Benton esté libre lo cambia todo: si alguien lo derribará, seré yo.

Se arrepentirá de haberse cruzado en nuestro camino.

–Sí, señor. –Morgan baja la vista hacia mí–. Por supuesto. –Asiente una vez más antes de colgar–. Vamos, Hannah. –Me ayuda a levantarme y me seca las lágrimas. No me había dado cuenta de que estaba llorando–. Salgamos de aquí.

Al salir, llama a sus padres para ir a casa conmigo. Una vez ahí, le explica la situación a mi madre para que yo no tenga que hacerlo y, mientras tanto, me envía a que me lave el maquillaje y me cambie el vestido por un pijama. Asumen que mi silencio es porque estoy traumatizada, así que dejo que piensen eso. En realidad, mi mente está cargada con todos los detalles que recuerdo sobre la redada, sin contar los que me perdí en la reunión a la que falté.

Alice consiguió que Eisha aceptara organizar el espectáculo en la empresa. Esa será nuestra vía de entrada.

Cal alterará las cámaras de seguridad para que no nos vean y será nuestra campana digital.

Y después… ¿Qué? No sé cómo se supone que neutralicemos la droga de los Cazadores sin contar con la investigación de David. Sé que Lexie es buena, pero dudo que haya tenido tiempo suficiente para traducir el trabajo en tan pocos días.

Cuando ya no puedo perder más tiempo en el baño, salgo y me encuentro a los padres de Morgan en la sala con mi madre, que me envuelve en un abrazo.

–Todo estará bien –me susurra entre el cabello–. Los padres de Morgan acordaron quedarse aquí esta noche para ayudar a cuidarte.

–Pondremos un hechizo en la puerta para mantener a los Cazadores afuera –explica el señor Hughes con una sonrisa.

–¿Y la barrera de la Mayor? ¿Eso no los mantendrá lejos? –pregunto.

–No hará daño tomar medidas extra –responde la madre de mi novia. Luego gira el anillo que tiene en el dedo medio, una cinta sencilla que hace juego con la de Morgan.

–Gracias –dice mi madre–. No puedo explicarle lo mucho que apreciamos su ayuda.

Observamos a los padres de Morgan dibujar runas con sangre en puertas y ventanas. En el frente de la casa, Cal y Ellen montan guardia en el coche de ella. Parece exagerado tener a cinco cuidando de Morgan y de mí, pero que los tres Clanes estén reunidos se siente especial.

Requiere un poco de negociación, pero logramos que Morgan duerma conmigo. Ella me abraza fuerte, mientras que yo acomodo la cabeza debajo de su mentón y cruzo el brazo sobre su estómago. Dibuja pequeños círculos suaves en mi espalda y, con la influencia tranquilizadora de su magia, caigo en el sueño más profundo y reparador que tuve desde el fogón del junio pasado, el que dio inicio a toda la película de terror.

El sábado, estoy ansiosa por volver a planear la redada, pero Archer está comprometido con la búsqueda de Benton, así que tuvo que cancelar la reunión que Alice mencionó. Morgan y sus padres se van después de desayunar y, desde entonces, mi madre y yo peleamos durante horas. Ella quiere encerrarme en el sótano hasta que pase la redada; yo amenazo con decirle a la Mayor Keating que intenta detenerme.

Alrededor de las tres de la tarde, el jefe de policía decide que necesito una guardia policial porque fui una de las víctimas de Benton. Archer logra que lo asignen a él (si fue por medios mágicos o mundanos, no estoy segura), así que eso nos da el tiempo necesario para hacer los preparativos.

Todos los demás ya están en su casa cuando él me lleva.

—Genial, la otra jardinera glorificada está aquí. —Alice me fulmina con la mirada, pero la rabia cargada de dolor de la otra noche ya no está. Probablemente, el hecho de que las Conjuradoras no la hayan atacado ayude—. Comenzaba a preocuparme que no vinieras.

—No te preocupes, no me lo perdería —respondo y ocupo el lugar frente a ella.

—Tenemos mucho de qué hablar y poco tiempo, así que, a trabajar. —Archer se ubica en la punta de la mesa—. El plan general no cambió demasiado.

Entonces, nos ponemos a trabajar. Cal y Alice instalaron fondos falsos en los baúles, así que Archer y yo practicamos cómo entrar y salir de ellos (somos los únicos que tenemos que ocultarnos porque es muy probable que reconozcan nuestros rostros). Ellen, que no tuvo ningún contacto con los Cazadores, irá como asistente de Alice y la ayudará a llevar el segundo baúl.

Tenemos máscaras antigás livianas en caso de que tengan la droga en el aire. Chaquetas a las que Cal ya les colocó la poción antiagujas. Archer llevará pociones, algunas que pueden perforar metal, otras que congelarán a los Cazadores; pero confiaremos en la magia de Ellen si las cosas se ponen muy difíciles. También tendremos dispositivos de comunicación (Archer los llama *inters*) en los oídos. Podremos comunicarnos con ellos ya que estaremos separados durante casi toda la redada.

Cal esperará en la camioneta para controlar las cámaras de seguridad. Alice tendrá que seguir con la presentación para evitar sospechas mientras que Ellen, Archer y yo nos ocupamos de la droga.

—¿Cómo se supone que destruyamos la droga? ¿Lexie hizo algún progreso con las notas de David? —pregunto y tomo otra porción de la pizza que llegó hace media hora mientras que Alice me apuñala con la mirada. Decido ignorarla—. ¿Dónde están ella y Coral, por cierto?

—Las instalamos en una casa de alquiler temporario a algunos kilómetros de aquí. —El detective se frota la nuca y anota algo en su lista de preparativos—. Lexie está haciendo lo mejor que puede, pero es un proceso lento. David era un Conjurador brillante, además de un científico increíble. Creo que lo logrará, pero no antes del lunes. La Mayor Keating está trabajando en un plan B. Dijo que vendría más tarde con la poción terminada.

—¿Y qué hay de Benton? —pregunto con cuidado, esforzándome por mantener la voz lo más neutral posible—. ¿Creen que estará ahí? —Los cuatro se miran preocupados—. No me desmoronaré. Estoy muy consciente de que está libre en algún lugar. —Hago una pausa y como nadie me contradice, continúo—: ¿Riley o alguno de los otros dos sabía algo?

—Esos tres bien podrían ser gatitos rabiosos por lo poco que ayudaron —comenta Alice, reclinada en la silla.

—Debe ser la Mayor Keating —anuncia Archer cuando resuena una campanada por toda la casa. Después se levanta a abrir la puerta, que ya no deja sin llave desde que Benton está libre.

Apenas llega con la Mayor, la atmósfera de la sala cambia. Yo me siento un poco más derecha, mientras que Alice baja la vista hacia la mesa.

—Es bueno tenerte a bordo otra vez, Hannah. —Keating se anima al verme, pero, antes de que pueda agradecerle, revisa su bolso gigante y saca un vial. Dentro del contenedor de cristal se ve un líquido negro como la noche. Parece absorber la luz del ambiente como si fuera un agujero negro en miniatura. Luego, me lo entrega a mí—. Ten mucho cuidado con esto. Puede destruir cualquier líquido, incluso la droga. Por desgracia, también es muy volátil. No dejes que entre en contacto con piel lastimada porque quemará tu sangre con la misma facilidad que destruiría la droga.

—¿Está segura de que debo ser yo quien se encargue de esto?

—¿Prefieres quemar las copias en papel de la investigación o ayudar a Cal a conseguir acceso a los archivos digitales? —pregunta, pero no me da tiempo a responder—. Te has ganado el derecho a destruir lo que tanto te ha arrebatado.

—Gracias —digo mientras acuno el vial entre las manos. El agradecimiento no alcanza a expresar lo mucho que esto significa para mí, pero espero que ella lo entienda de todas formas.

—Por nada. —La Mayor sonríe antes de despedirse. Una vez que se retira, Archer se aclara la garganta.

—Muy bien. Repasemos desde el principio.

Para el sábado a la noche, el plan ya está grabado en mi mente y se reproduce sin parar: entrar.

Destruir la droga.

Salir.

Tres simples pasos. Ninguno es fácil.

Estoy tendida en la cama mirando al techo mientras que mi cerebro repasa todas las formas en las que la misión podría fracasar. Todas las formas en las que podríamos fallar. Cuando el reloj marca las cuatro de la madrugada, renuncio a intentar dormir y me arrastro fuera de la cama. En cuestión de una hora, estoy bañada, cambiada y caminando por la casa en silencio. No quiero despertar a mi madre porque temo decirle adiós. Tengo miedo de volver a pelear con ella antes de irme.

No estoy segura de qué debería llevarme, así que solo me guardo el teléfono en el bolsillo trasero y tomo las llaves. En la entrada, cierro los dedos sobre la manija de la puerta, con las llaves tintineando en la otra mano, y alguien se aclara la garganta detrás de mí.

—¿No te despedirás?

—Hola, mamá. —Mi interior se queda congelado mientras giro despacio. Ella está parada en el corredor, todavía vestida con la misma ropa que anoche, y las ojeras confirman que nunca se fue a la cama—. Adelante, dime que no vaya —digo y juego con las llaves. Los labios de ella se curvan hacia arriba, pero en sus ojos solo hay resignación.

—¿Me escucharías si lo hiciera?

Niego con la cabeza, entonces suspira.

—Eso pensé.

—Lo siento, mamá, pero tengo que…

—Tienes que ir. Lo sé —interrumpe y se abraza fuerte a sí misma—. Te diría que tengas cuidado, pero no creo que sepas cómo hacer eso.

—Volveré pronto. —Odio hacer promesas que no podré cumplir, pero me marcho antes de que alguna de las dos pueda decir algo más.

A pesar de que es ridículamente temprano, soy la última en llegar a la casa de Archer. Cal me entrega una de las chaquetas antiagujas; la tela se siente rígida al deslizarla sobre mi camiseta negra. Ya cargaron dos de los baúles de Alice en la camioneta y llenaron otro con los dispositivos de Cal para que no perdamos tiempo. El viaje de una hora pasa demasiado rápido y, en un instante, estamos estacionando para alistarnos.

Cal se ubica en la segunda camioneta, en donde está instalado su equipo de computación.

—Buena suerte —dice y le entrega una memoria USB a Archer—. No lo pierdas.

—Te veremos del otro lado. —El detective se guarda la memoria en el bolsillo pequeño al frente de su chaqueta.

Le dejamos nuestros móviles a Cal y luego subimos a la camioneta principal, donde Archer y yo nos escondemos dentro de los dos baúles de provisiones de Alice. El espacio es muy reducido y siento pánico en el pecho cuando escucho que la tapa se cierra detrás de mí. Encerrada en la oscuridad, la claustrofobia amenaza en mi garganta, así que me obligo a respirar y a contener las náuseas a medida que la camioneta avanza para llevarnos el resto del camino hasta el destino.

Cuando por fin llegamos, tengo los músculos agarrotados y adoloridos. El dolor se extiende cuando Alice, o quizás Ellen, carga el baúl por una acera. El rebote de las ruedas contra las uniones del concreto hace que me duelan los dientes.

*Entrar. Destruir la droga. Salir.* Repito los pasos como si fueran un mantra y dejo que dominen mis pensamientos para no gritar y delatarnos. De repente, nos detenemos y se filtran voces apagadas a través del material del baúl.

—Ya se lo dije, son materiales para mi espectáculo. —La voz de Alice es más clara cuando alguien abre la tapa de mi baúl. Su tono arrogante y sarcástico no delata el miedo que había en su rostro durante el camino—. Tenga cuidado. Es costoso —sentencia.

Sobre mi cabeza cubierta por un tablero de madera delgado y tela, alguien revisa las cosas de Alice. Contengo la respiración, mientras deseo poder silenciar mi corazón hasta que se vayan, porque temo que los latidos erráticos contra las costillas nos delaten. Algo pesado golpea la superficie sobre mí, por lo que ahogo un jadeo, cierro los ojos y le rezo a la Diosa Madre. Puede que sus hijas tengan prohibido interferir en la tierra, pero, quizás, ella esté en algún lugar, escuchándonos. *Protégenos, por favor.* Dirijo la plegaria hacia el cielo, con lágrimas en los ojos. *Si sientes algo de amor por la creación de las hermanas, ayúdanos a entrar, por favor.* Mientras el ruido continúa, me pregunto si será irrespetuoso negociar con una deidad. O peor, dudar si la familia de deidades será real, siquiera.

—¿Está satisfecho? —El tono de Alice es tan típico de ella (bueno, de su personaje) que prácticamente puedo ver su ceño fruncido y su mano en la cintura.

La tapa del baúl vuelve a cerrarse y silencia la respuesta del guardia de seguridad. Entonces, libero el aliento que estaba conteniendo. Unos latidos después, volvemos a movernos y, esta vez, las ruedas se deslizan con suavidad por el suelo pulido. Siento que pasa una eternidad hasta que nos detenemos y un siglo hasta que Alice golpea el código secreto.

Toco el costado del baúl en busca del cerrojo que abrirá el fondo y… Mis dedos llegan al objetivo y caigo con fuerza sobre la espalda.

Contengo un quejido mientras me deslizo por debajo del baúl con ruedas para sentarme. Archer y Ellen ya están de pie, colocándose las discretas máscaras antigás. El detective toca el inter en su oído, así que Ellen y yo lo imitamos.

—¿Alguien me escucha? —pregunta. Después saca un estuche de su baúl y se lo sujeta en la cintura. En lugar de tener un arma policial, está llena de viales con pociones.

—*Fuerte y claro, jefe.* —La voz lejana de Cal es precisa en mi oído, aunque se encuentra a más de un kilómetro de distancia—. *Estoy recopilando tomas para las cintas de seguridad. La mayor parte del edificio parece estar vacío. Casi todos están reunidos para el espectáculo de Alice.*

—Excelente —balbucea Alice mientras se acomoda el dispositivo. Ya está vestida con su traje de tres piezas característico, así que busca el sombrero en uno de los baúles y se lo acomoda en un ángulo preciso. Tiene el pelo alisado, de modo que el rosado intenso cae por su espalda. Se mueve rápido para tomar lo que necesita de los baúles y colocarlo delante a la puerta que la llevará frente al público expectante. Yo busco el estuche en mi baúl para colocármelo en la cintura también; la poción que me entregó la Mayor Keating queda sobre mi muslo, así que compruebo repetidas veces que esté segura.

—¿Cuánto tiempo más hasta que podamos salir?

—*Ya casi* —dice Cal con ruido de teclas de fondo—. *Muy bien. Las cintas están listas. Los pasillos están despejados.*

—Ellen. Hannah, vamos. —Archer nos indica que lo sigamos, pero yo dudo. Se siente mal dejar a Alice sola. Es, a la vez, quien está más segura y quien está más expuesta, y no sé cómo separar las dos realidades—. Hannah —insiste el detective.

—Cuídate —le digo a Alice de camino a la puerta.

—Sal de aquí, pirómana. —Pone los ojos en blanco, pero sin el entusiasmo habitual—. Ve a salvar al mundo.

—Hannah, ahora —repite Archer al abrir la puerta.

Miro a Alice a los ojos un segundo más antes de seguir al detective al interior de la Farmacéutica Hall. Ellen me entrega la máscara antigás, que me coloco en el rostro. Hace que mi respiración resuene en mis oídos, pero no debe ser muy notorio porque no escucho la de Archer ni la de Ellen por el inter. Solo escucho las instrucciones de Cal.

—*Sigan por el corredor. Encontrarán una escalera detrás de la tercera puerta de la izquierda. Bajen por ella hasta el sótano.*

Aunque estudiamos los planos del edificio durante horas, tenemos que seguir las indicaciones de Cal para recorrer el sótano laberíntico. Con cada giro, espero encontrar a un escuadrón de Cazadores esperándonos, pero nunca aparece. Los pasillos están vacíos, tal como Cal promete una y otra vez. De todas formas, la ausencia de guardias me pone nerviosa. Los Cazadores no dejarían su laboratorio secreto sin vigilancia, ni siquiera con un evento en el piso principal, ¿o sí?

—*Esperen.* —La voz de Cal suena agitada—. *Hay dos guardias después de la siguiente esquina.*

—¿Puedes guiarnos para esquivarlos? —Archer levanta una mano y Ellen se detiene tras él.

—*Están vigilando el laboratorio. Es la única entrada.*

El detective selecciona un vial con una poción gris de su cinturón. Cuando la destapa, un humo gris se desliza desde el interior y cae al suelo.

—Hannah, ¿puedes? —pregunta, pero queda en silencio, y mis mejillas se acaloran—. Ellen, ¿puedes impulsar la poción para que de vuelta en la esquina?

Mi compañera de aquelarre asiente y, acto seguido, su magia permea el aire. Una brisa suave levanta el humo gris y lo impulsa por el corredor. En un instante, oímos dos estruendos.

—¿Qué fue eso? —pregunto, Archer me mira y se lleve un dedo a los labios. Nos indica que sigamos, hasta que encontramos a dos guardias caídos a cada lado de una puerta metálica con ventana de vidrio.

—Supongo que no las necesitaremos —comenta señalando las pociones que, combinadas, hubieran perforado el metal.

—¿Por qué?

—*Tiene un escáner* —explica Cal por el inter—. *Solo tienen que presionar los pulgares de los guardias en los lectores.*

Ellen y yo avanzamos para levantar a los Cazadores inconscientes. El peso muerto del guardia es casi imposible de levantar, por lo que tengo que colgar su brazo sobre mi hombro y usar la fuerza de las piernas para arrastrarlo hasta la puerta.

—Tres —dice Ellen, mirándome.

—Dos.

—Uno —decimos al unísono al tiempo que llevamos los pulgares de los hombres al escáner. Al principio, no pasa nada. Entro en pánico, convencida de que sonará una alarma en cualquier momento. Pero, luego, el sistema hace un pitido y la puerta se abre.

—Por fin —susurra Ellen y deja caer al guardia sin contemplaciones.

—Arrástrenlos adentro. Tenemos que atarlos. —Archer nos guía al interior del laboratorio, que debe funcionar como sala de armas si la pared cubierta de dardos es un indicativo. Pensé que el detective pensaba darles pociones de atadura como la que le dio a Benton cuando fue arrestado, algo que evitaba que mencionara a los Clanes. En cambio, saca cuerdas de la mochila y los ata juntos.

Mientras él trabaja, analizo la habitación que dio origen a muchas de mis pesadillas. Está compuesta de acero y de pisos blancos relucientes. En una pared, hay un sistema informático; en la otra, innumerables archivadores. En el centro se encuentran una serie de mesas de laboratorio cubiertas de vasos de precipitado y viales con líquidos.

Por fin llegó la hora de destruir la droga.

—*No puedo hacer mucho hasta que me den acceso* —nos recuerda Cal. Entonces, Archer corre a la computadora y conecta la memoria USB que le permitirá a nuestro hacker tener el control del sistema.

—Ellen, ayúdame con los archivos en papel. Hannah, sabes qué hacer.

Mientras se ocupan de abrir los archivadores y de prender fuego los papeles, yo saco el vial de mi bolso. En la mesa al centro de la habitación, añado una gota de la poción espesa, casi gelatinosa al vaso más grande. La poción de la Mayor vibra en el interior del contenedor y absorbe el líquido que destruyó aquelarres, que envió a un joven Brujo de Sangre al hospital y que dañó mi magia. Cuando ya no queda nada más que consumir, lo que queda de la poción se enciende en una pequeña llama que no deja rastros.

Algo que debe ser la sensación de haber conseguido mi venganza arde en mi pecho. *Por fin* hicimos algo que cuenta.

Avanzo lo más rápido posible, pero soy más lenta que el fuego de Ellen. Analizo la habitación en busca de una mejor manera de hacer mi trabajo... *Ahí.* Llevo el cesto de basura metálico al centro para arrojar todos los viales dentro. El vidrio se rompe con el impacto y la droga se va acumulando. Cuando termino con todos los vasos de precipitado y con los dardos, vierto el resto de la poción de la Mayor Keating. Crepita y se mueve a través de los vidrios rotos hasta que, finalmente, desaparece.

La sensación cálida en mi pecho se esfuma. Mi parte de la misión está cumplida, pero no parece ser suficiente. Se siente como si no hubiera sido nada.

Ellen acaba con el último gabinete de archivos y el suelo a su alrededor está cubierto de cenizas.

—¿Terminamos?

—*Ya casi termino* —dice Cal—. *Todavía tengo que limpiar el correo externo. Un minuto más, dos, cuanto mucho.*

—¿Eso es todo? ¿Terminamos? —Miro alrededor de la habitación destruida. Ellen está apagando las últimas llamas, con cenizas en las mejillas. Cuando cierra el último cajón de un golpe, un extraño vacío se abre paso dentro de mi pecho. ¿No debería haber algo más? ¿De verdad puede haber sido tan fácil como encontrar una forma de entrar?

—Tenemos mucho más que hacer antes de terminar. —Archer lleva la mano a su inter—. ¿Listo, Cal?

—*Casi… Listo. Toma la memoria y salgan de ahí. Los corredores están despejados.*

—¡No puedo creer que de verdad lo hayamos logrado! —Ellen se acerca corriendo para abrazarme.

—Todavía tenemos que salir de aquí —nos recuerda Archer mientras desconecta la memoria y vierte una poción roja y escurridiza sobre el sistema. El metal chilla al colapsar sobre sí mismo—. ¿Sigue despejado, Cal?

—*Sí, pero deben darse prisa. Los guardias en el espectáculo parecen inquietos.*

—Entendido. —Archer abre la puerta para salir, pero se detiene en seco, con una mano en el cuello. Cuando aparta la mano, tiene un pequeño dardo entre los dedos.

# 20

EL DARDO METÁLICO CAE AL SUELO Y UN ECO SORDO SE EXTIENDE dentro de mí cuando la aguja que transmite la droga rebota contra la cerámica. Archer se tambalea sujetándose del marco de la puerta para mantener el equilibrio. Lo sostengo cuando resbala y veo por primera vez a los Cazadores en el corredor. Y a las armas que apuntan hacia nosotros.

—¡Quietos! —Un hombre se adelanta con otros tres Cazadores detrás—. ¡Manos arriba!

—Estoy bastante segura de que son órdenes contradictorias —comenta Ellen dando un paso al frente, pero levanta las manos de todas formas y pone su poder en acción. La presión de aire del corredor baja tan rápido que me zumban los oídos. Luego, con un movimiento de la muñeca, un viento huracanado arrasa con los atacantes, que caen al suelo como muñecos–. Andando –dice al tomarme de la mano.

Entonces, salimos corriendo. Ellen me arrastra mientras que Archer va tropezando detrás. Le lleva algunos pasos controlar las piernas al tiempo que la droga recorre su sistema y acaba con la magia Conjuradora y con la conexión que tiene con sus pociones.

–¿Qué demonios pasó, Cal? –grita Ellen y suelta mi mano–. ¡Dijiste que estaba despejado!

–*¡Lo estaba!* –responde mientras tipea de forma frenética–. *Debieron haberse dado cuenta de que alteré las cámaras y cambiaron la transmisión en vivo. No los veo a ustedes por ningún lado.*

–Discútanlo después –protesto mientras mis pulmones se quejan–. ¡Sácanos de aquí!

–*Estoy trabajando en eso.* –Un segundo después, los Cazadores empiezan a disparar detrás de nosotros y una alarma resuena por el corredor, con furiosas luces rojas que destellan por todos lados–. *¿Todavía tienes la cortina de humo?*

–No –responde Archer con voz áspera y quebrada. Corre más rápido para alcanzarnos–. Es decir, la tengo, pero mis pociones no funcionarán.

–*Pero...* –Cal se queda en silencio porque debió percatarse de lo que significa–. *Ay, Dios, Ryan.*

–Lidiaremos con eso después. –Llegamos a la misma escalera por la que bajamos antes y el detective abre la puerta–. ¿Puedes ver si el corredor está despejado?

–*Por lo que veo...*

–Arriba –ordena Archer sin dejarlo terminar. Cuando atravesamos la puerta, otra lluvia de dardos pasa sobre nosotros. Los Cazadores casi nos alcanzan. Nos faltan al menos tres pisos para llegar al piso principal y mis piernas ya están en llamas después de subir el primero. Más abajo, la puerta choca contra la pared, seguida de pasos estruendosos.

Cal grita algo incomprensible y la puerta de la camioneta se cierra de un golpe.

—*Tranquilo, hacker. Soy yo* —dice la voz de Alice. Es lejana, pero no hay dudas de que es ella. Debe haberse tomado la orden de no esperar muy en serio—. *Por favor, díganme que es una alarma de incendios.*

—Por desgracia, no lo es. —Archer se adelanta cuando se abre la puerta del segundo subsuelo. Le da un codazo en la cabeza al Cazador que apareció y lo derriba—. Respira hondo, Hannah. Sigue adelante.

Asiento con la cabeza, pero mis muslos están en llamas. ¿Por qué siempre hay que correr tanto con estos Cazadores? El aire se llena con el estruendo de los disparos de sus dardos cuando nos alcanzan. Los proyectiles rebotan contra los pasamanos y contra nuestras chaquetas hechizadas, por lo que agradezco que Cal haya creado esta poción en particular. Pero tiene que haber algo más que yo pueda hacer. No puedo dejar que droguen a Ellen también. No puedo permitir que otra persona que amo pierda la magia cuando ya destruimos el suministro principal de la droga.

Busco el palpitar mágico en mi pecho y cruzo los dedos para que responda a mi llamado, pero el dolor recorre mi espalda, así que tropiezo con un escalón y me lastimo la pierna. De todas formas, giro para enfrentar a los Cazadores que nos persiguen y levanto las manos para sentir el aire en sus pulmones o el agua en su sangre.

No hay nada.

—¡Alice! —grito—. ¿Me escuchas?

—*Aquí estoy. ¿Qué necesitas?* —Su voz es más cercana, debe

haber encendido su intercomunicador. Las dudas me frenan, pero los Cazadores siguen acercándose. Sobre mí, Ellen les lanza otra ráfaga de viento para frenarlos y yo me sujeto del pasamanos para no caerme.

—¿Puedes controlar mi sangre desde lejos?

—*No sé.*

—Inténtalo, por favor. —Presiono más en busca de la fuente de poder en mi pecho—. ¡Rápido!

Un segundo después, la magia de Alice cosquillea por mi columna. Es más aguda que la de Morgan al abrirse paso por mi cuerpo, extraña y penetrante, pero, en un instante, mi propia magia estalla como una fuente infinita a mi disposición. Tomo el control del primer elemento que percibo: agua. *Sangre.* Entonces, impulso mi voluntad hacia el agua en ella para congelarla.

El Cazador más cercano se desploma primero, gritando a medida que se le hiela la sangre. Los compañeros caen tras él, y yo presiono un poco más con el aire en una mano y la sangre en otra. Van cayendo a los gritos y con los ojos inyectados en sangre.

—Vamos, Hannah. —Ellen me sujeta del brazo para levantarme—. Tenemos que irnos.

Los sigo sin liberar el dominio del aire. Lo sostengo con fuerza para impedirles respirar y mantenerlos abajo. Con la magia de Alice dentro de mí, el cansancio de mis piernas desaparece y puedo correr al piso principal sin problemas. Al llegar allí, las personas se dirigen a la salida sin apuro, más irritadas que preocupadas por el sonido de la alarma. Archer intenta hacer que nos mezclemos entre el gentío, pero me separo cuando lo veo a él.

Benton está en el corredor. Parpadeo con fuerza repetidas veces intentando hacerlo desaparecer. Lo vi en todas partes durante semanas, no puedo dejar que alguien parecido o que el fantasma de un recuerdo que no quiere morir me distraigan. Tenemos que irnos. Tenemos que…

—¿Hannah? —dice, y su voz me deja sin aliento además de derribar el control sobre los elementos.

—Benton. —Lo miro más de cerca: está más delgado de lo que recuerdo. Más pálido. Viste un vaquero oscuro desteñido y la misma chaqueta negra que los Cazadores que nos persiguen por las escaleras. No es mi imaginación: está aquí. Está *vivo*.

Por ahora.

Empiezo a correr antes de percatarme de que tomé la decisión de moverme. Benton apenas logra expresar sorpresa y, en un segundo, estoy lanzándome sobre él y aferrándolo del pecho. Caemos con fuerza, pero en cuanto tocamos el suelo, me incorporo, le clavo las uñas en la carne y me levanto lo suficiente para tenerlo inmovilizado con las rodillas en el pecho. El primer golpe aterriza en su mejilla. Me duelen los nudillos, pero no me importa y arremeto otra vez. Sin embargo, él sigue siendo más fuerte y está mejor entrenado, así que intercepta mi puño y me empuja a un lado. Aunque el dolor en el codo que me golpeé contra el suelo se irradia por todo el brazo, no le dejaré escapar. No puedo.

Con la magia de Alice todavía mezclada con la mía, casi no necesito esfuerzo para capturar el aire en los pulmones de Benton. Presiono para tenerlo en mi poder, entonces él cae de espaldas con la mano en el cuello y las uñas enterradas hasta que se hace sangrar. El pánico en sus ojos hace que presione más; hundo las rodillas en su pecho y lo ahorco en busca del agua dentro de su cuerpo como hice con los Cazadores en las escaleras. Una vez que la alcanzo, hago caer la temperatura hasta que está helado. Los vasos sanguíneos más pequeños son los que colapsan primero y se marcan como telas de arañas en sus ojos. Cuando intenta gritar, ahogo el sonido.

Todo lo que está mal y roto dentro de mí es culpa de él. Benton me hizo esto. Destruyó mi magia y me volvió dependiente de las Brujas de Sangre para controlar mi poder. Pero gracias al poder de Alice en las venas, soy más fuerte de lo que era antes de que me drogara. Antes de que él y sus padres arruinaran mi vida. Antes de que lo destruyeran *todo*.

De repente, un par de manos en mis hombros intentan apartarme.

—No —rujo—. No lo soltaré hasta que esté muerto. Hasta que pague por lo que hizo.

—Tenemos que irnos, Hannah. Por favor. —Ellen vuelve a tirar de mí.

—Dije que no. —La presión crece en mi pecho, así que la libero y el viento arrasa con el corredor. Ellen cae hacia atrás contra Archer, que la impulsa a la salida. Pero yo no puedo irme—. No me iré hasta que él desaparezca.

—Alice. —El detective se lleva una mano al oído y ordena con voz firme—: Libera a Hannah.

—¡No! —grito, pero ya es tarde. Su poder desaparece y me deja vacía y expuesta. Me tiemblan las manos, y Benton por fin logra empujarme. Cuando caigo al suelo, el aire escapa de forma violenta de mis pulmones.

—Vamos, Hannah. —Ahora es Archer quien me aferra del brazo—. Tenemos que irnos.

Entonces, un cilindro metálico rueda por el suelo y estalla en una explosión de luz y sonido. Se me nubla la vista. Me zumban los oídos. Seis Cazadores con rifles de asalto nos rodean con las armas en alto y nos gritan que levantemos las manos. Archer se interpone delante de mí de forma protectora, pero a los hombres armados poco les importa. Nos sujetan a ambos y nos arrastran por el pasillo. Alcanzo a ver a Ellen junto a la salida, lista para correr hacia nosotros.

—Sal de aquí —exclamo al mismo tiempo que el hombre que me sujeta me saca el ínter del oído—. ¡Vete!

Ellen duda, pero lo último que veo antes de que me tapen la cabeza con una capucha negra es a mi compañera de aquelarre siguiendo a la multitud fuera de aquí.

# 21

ME ARRASTRAN POR EL CORREDOR Y DESPUÉS ME ARROJAN A UN elevador, siempre con el rostro tapado. Se me revuelve el estómago al subir los pisos y se me aflojan las rodillas, por lo que me clavo las uñas en los brazos para mantenerme firme. Nos detenemos de un sacudón, la puerta se abre con un timbre y volvemos a movernos. Otro pitido, metal sobre metal y, luego, me empujan y presionan contra una silla para atar mis extremidades a sus patas. Otra cuerda ata mi pecho.

Todo mi cuerpo se agita con el aluvión de recuerdos: la expresión de Benton en el espejo retrovisor, dura y carente de sentimientos; la confusión en su rostro en el corredor hace un momento; mis piernas atadas desde los tobillos hasta las rodillas sobre una hoguera; una llama acariciándome la piel. Humo ahogándome los pulmones.

Todo está sucediendo de nuevo. Solo que esta vez también atraparon a Archer. No podrá salvarme. Los dos vamos a morir, y será mi culpa.

Me arrancan la capucha negra de repente y el brillo me enceguece. Cuando mi visión se adapta, me sorprende descubrir que estoy sentada en medio de una oficina amplia con enormes ventanas por las que entra la luz de la tarde. El espacio se siente cálido y acogedor. Hay un escritorio de madera cubierto de portarretratos y una computadora delgada en el centro. El cinturón de pociones de Archer se encuentra ahí frente a nosotros.

–Hannah. –La voz del detective llega desde la izquierda. Giro hacia él y lo veo atado a una silla al igual que yo. El resto de la oficina está vacía excepto por el hombre que monta guardia en la puerta–. ¿Estás bien?

–Esto es mi culpa. –Niego con la cabeza, ¿cómo podría estar bien? Van cayendo lágrimas por mis mejillas–. Si no hubiera ido tras él, podríamos haber escapado. Pero ahora estamos atrapados y nos matarán como a los otros Conjuradores y…

–Hannah –repite con ansiedad–. No entres en pánico. Si nos quisieran muertos, ya nos habrían matado. –Habla con tanta tranquilidad que por poco le creo, pero luego recuerdo lo bien que disimula el miedo. No confío en su seguridad ni por un segundo. Nos arruiné al igual que hice con Sarah, con David y por poco con Ellen.

*Por favor, Ellen. Está a salvo. Por favor.*

–¿Por qué no nos asesinaron? ¿Qué quieren?

–Esa es una pregunta muy astuta, señorita Walsh. –Una repentina voz grave me sobresalta. Luego se cierra una puerta de un golpe y un hombre de traje se acerca al escritorio. Lo sigue una mujer también de traje, como si llegaran tarde a una reunión del directorio. Viste una falda tubo, una blusa elegante de color azul y tiene el cabello oscuro recogido en un rodete prolijo en la nuca. Ella se inclina sobre el escritorio para mirarme de arriba abajo como si estuviera evaluándome.

—Estoy decepcionada —le dice a alguien detrás de mí—. Te entrenamos muy bien como para que te tomen por sorpresa. —Sigue moviendo la mirada, hasta detenerse a mi derecha. Me arriesgo a mirar y encuentro a Benton apoyado contra la pared. Todavía tiene las marcas rojas en el cuello y no nos mira a ninguna de las dos, sino que mantiene la vista en el suelo.

—Lo siento, madre.

¿Madre? Giro la cabeza hacia el par de Cazadores frente a nosotros. La mujer (que debe ser la señora Hall) me sonríe con frialdad. Y el hombre… Ahora que lo veo mejor, percibo el parecido con su hijo e imagino cómo será Benton cuando crezca. Tienen el mismo cabello oscuro y ojos color avellana. La misma nariz y mentón.

Ellos son los Cazadores que asesinaron a mi padre.

Forcejeo con las cuerdas que me retienen sin saber si lo que quiero es escapar o, por fin, poder lastimarlos como me hicieron a mí. Pero la silla ni siquiera se mueve.

—¿Qué quieren de nosotros?

—Nosotros haremos las preguntas —dice el padre de Benton. Luego saca un mechero plateado y delgado de su bolsillo, mientras que la mujer rodea el escritorio para abrir la computadora—. Empecemos por cómo lograron entrar. No los vimos en las cámaras de la entrada.

—No necesitan a Hannah para esto —sentencia Archer, que sigue irritantemente tranquilo—. Yo tengo todas las respuestas que necesitan y más. Ella es solo una niña.

—Una niña que envió a *nuestro* hijo a prisión –afirma la señora Hall al levantar la vista de la pantalla. Ahora tiene un destello frío en la mirada, un rastro de odio que no puede reprimir–. No irá a ningún lado.

—Destruyeron años de investigación minuciosa –agrega el padre de Benton mientras abre el mechero y juega con el mecanismo de encendido–. Invertimos millones en la creación de una cura, ¡y la arruinaron! –Pierde el control y derriba las pociones carentes de magia de Archer al suelo. El vidrio estalla, pero no es suficiente para calmar la furia del hombre, que guarda el mechero y arremete contra él. Comienza a golpearlo en el rostro una, dos, tres veces. Yo grito que se detenga; cae sangre de la nariz del detective y desearía que mi realidad fuera cualquiera menos esta.

—También está el asunto de los chicos que desaparecieron –interfiere la señora Hall. Su voz por fin termina con el ataque–. Perdimos contacto con tres de nuestros agentes más jóvenes hace dos semanas. Tenemos razones para creer que *ustedes* son responsables por su desaparición. –Sigo forcejeando contra las cuerdas, con rabia mezclada con terror. Intento percibir mi magia, pero es más difícil de alcanzar con pánico y miedo alterando mis sentidos–. ¿Y bien? –insiste la mujer–. ¿Dónde están?

—A donde pertenecen –sentencio dominada por la rabia.

El señor Hall me fulmina con la mirada y me estremezco cuando se mueve, pero se dirige al escritorio para revolver el cajón superior. Luego vuelve a girar hacia mí con una jeringa en la mano. Todo mi cuerpo se queda helado.

—Intentemos otra vez. –Se acerca despacio–. ¿Dónde están nuestros agentes desaparecidos?

—Hannah no sabe nada. –Archer está inquieto–. No la necesitan.

Sin embargo, al Cazador no le importa. Me sujeta del mentón para girar mi cabeza y dejar el cuello expuesto.

—¿Dónde están? —Su voz roza mi piel como si fuera un trozo de vidrio roto. Como sigo sin responder, incluso aunque Archer le suplica que me deje ir, siento la punta de la aguja y…

—James, espera. —La señora Hall atraviesa la habitación y aleja la aguja de mi cuello—. No nos queda mucho. —Retrocede y, a pesar de todo lo que sé que hizo, espero ver compasión en sus ojos. Por el contrario, me mira como si fuera un experimento—. Además, ya tuvo una dosis de la versión previa. Su biología podría ser útil.

—Todavía tiene magia —argumenta el señor Hall—. Será peligrosa hasta que la droguemos o acabemos con ella.

—No lo es —interviene el detective con la voz estable otra vez—. Hannah no puede usar su magia. No ha podido hacerlo desde que la drogaron.

—Los agentes en las escaleras… —comenta la señora Hall mientras deja la jeringa sobre la mesa.

—Otra Elemental los atacó. No fue Hannah —afirma Archer, y no sé si miente o si de verdad piensa que Ellen fue quien derribó a esos hombres—. Tampoco necesitan su biología. Yo fui drogado hoy, pueden usarme a mí.

—Archer… —No lo abandonaré aquí. No dejaré que se sacrifique a sí mismo. El señor Hall vuelve a golpearlo, por lo que gime, con el rostro desfigurado por el dolor.

—No estás en posición de negociar con nosotros. Ninguno de los dos saldrá de aquí con vida. —El hombre saca el encendedor otra vez y lo abre con un dedo—. Veamos qué tan incapaz es tu demonio de fuego.

Por primera vez desde que los Cazadores nos dispararon en el sótano, veo miedo en los ojos de Archer. El señor Hall activa el encendedor y una pequeña llama cobra vida. El detective está terriblemente rígido, pero aprieta los puños cuando el hombre se acerca. Le acaricia los nudillos con la llama, entonces busco mi poder con desesperación. Cuando escapa un grito de la garganta de Archer, presiono lo más fuerte que puedo contra la barrera de mi poder. Estalla una oleada de dolor en mi columna; sigo intentando dominar el fuego para que haga mi voluntad y, cuando más me esfuerzo, más me duele. No puedo concentrarme con el dolor y los gritos de Archer. No puedo, no puedo, no puedo…

–Papá, suficiente. –Benton atraviesa la habitación hacia nosotros–. Ya lo escuchaste. Está curado, ahora es humano y…

El señor Hall le asesta un golpe de derecha en el rostro a su hijo. El impacto pone a Benton de rodillas, y el terror me cala hasta los huesos al ver sangre en su nariz. *Si los Cazadores son capaces de hacerles algo así a sus propios hijos, ¿qué nos harán a nosotros?*

–No olvides tu lugar. –El hombre lo mira desde arriba con el rostro cargado de desdén–. *Destruyeron* la cura. Esto es lo mínimo que se merecen. –Regresa a Archer con el encendedor en mano al tiempo que Benton se pone de pie.

–¡Espere! –grito cuando enciende la llama. Me tiembla la voz por el miedo, pero no puedo dejar que esto siga así. Aunque sepan dónde tenemos a los adolescentes, no podrán atravesar la barrera. Además, con Benton libre y el juicio postergado, no hay razón para que la Mayor Keating ponga al pueblo en peligro–. Riley y los demás están en Salem. No están heridos. Se encuentran bien.

–Necesitaremos una dirección exacta. –La señora Hall cierra la computadora y se pone de pie. Yo miro a Archer, pero no distingo si hay decepción o gratitud en su rostro afectado por el dolor, así que les doy la dirección–. Muy bien. –La mujer me hace girar la cabeza tomándome del mentón para que no deje de mirar a Archer–. Ahora presta atención –susurra mientras su esposo guarda el encendedor y entierra los nudillos en el rostro del detective.

Una vez.

Y otra vez.

–Nosotros decidiremos cuándo se termina. No tú –agrega ella y me sujeta con más fuerza–. Y, una vez que reelaboremos la cura, decidiremos cómo y cuándo morirán.

## 22

CUANDO LOS PADRES DE BENTON SE ABURREN DE NOSOTROS, llaman a los guardias para que nos lleven de vuelta al sótano. Sé que debería intentar seguir el rastro de los giros y vueltas por los pasillos, pero no puedo concentrarme en nada más que en el cuerpo inerte de Archer, al que arrastran delante de mí. Benton es quien guía al grupo y se detiene frente a una celda, busca la llave en su bolsillo y abre la reja con un chirrido.

Los guardias que llevan a Archer lo arrojan al centro de la celda, mientras que un par de manos grandes me empujan desde atrás. Mientras me tambaleo hacia adelante, la reja se cierra de un golpe, y uno de los hombres nos escupe antes de marcharse. El último en alejarse en Benton, con el mentón aún irritado por el golpe que le dio su padre.

Y, en un momento, nos quedamos solos.

Giro y caigo de rodillas frente a Archer. Tiene el dorso de las manos rojo y amoratado y un rastro de sangre en el frente de la chaqueta. La vergüenza se arremolina dentro de mí; tendría que haber hecho algo para protegerlo de las llamas. Si tan solo pudiera...

El detective toma aire de forma repentina al volver de la inconsciencia y gime cuando intenta sentarse.

—Déjeme ayudarlo. Un momento. —Lo llevo hasta la pared para que pueda apoyarse y, una vez que está erguido, puedo ver mejor el daño que le hicieron. El ojo izquierdo está cerrado por la hinchazón, el padre de Benton le partió el labio, y ya se le están empezando a ampollar las manos—. Lo lamento, Archer. Intenté detenerlo, pero no pude... —Las lágrimas silencian el final de la disculpa. Me siento tan impotente al verlo herido, incapaz de hacer nada más que gritar. Él se sostiene las costillas y gira la cabeza muy despacio hasta tenerme en el rango visual de su ojo derecho, el que no está cerrado por la hinchazón.

—No es tu culpa, Hannah. Tú no hiciste esto.

—¡Sí lo hice! Yo fui detrás de Benton. Yo les di su dirección y no pude apagar la llama del encendedor y...

—Hannah. —Su voz es baja y cargada de dolor—. Culparte a ti misma no nos sacará de aquí.

Puede que él crea que tenemos una forma de escapar, pero yo sé que no es así. Nos superan en número y en armamento. Ninguno de los dos tiene magia, y él, que está entrenado para esta clase de cosas, apenas puede estar sentado con una pared para apoyarse. Nos convertirán en ratas de laboratorio y, en cuanto dejemos de servirles, estaremos muertos.

¿Mi madre siquiera tendrá un cuerpo que enterrar?

—Tienes que dejar de pensar, Hannah. —El detective me toma de la muñeca con una fuerza sorprendente—. Si te das por vencida, no tendremos oportunidad.

—¿Cómo puede creer que saldremos de aquí? —pregunto mientras me seco las lágrimas con la manga.

—Porque creo en ti. —Resoplo y pongo los ojos en blanco al escuchar eso, y la cotidianeidad de la reacción me hace sentir un poquito mejor, pero Archer continúa—. Hablo en serio —afirma. La fuerza en mi muñeca ahora está cargada de ansiedad—. Eres capaz y decidida. Pasaste por *demasiadas* cosas durante los últimos meses, solo tienes que aguantar un poco más. —Luego me suelta la muñeca y, tras suspirar, giro para sentarme contra la pared a su lado. Todavía no creo que podamos escapar, pero tampoco me rendiré sin pelear.

—Entonces, ¿cuál es el plan?

—Parece que nos extraerán sangre para su investigación. Eso nos dará una oportunidad. —Creo que intenta sonreír, aunque, con su rostro inflamado y magullado, termina siendo una mueca de dolor. Gira la cabeza un poco más hacia mí—. Tenemos que hacer que tu magia funcione para entonces.

—Pero ya lo intenté. Lo único que hace que funcione es la Magia de Sangre.

—Si eso ayuda, significa que la tuya sigue ahí. Solo tienes que descubrir cómo acceder a ella. —Echa la cabeza hacia atrás con la mirada en el techo oscuro. Pasa bastante tiempo callado, y no quiero interrumpir sus pensamientos. De todas formas, mi mente está ocupada con sus propias cavilaciones, repasando todo lo que dijo Cal sobre mi magia y lo que significa que solo estar cerca de Morgan la haga funcionar, aunque no esté usando la suya. ¿Cómo se supone que me permita sentir dolor en un lugar así sin perderme en él?–. No creo que el miedo ayude –dice por fin–. Si lo hiciera, estoy seguro de que hubieras logrado usarla en aquella oficina. –Sus manos quemadas son prueba de que el miedo no es la emoción que estuve evitando.

–Lamento muchísimo eso.

–No te culpes ni por un *segundo* por lo que pasó ahí –responde negando con la cabeza. Luego se queda en silencio otra vez, con los ojos cerrados para soportar el dolor–. No quiero que te sientas presionada, pero si pudieras encontrar una forma de recuperar tu magia… –Deja la oración sin terminar, y mi mente está feliz de completarla con frases aterradoras.

–Lo intentaré –prometo–. Haré lo que sea necesario.

Y eso hago. Sigo intentando acceder a la magia mucho después de que él se haya dormido. Me esfuerzo por derribar los muros que rodean mi corazón y presiono cada herida emocional, hasta que estoy adolorida y en carne viva, tan asustada y miserable que no puedo respirar.

El tiempo no existe en esta celda sin ventanas, pero se siente como si hubieran pasado horas. A pesar de estar exhausta, mi cerebro no descansa. No entiendo cómo pasó esto; cómo es que *sigue* pasando. Correr tras Benton fue mi culpa, pero que los Cazadores nos descubrieran y drogaran a Archer no lo fue. Tampoco soy culpable por la muerte de David. Los Cazadores *siempre* parecen estar un paso delante de nosotros, casi como…

No. No quiero ni *pensarlo*. Sin embargo, por mucho que intente hacer el pensamiento a un lado, siempre reaparece. Y cada vez es más insistente, con más pistas y teorías.

¿Y si alguien nos traicionó? ¿Y si alguien les dijo a los Cazadores que íbamos a reclutar a David? ¿Y si los Cazadores sabían que haríamos una redada en sus instalaciones? Una vez que los pensamientos se instalan en mi mente, los sigue una lista de sospechosos. Quizás Veronica, Cal y yo teníamos razón y David los ayudó a crear la droga, después lo pensó mejor y quiso cambiar de alianzas. Es solo que... él no sabía nada sobre la redada, así que debió haber sido otra persona. Alguien que les advirtió a los Cazadores e hizo que asesinaran a David para que no creara una poción que los destruyera. ¿Y si fueron Lexie y Coral? No estaban muy felices de que hubiera dejado escapar a Alice, y Veronica las llamó mucho antes de que las reclutaran. Además, Lexie había creado hechizos para detectar a brujos de otros Clanes, eso podría explicar cómo los Cazadores supieron dónde encontrarnos.

O quizás fue Tori. No tuve oportunidad de hablar con Lexie ni con Coral, así que no sé qué fue de ella. Pero era la que quería dejar a Alice sin magia. Quizás ayudó a los Cazadores a crear la droga para atacar a las Brujas de Sangre sin pensar en que irían contra todos los Clanes. Sin embargo, ¿cómo podían las Conjuradoras saber los planes del Consejo para la investigación de David?

Y entonces lo descifro: *Alice.*

Alice, la chica que actuó como si no quisiera tener nada que ver en esto. La que se enfureció porque invité a las Conjuradoras a Salem sin avisarle. La que molestó porque abandoné la redada. Amenazó con abandonar también si yo no ayudaba y, menos de un día después, Benton escapó de la cárcel.

Debí haberme quedado dormida, porque lo siguiente que recuerdo es despertar por el ruido de algo metálico siendo arrastrado contra el suelo de piedra. Me pongo de pie, desorientada y entumecida por haber dormido en el piso, y veo al chico parado al otro lado de la reja. El golpe en el lado derecho de su mandíbula se tornó morado y tiene ojeras oscuras, como si hubiera dormido peor que yo. Hay una bandeja de comida en el suelo de la celda, que debe haber empujado a través de la reja, y tiene una bolsa de tela en las manos. Nos mira a ambos, Archer ya despertó, pero sigue apoyado contra la pared, y luego arroja la bolsa entre los barrotes en mi dirección.

—Ahí hay ropa, jabón y cepillos de dientes. Deberían comer antes de que se enfríe.

—Apuesto a que esto te encanta —afirmo al ver la puerta hacia el baño diminuto detrás de mí, la única pizca de dignidad que hay en esta celda. Le acerco la bandeja de comida a Archer, pues no pienso comer hasta que Benton se haya ido por más que mi estómago ruja por comida—. Apuesto a que soñabas con esto mientras estabas preso.

—Mis padres no estarán hoy —dice ignorando mi acusación—. Deberían descansar mientras puedan.

—¿Por qué? ¿Para que estemos *frescos* para sus experimentos? ¿Se divertirán más torturándonos si nos mantenemos conscientes? —Mis palabras son amargas e iracundas, pero él ni siquiera me mira a los ojos, sino que mantiene la vista en el suelo y las manos en las barras de metal. Al verlo así, no puedo evitar recordar cómo le pidió a su padre que se detuviera y cómo el hombre, lleno de ira y malicia, lo derribó de un golpe. No entiendo por qué, si él ganó y nos tiene encerrados en una celda, se ve tan miserable.

—No tenía que ser así —murmura para sí mismo y el corredor vacío transmite el eco de sus palabras.

—¿Qué pasa? —Intento hablar con la misma furia que antes, pero es inútil—. ¿Temes que sean tus padres los que me maten en lugar de ti?

–Comienza a temblarme la voz a medida que caigo en la realidad: de verdad van a matarnos cuando terminen de utilizarnos.

Finalmente, Benton alza la vista hacia mí. Me mira a los ojos como si quisiera ver dentro de mi alma y, cuando por fin gira para irse, luce demasiado triste y desolado.

La expresión de Benton me acecha durante el resto del día. O al menos creo que pasó un día; es imposible saberlo sin tener el sol o un reloj para medir el tiempo. Me suena el estómago, pero después el hambre se cansa de hacerme compañía y me deja sola con mis pensamientos. Más tarde, Archer, que está más adolorido que ayer, intenta guiarme para recuperar la magia y planeamos cómo escapar. Me dice cómo apegarme a mi sentido de identidad, pero el rostro de Benton no desaparece de mi mente. Debería estar feliz de que me hayan atrapado y que vaya a morir, sin embargo… No es así.

Cada vez que escucho que una puerta que no veo se cierra, espero que los Cazadores reaparezcan y ver al señor Hall con sus ojos fríos y el mechero plateado brillante. Espero que alguien nos saque sangre para empezar con los exámenes, pero parece que algo más los tiene ocupados porque nadie viene por nosotros. Por lo menos no hasta que la oleada de hambre aparece y desaparece unas tres veces. Entonces, *él* por fin regresa.

Benton volvió con otra bandeja de comida. Ahora su expresión es diferente, como una máscara hecha de yeso y de hielo. Carente de emoción. Desliza la comida por debajo de la reja y se marcha sin decir una palabra. Ayudo a Archer a comer porque le duele demasiado usar las manos y, después de terminar lo que quedó, me acurruco en una esquina e intento acceder a mi magia hasta que me duele todo el cuerpo y pierdo el conocimiento.

Golpes de metal contra metal me despiertan de un sueño intranquilo. Me alejo del sonido sobresaltada, por lo que mi codo golpea contra la pared.

—Vaya, ¿qué tenemos aquí? —pregunta una voz familiar, aunque no descifro de quién es.

Me obligo a sentarme, con los ojos entornados para distinguir las figuras a contraluz. Entonces, mi corazón se detiene.

Riley.

El ex de Morgan tiene una barreta en la mano, con la que va golpeando los barrotes de la reja.

—Perdón. ¿Te desperté? —dice con desprecio hacia mí. Ahora puedo notar el morado alrededor de sus ojos y en su mentón. Además, se mueve despacio, como si tuviera otras heridas que no llego a ver. El aquelarre no le hizo nada de eso. ¿Fueron los Cazadores?

—¿Cómo puedes estar aquí? —Me pongo de pie a pesar de tener las piernas tan rígidas que duelen—. Estabas encerrado. Estabas detrás de la barrera.

Riley se encoge de hombros, mira hacia atrás, y el chico que lo acompaña (creo que se llama Wes) se acerca. Tiene un labio partido y trae una llave en la mano.

—Es una hermosa imagen, ¿no? —pregunta Riley con voz casi soñadora mientras lo abraza por los hombros.

—Dos monstruos encerrados —afirma Wes—. Se siente bien, definitivamente.

—¿Cómo escaparon? —exijo otra vez haciendo caso omiso a sus provocaciones—. ¿Cómo es posible que estén *aquí* ahora?

—¿Se lo dices tú o se lo digo yo? —pregunta Riley.

—Adelante.

—Tus coordenadas fueron de *mucha* ayuda —comenta el chico y golpea la reja con la barreta—. La Orden nos trajo a casa esta mañana. —Mira a Wes—. ¿A cuántas brujas crees que asesinamos en el camino? ¿Cuatro? ¿Cinco?

—Como mínimo.

Mientras que ellos se ríen, el mundo se sacude a mi alrededor. Esto no puede estar pasando. Los Cazadores no debieron lograr atravesar la barrera. Se suponía que el pueblo estuviera a salvo. ¿Cómo…?

No. Eso no es lo que importa ahora, sino a quiénes. ¿A quiénes nos arrebataron los Cazadores? ¿A Cal? ¿A Ellen?

¿A mi madre?

Se me cierran los pulmones. No dejaré entrar ninguna emoción más. No puedo respirar. No puedo…

—Hannah. —Apenas escucho la voz de Archer por encima de las risas de los Cazadores, pero ni siquiera su presencia puede controlar el pánico que me está desgarrando desde adentro. Soy como un carrete de hilo al que cortaron al medio y se está deshilachando por completo. El detective se levanta para acercarse—. Hannah, tienes que respirar.

Pero no puedo. No puedo. No puedo…

El aire que nos rodeas se vuelve frío. Está helando.

La magia es un remolino salvaje e indomable dentro de mí y se escapa a través de la barrera que pasé el último día intentando derribar. La temperatura sigue bajando hasta que empiezo a temblar de frío. Y las risas se apagan.

—Dijeron que había perdido la magia. —Se siente un rastro de miedo en la voz de Riley.

–¿La recuperaste? –susurra Archer, tembloroso.

–No puedo detenerlo. –Intento sentir el aire al tiempo que se me forma escarcha en las pestañas–. No puedo controlarlo. –Niego con la cabeza. Riley maldice y deja caer la barreta antes de que el metal se le quede pegado a la piel.

–¿Qué demonios está pasando? –Benton da vuelta a la esquina abrazándose a sí mismo–. ¿Riley? ¿Wes? ¿Qué hacen aquí? Creí que papá…

–Cierra la boca, Hall –sentencia Riley. Luego se cubre la mano con la manga para levantar la barreta–. Abre la puerta.

Wes se adelanta de prisa para obedecer el pedido con manos temblorosas. Intento contener la magia, restringirla debajo de mi piel, pero solo puedo imaginar a mi madre cubierta de sangre y pensar en que mi padre está muerto y que estoy sola.

El aire se pone más frío.

–¿Qué están haciendo? –exige Benton en tono más autoritario.

–Derribaremos a los brujos antes de que nos maten. –Riley acomoda la barreta congelada a la espera de que la puerta se abra. Miro a Archer con preocupación, y él me da un abrazo que estoy segura de que debe dolerle más de lo que logra consolarme.

–No lo harán. –Benton intenta quitar la barra metálica, pero se sobresalta cuando el frío le quema la piel–. El detective ya es humano. No pueden lastimarlo.

–Al demonio con eso. –Riley le hace señas a Wes para que se apure, pero el chico mira a los otros dos dudando–. Abre la puerta, Wes.

–Dije que no, Riley. –Benton le retuerce la muñeca, de modo que la barreta cae al suelo–. Las reglas son claras: una vez que son humanos, no podemos lastimarlos. Y mis padres necesitan muestras de sangre.

—Me importa un carajo. —Riley vuelve a cubrirse la mano con la manga para levantar la barreta, solo que esta vez, la usa para golpear a su compañero Cazador. Cuando Benton se dobla de dolor, lo patea hasta dejarlo en el suelo—. Maldito defensor de brujas. —Luego deja caer la barra y hace señas a Wes para que abra. Esta vez, su amigo obedece. Sé que debería intentar correr, pero Archer sigue abrazándome con fuerza y es el calor conjunto lo que nos mantiene en pie. Sin embargo, Riley arrastra a Benton, sale de prisa y lo deja encerrado—. Quizás esta vez logres matar a la bruja —le dice con desprecio. Ya está alejándose de nosotros y del frío—. A menos que ella te mate a ti primero.

Y, en un momento, ya no están.

Y la temperatura sigue bajando.

## 23

BENTON SE PONE DE PIE CON LA ESPALDA APOYADA EN LA REJA Y LOS
brazos cruzados sobre el pecho. Nos mira con la expresión teñida de
preocupación mientras tiembla sin control y exhala pequeñas bocana-
das blancas.

–Ya se fueron, Hannah. –Archer se aparta y se agacha hasta que su
rostro está frente al mío–. Estamos bien.

–No puedo. –Niego con la cabeza porque la magia sigue corriendo
como agua en una represa rota. Las lágrimas se congelan al caer por
mis mejillas–. No si mi mamá está… No si…

–No sabemos si le hicieron algo a ella. No tendría por qué haber
estado en mi casa. –Se abraza el pecho con cuidado de no tocarse las
ampollas de las manos–. Por favor, Hannah, tienes que intentarlo.

–¿Qué pasó? –Benton se acerca con cuidado–. ¿Qué le hizo Riley?

–Tu gente mató a más de los suyos –sentencia Archer hacia joven Cazador–. No sabemos a quién, pero…

–¿De qué está hablando? Nadie murió. –Él me mira, su expresión se suaviza al comprender la situación, y se acerca a mí–. Riley te mintió, Hannah. La casa estaba vacía cuando el equipo lo rescató. Los liberaron y volvieron directo a casa.

–Riley mintió –repito las palabras y las apilo para formar un muro que contenga mi poder. *Mamá está viva. Está bien. Está a salvo.* Intento creer en eso, pero el alivio se toma su tiempo, y mi cerebro es reacio a aceptar otra nueva realidad; el dolor se rehúsa a desprender sus garras de mi corazón.

–Tu mamá está a salvo –asegura Archer. Sin embargo, su ojo hinchado y el castañeo de sus dientes arruinan el efecto aplacador que sé que quiere inspirar. Sigue esforzándose por convencerme y, poco a poco, vuelvo en mí. La magia se desvanece hasta que sus palabras ya no forman nubes blancas en el frío–. No la bloquees por completo –me advierte al soltarme–. Tu magia es nuestra mejor oportunidad de salir de aquí.

–Lo intentaré –prometo. Una vez que elimino todo el frío del aire, nos quedamos parados en la celda helada. Dos brujos frente a un Cazador renegado, y ninguno de los tres tiene idea de qué hacer. Yo me froto los brazos para intentar recuperar las sensaciones. Por su parte, Benton se da vuelta y apoya la cabeza en la reja.

–No tenía que ser así –murmura para sí mismo, pero hay tanto silencio que lo escuchamos a la perfección. Luego grita insultos hacia el corredor y sacude la puerta, que permanece firme. Sigue golpeando los barrotes una y otra vez con los puños hasta que, al final, vuelve a girar y se desliza rendido hacia el suelo frío–. Adelante –dice mientras se abraza las rodillas–. Mátenme.

–No te lastimaremos –responde Archer. Yo observo al chico que intentó matarme a mí hace dos meses: está devastado y golpeado, y mi mente reproduce la imagen del puño de su padre golpeándole el rostro solo porque le dijo que se detuviera. ¿Por qué le dijo que parara?

–No entiendo qué cambió. –Se pasa una mano por el cabello, que queda parado antes de volver a caer en su lugar–. Mis padres me criaron para que cazara brujas, pero solo las matábamos porque no teníamos otra opción. Ahora tenemos una cura, se supone que debemos salvarlos. Se supone que los convirtamos en humanos, y nosotros *protegemos* a los humanos. –Se queda en silencio y levanta la vista hacia nosotros–. Bueno, *teníamos* una cura, hasta que ustedes destruyeron la mayor parte.

El recordatorio de que todavía les queda algo de la droga me revuelve el estómago, pero al menos tenemos tiempo antes de que creen más. Con suerte, también para que Lexie traduzca las anotaciones de David y cree un antídoto. O para que creen un arma en contra de los Cazadores.

Sin embargo, la idea de asesinarlos sigue inquietándome a pesar de todo lo que hicieron. Si alguien como Benton quiere *salvarnos*, por más retorcida que sea su versión de salvación, ¿no podemos hacer lo mismo por los Cazadores? ¿No podemos curarlos de su odio en vez de matarlos?

–¿Qué hacemos ahora?

–No lo sé –responde Benton, aunque le pregunté a Archer. Suena miserable, perdido y solo, y no puedo dejar de mirar los golpes en su cara. ¿Toda su vida fue así? ¿O el tiempo en prisión lo cambió todo?

—¿Qué pasará cuando tus padres descubran que Riley te metió aquí?

—Tenemos que salir de aquí antes de que lo hagan. —El último ápice de color desaparece de su rostro.

—Bien. —Me concentro en respirar y el aire silba dentro de mis pulmones. No me atrevo a usar los elementos, pero están llamándome por primera vez desde que Benton me los arrebató. Con las caricias del aire sobre la piel, por fin logro enfocarme–. ¿Cómo salimos de aquí?

Él se palpa los bolsillos y saca su teléfono. Cuando enciende la pantalla puedo ver el día y la hora: primero de octubre, 19:57. Es difícil de creer que la redada fue apenas ayer por la mañana.

—¿Hay alguien en quien confíes? —pregunta Archer mientras camina hacia la pared para apoyarse–. ¿Alguien que te dejaría salir?

—¿Después de esto? —El chico se encoge de hombros de forma evasiva–. Honestamente, no lo sé.

La confianza es algo curioso. Benton no confía en los Cazadores que lo criaron, tampoco en nosotros. Yo no confío en él *ni* en los Cazadores, y si una bruja nos hubiera traicionado… Dejo que Benton se regodee en su crisis de identidad mientras me acerco a Archer.

—Aunque saliéramos, no creo que sea seguro. Los Cazadores no deberían haber podido atravesar la barrera de Keating. A menos que alguien los haya ayudado.

—¿A quién estás acusando exactamente? —Él levanta la vista de sus manos heridas para mirarme a los ojos. A pesar de todo lo que hay en juego, siento nervios porque acusar a una bruja de traición no es algo que pueda hacerse a la ligera. Carga un peso que no estoy segura de querer soportar, pero tengo que decirle de quiénes sospecho de todas formas, así que le digo todo. Le cuento que Lexie y Coral trabajaban con Tori en la primavera para despojar a Alice de su magia. Que podrían trabajar con los Cazadores para desarrollar la droga, que los Cazadores no usaron sino hasta después de ese evento fatídico. Y que, al ser Conjuradoras, podrían haberlos dejado atravesar la barrera.

Y después llega el turno de Alice, quien me atacó más de una vez y estaba furiosa cuando abandoné la redada. Ella escapó y llegó a la camioneta de Cal antes de que los demás llegáramos al piso principal. Le cuento que Morgan me dijo que las Brujas de Sangre son expertas en hechizos de barrera. Archer escucha todo el relato ampliando los ojos cada vez que menciono una nueva violación a las leyes del Consejo. Cuando termino, apoya la cabeza contra la pared y mira al techo.

—Mierda, Hannah. —Su maldición me sorprende y es como si todo su personaje de detective y de agente del Consejo se desmoronara. Me mira como si fuera una niñita a la que quiere proteger—. ¿Por qué no dijiste nada?

La emoción en la voz de él me cierra la garganta.

—Tenía miedo.

—¿A qué?

—Al Consejo —admito, demasiado temblorosa para hablar en voz baja—. Lady Ariana siempre nos advirtió que si nos pasábamos de la raya, que si rompíamos las reglas, el Consejo nos quitaría la magia.

—Tengo una idea —interrumpe Benton antes de que Archer pueda responder. Pero no antes de que note la profunda tristeza en sus ojos—. Conozco a alguien que podría dejarme salir.

—Bien por ti —sentencio—. Eso no nos mantendrá a nosotros con vida precisamente.

—Los llevaré conmigo. —Él niega con la cabeza, y lo absurdo de sus palabras hace que ponga los ojos en blanco.

—¿En qué mundo esperas que crea eso? Nos odias. —*Aunque me haya defendido dos veces…*

—Juré proteger a los humanos y pagué por haber roto ese juramento cuando Gemma resultó herida. —Con la mano libre, se toca con cuidado el lugar del abdomen en donde Riley lo golpeó—. No sé qué pasó en la Orden mientras no estuve, pero el detective ahora es humano y no dejaré que nadie lo lastime. —Se apoya con pesadez contra la puerta con el teléfono en la mano—. Ni siquiera mis padres. —Más allá de lo que Benton piense, Archer sigue siendo un Conjurador. *Siempre* será un Conjurador, pero no me molesto en discutir sobre eso.

—¿Y qué hay de mí? Sigo siendo una Elemental. —Recurro al aire con cuidado, pero mi magia intencional está débil y fuera de práctica. Benton flaquea, pues debe creer de verdad que es su deber proteger a Archer, pero es muy evidente lo que piensa que debería hacer con alguien como yo—. ¿Y bien? —insisto cuando sigue sin responder.

—No te gustará la respuesta —me advierte frotándose la nuca. Yo me cruzo de brazos y lo fulmino con la mirada hasta que continúa—. No quiero que mueras —admite despacio, pendiente de mi reacción—. Mereces la cura, pero, si te dejo aquí, te matarán sin más.

Su obsesión con curar algo que no es una enfermedad, no es malo ni está roto me eriza la piel. Aun después de todo lo que pasé y de los meses de amistad del pasado, no puede ver la humanidad en mí, y eso me rompe el corazón más de lo que pensé que podría.

—¿Y estás dispuesto a arriesgar tu vida para ayudarnos? —pregunto, incapaz de ocultar la emoción en mi voz.

—Ya piensan que simpatizo con las brujas —dice encogiéndose de hombros—. O al menos Riley lo piensa. Dejar escapar al detective ya será malo, no podrán matarme dos veces si te ayudo a ti también.

*Si yo no te mato, la Orden lo hará.*

*Y me matarán a mí por ser demasiado débil para hacer mi trabajo.*

Imagino lo que piensa y una sensación extraña me retuerce el corazón. Matar o morir. ¿Qué clase de familia cría a sus hijos así?

Antes de que diga nada, los dedos de Benton están volando sobre la pantalla para escribir un mensaje de texto. Luego presiona enviar y se mete el teléfono en el bolsillo.

—Ahora solo nos queda esperar —anuncia mirándome a los ojos.

# 24

PARECE PASAR UNA ETERNIDAD HASTA QUE BENTON RECIBE UNA respuesta. La lee con el ceño fruncido, y no es el gesto alentador que esperaba.

—¿Qué dice? —pregunto con el corazón en la garganta.

—Solo me envió un emoji con los ojos en blanco —dice al levantar la vista del teléfono, que vuelve a vibrar—. Viene en camino.

Me levanto del suelo de piedra fría y extiendo las piernas en caso de que el escape (o la trampa, cualquiera que sea en realidad) requiera seguir corriendo.

—¿Y quién es exactamente?

—Alguien propensa a suponer que Riley se portó como un idiota. Me dejará salir —responde de forma evasiva. Quiero insistir, pero no quisiera darle motivos para que me deje atrás. En especial cuando es muy posible que solo esté fingiendo querer rescatarnos para que no lo congele hasta la muerte.

Si la espera del mensaje me pareció eterna, no fue nada comparado con esperar a que llegue la remitente misteriosa. Cada mínimo sonido hace que me sobresalte mientras aguzo el oído para percibir el momento en que llegue alguien. Finalmente, se abre una puerta al final del corredor, y dejo de deambular. Ni siquiera sé cuándo fue que empecé a recorrer la celda diminuta.

—Quédate atrás conmigo —susurra Archer en tono urgente—. Parecerá más realista si mantenemos la distancia.

Obedezco a pesar de que la ansiedad me tiene inquieta. Se oyen pasos que se acercan y se detienen, metal que se desliza sobre la piedra, y, luego, llega la visitante. Paige, la tercera Cazadora de Brooklyn, aparece a la vista. Alza una ceja mirando a Benton y apoya el antebrazo contra la reja.

—¿Qué pasó, Hall? —Parece entretenida, supongo que es una buena señal.

—¿Riley te dijo algo? —pregunta él con un suspiro dramático, como si no fuera más que una broma estúpida. Cuando Paige niega con la cabeza, Benton gira a mirarnos—. Pensó que sería muy gracioso encerrarme aquí con *ellos*.

—Hombres —bufa ella, aparentemente irritada con ambos.

—¿Me dejas salir? —El chico agita las pestañas y la mira como un cachorro abandonado. Me dan ganas de vomitar y, tal vez, de golpearlo otra vez. Ella pone los ojos en blanco de nuevo y coloca la llave en la cerradura. Antes de abrir, nos mira a Archer y a mí.

—Si alguno se mueve, lo lamentará —advierte al girar la llave. La puerta se abre, y mi corazón arde con el anhelo de libertad. Benton atraviesa la puerta, pero Paige vuelve a cerrarla; entonces, mis esperanzas se desmoronan y recurro a mi magia. Si puedo derribarlos a ambos antes de que ponga llave, quizás…

Benton se lanza hacia ella y la rodea por la garganta con el antebrazo presionado en el cuello. Las llaves resuenan al caer al piso. Paige apoya los pies en la puerta y *empuja*, de modo que ambos Cazadores golpean contra la pared opuesta, pero él no afloja. Cuando la chica le rasguña el rostro, la sujeta con más fuerza. Ella se resiste hasta que sus extremidades caen inertes y se le dan vuelta los ojos al caer inconsciente. Benton la sostiene antes de que se caiga con una mano debajo de las rodillas para alzarla en brazos.

—Sostengan la puerta —dice con la voz ahogada por la emoción mientras camina hacia nosotros. Voy corriendo a abrir la puerta que sigue sin llave—. Muévete. —Me empuja para dejar a Paige dentro de la celda con cuidado. Luego se seca las mejillas con el dorso de la mano y le saca el arma de la cintura a la chica. Ya vi esa versión de Benton antes; frío e insensible con un arma en las manos. Se me cierra la garganta y es como si hubiera regresado a su habitación, pero él se guarda el arma en la cintura y camina hacia la puerta—. Vamos, tenemos que alejarnos de ella todo lo posible antes de que alguien se dé cuenta de que no estamos.

Una vez que Benton nos lleva fuera de la celda, comienza la carrera. Quiero saber a dónde nos dirigimos y cuál es el plan, pero me obligo a confiar en el chico que acaba de noquear a una compañera Cazadora para proteger a Archer. Para protegerme a mí. Usa la huella digital del pulgar para abrir la puerta hacia una escalera que no estaba en ninguno de nuestros planos y nos guía hacia arriba. Todavía no entiendo por qué hace esto, por qué no sigue el camino de Riley y de los demás. Sin embargo, con el retumbar de mi corazón en los oídos y nuestros pasos estruendosos, no puedo concentrarme en nada más que en correr hasta estar seguros. Correr a casa con mi madre.

—Ya casi llegamos —anuncia al detenerse antes de la siguiente esquina—. Una vez que salgamos, estaremos en un estacionamiento trasero. Ya es bastante tarde, así que debería estar vacío. No tendremos muchos lugares donde escondernos, por lo que debemos ser rápidos.

—¿Tienes llaves de algún vehículo? —pregunta Archer, que respira agitado.

—No —admite él—. Tendremos que correr lo más lejos posible y luego pensar qué hacer.

—Si logramos salir sin que nos vean, ¿cuánto tiempo crees que tengamos? —El detective se asoma por la esquina—. Si hay algún automóvil viejo en el estacionamiento, puedo hacer un puente con los cables en unos minutos.

—No lo sé. —Benton niega con la cabeza—. Nosotros...

—¿Hall? ¿Eres tú? —La voz de Riley llega a nosotros, y me pone tensa. Al girar, vemos que el Cazador se acerca por el camino que acabamos de recorrer—. ¿Qué haces?

—Ni un paso más. —El otro Cazador levanta el arma. Aunque le tiembla la voz, su brazo es firme. Riley se queda helado y, incluso a veinte pasos de distancia, percibo el odio en sus ojos.

—Estás cometiendo un terrible error. Si haces esto, estás muerto, Hall.

—La Orden perdió el camino, Ri. —Benton baja el arma un milímetro—. El detective está curado. Es *humano*. Se supone que debemos protegerlo.

Sus palabras aplastan mi alma (los Cazadores no curaron nada), pero está ayudándonos y, por ahora, eso debe ser suficiente.

—*Ella* no es humana —discute Riley—. Deja a la bruja y te perdonaré. Por ahora —agrega entre dientes.

Benton me mira, y noto que está considerando la oferta. Está evaluando sus opciones. Frunce el ceño y cierra los ojos con fuerza antes de negar con la cabeza.

—Por favor, Hannah —susurra—. No hagas que tenga que dispararle.

—No me quedaré aquí.

—No te estoy pidiendo eso —dice con lágrimas en los ojos—. Pero no quiero dispararle. ¿Puedes hacer algo?

Por fin lo entiendo, pero, antes de que pueda acceder a mi poder, Riley se lanza hacia nosotros.

—¡Cuidado! —grito y, de repente, todo sucede muy rápido.

Benton gira.

El arma se dispara.

Alguien grita.

Y luego Riley está en el suelo sujetándose la pantorrilla. Está gritando y maldiciendo, pero perfectamente vivo. Benton retrocede, pálido y tembloroso, y deja caer el arma, que rebota contra el suelo.

—Vamos. —Archer nos insta a los dos, con el rostro hinchado y retorcido de dolor.

Vamos tropezando tras él.

Y volvemos a correr.

# 25

DESPUÉS DE QUE EL DISPARO ALERTARA A LOS DEMÁS CAZADORES de nuestro escape, corremos hacia los árboles y no nos detenemos hasta quedarnos sin aliento. Entonces, seguimos caminando hasta que las piernas están a punto de fallarnos. Cuando estamos al borde del colapso, Archer se mete en un estacionamiento abandonado y sale diez minutos después conduciendo un viejo automóvil sedán.

Volvemos a Salem en silencio, Archer y yo en los asientos delanteros y Benton hecho un ovillo atrás, con las rodillas contra el pecho y la mirada en el paisaje cambiante. Me prestó su teléfono para que llamara a mi madre. Aunque ella no atendió a un número desconocido, le dejé un mensaje, así que volvió a llamar menos de un minuto después. Escuchar su voz, comprobar que está con vida, furiosa y aliviada a la vez, fue suficiente para liberar el último rastro de tensión de mi corazón. Durante la hora de viaje a Salem, entro y salgo de un sueño superficial.

—¿Lo llevaremos a la estación de policía o a prisión? —pregunto cuando nos acercamos al pueblo.

—A ninguna de las dos —dice Archer de forma sorpresiva—. Como perdimos a los otros tres Cazadores, él es la única conexión que nos queda con la Orden. —No menciona que es mi culpa que Riley y los demás se hayan escapado, pero no tiene que hacerlo. Lo fue—. Podría ser útil.

Miro al chico por el espejo retrovisor: luce tan inquieto como yo por el plan, aunque imagino que por otros motivos.

Cuando por fin estacionamos en la entrada de mi casa, todas las luces están encendidas. Las cortinas se agitan y, luego, mi madre sale hecha un mar de lágrimas. Me abraza tan fuerte que me deja sin aire.

—Nunca, jamás, volveré a dejarte ir. —Aprieta con más fuerza—. Nunca volverás a salir de esta casa.

—Deberíamos entrar —dice Archer tras aclararse la garganta. Mi madre me suelta, pero cuando ve a Benton, el aire a nuestro alrededor se crispa de inmediato.

—¿Qué hace *él* aquí?

—Adentro —repite el detective, ahora más en tono de orden que de pedido, y lleva al chico hacia la casa sin esperar respuesta. Ella percibe las heridas en las manos y en el rostro de Archer y jadea con preocupación mientras me apresura tras ellos.

Bajo el brillo de la luz artificial, Benton luce peor de lo que yo me siento. Es difícil imaginar que alguna vez fue el chico sonriente que conocí en la escuela. Y es aún más difícil recrear, en su rostro amoratado e hinchado actual, la expresión retorcida de disgusto de la noche en que intentó quemarnos vivas. No puedo creer que nos haya protegido. No puedo creer que le haya disparado a Riley para ayudarnos a escapar. Pareciera que él tampoco lo puede creer.

Intento reprimir la compasión hacia él, pero mi estúpido corazón se comprime al verlo caminar con cautela por mi casa. Tiene las costillas adoloridas por el golpe de Riley y no dejan de temblarle las manos. A regañadientes y tras varias amenazas solapadas hacia Benton, mi madre nos deja en la cocina para ir a hablar con Archer en la sala. Cuando se va, busco dos vasos, sirvo agua y le doy uno a él.

–Gracias –responde. Mientras bebemos, el aire se carga con el peso de las cosas por decir. Me pregunto si él recordará todas las veces que nos reímos y bromeamos juntos en la clase de Arte. Si se acordará lo mucho que nos preocupábamos uno por el otro antes de descubrir que estábamos en lados opuestos de un enfrentamiento a muerte. Vacío mi vaso y me acerco al grifo para llenarlo. Mientras le doy la espalda, su voz atraviesa mi pecho.

–Lamento lo que hicieron mis padres. Son… No lo sé. Han cambiado mucho desde el verano. –Se pasa la mano libre por el cabello y termina el agua.

–Pero dijiste que aún nos drogarías si pudieras, ¿o no? –La rabia endurece mi corazón–. Todavía piensas en arrebatarnos la magia si pudieras.

–Eso no significa que quiera que mueras.

–Tampoco hace que esté *bien*.

El tono elevado atrae a mi madre y a Archer a la cocina. El aire se enfría, pero es ella quien lo está manipulando, no yo. Cada vez que mira a Benton, la temperatura baja un grado más.

—Los Mayores llegarán pronto —anuncia el detective y nos mira a ambos—. Cal, las Conjuradoras de Nueva York y Alice también. Intentaremos descubrir cómo hicieron para atravesar la barrera y luego planearemos el próximo paso.

—Deberías arreglarte —dice mi madre—. Archer y yo lo encerraremos abajo. —No pronuncia el nombre de Benton, y no puedo culparla. Es un milagro que deje que siga respirando en este momento, así que no digo nada mientras lo escoltan al sótano. Una vez que desaparecen, busco ropa limpia en mi habitación y me ducho con el agua tan caliente como puedo tolerar. Las gotas caen sobre mi piel y, quizás sea solo una ilusión, pero podría jurar que nutre mi cuerpo de energía otra vez. Después de vestirme, vuelvo a la habitación a peinarme y tomarme unos minutos más para mí antes de tener que revivir todo para el Consejo.

Afuera, oigo que la puerta se abre y se cierra.

Un poder intenso recorre la casa, mientras que el aroma a flores silvestres y a césped recién cortado llegan hacia mí. Hay otro Elemental en la casa, alguien muy poderoso. Archer mencionó que vendrían los Mayores, pero nunca me detuve a pensar que eso incluía al Mayor Elemental. El aire zumba a mi alrededor, así que abandono la seguridad de mi habitación. Archer y Cal están conversando en voz baja en la cocina, y el detective tiene una bolsa de hielo sobre el ojo hinchado. Además, alguien le vendó las manos en este tiempo. Ambos se quedan callados al verme, y Cal me sonríe.

—¿Cómo estás? —pregunta.

—Lista para colapsar —respondo y me encojo de hombros.

—Me preocuparía si no fuera así —afirma antes de atravesar la cocina para abrazarme.

—Vamos —interviene Archer—. Los Mayores nos esperan.

Mi madre está en la sala al lado de mi abuela, cuya apariencia está al borde de quebrarse como nunca la había visto antes. Tiene los labios apretados y los brazos cruzados en actitud defensiva sobre el pecho. Sin embargo, al verme, algo dentro de ella se quiebra. Su postura rígida se desmorona y corre hacia mí. Tengo que contener el impulso de retroceder porque *jamás* en la vida vi correr a mi abuela. Luego me abraza con fuerza y me pongo rígida antes de obligarme a corresponderla.

—Gracias a la Segunda Hermana —susurra entre mi pelo antes de alejarse y, por fin, dejar al resto de los presentes a la vista.

Ahora que los veo, estoy segura de que el hombre negro de edad avanzada junto a la Mayor Keating es el Mayor Elemental. El aire parece acumularse alrededor de él y tiene una chispa de poder que me hace querer hablar en voz baja. Viste un traje negro elegante, camisa blanca y una corbata de color verde oscuro. Tiene algunos cabellos canos en la barba prolija y la cabeza rasurada. A pesar de los cabellos grises, es difícil adivinar su edad. Apenas tiene arrugas alrededor de los ojos en su piel morena, pero su mirada es como un pozo profundo de sabiduría. Archer confirma mi suposición al presentarlo como el Mayor Hudson.

Detrás de los dos Mayores se encuentran las brujas a las que acusé de traición.

Bueno, casi todas.

Alice está desparramada en el sofá, examinándose las uñas como si todo esto la aburriera. Sin embargo, cuando levanta la vista hacia mí, su mirada es asesina. Dado que ella está ocupando todo el sofá grande, las dos Conjuradoras comparten el de un cuerpo. Coral está sentada en el asiento con un suéter tejido naranja y amarillo, mientras que Lexie está en el apoyabrazos y analiza a todos los reunidos con detenimiento. Viste vaqueros, botas con tacón color café y una camiseta de manga larga con la estampa de lo que parece un símbolo químico. Cuando me descubre mirándola, alza una ceja.

—Es la fórmula química de la cafeína.

—¿Alguien nos dirá por qué estamos aquí? —Alice suelta un suspiro dramático—. Ya cumplí con mi parte. Mis patrocinadores están amenazando con cancelar la gira si mi "enfermedad" misteriosa no termina pronto.

Coral se mueve con incomodidad mientras ella habla, pero Lexie, de hecho, coincide.

—Yo tengo que volver a la universidad. No puedo seguir faltando a clases.

—Están aquí —interviene Keating con una mirada seria hacia sus Conjuradoras—, porque alguien traicionó a los Clanes. —Archer debió haberle contado mis teorías mientras me bañaba y es aterrador escucharlas de su boca. Que ella también las crea las vuelve más reales.

—¿De qué está hablando? —Coral se adelanta hasta el borde del sofá, como si estuviera lista para salir disparada en un instante—. ¿Por qué alguien haría eso? ¿Podría explicarlo?

—¿Podrías explicarlo? —Keating me da la palabra.

—Eh… —Intenté evitar hacer acusaciones desde que pensé que un compañero de clases (que estaba jugando con magia oscura pagana para vengarse de su horrible padre) era un Brujo de Sangre. Pero este no es momento de perder la calma—. No sabemos *por qué* exactamente, pero los Cazadores han estado un paso delante de nosotros todo el tiempo. No pudieron haber hecho todo esto solos. Alguien debió ayudarlos a atravesar la barrera anoche.

—¿Y qué? —Alice se sienta derecha, ya no quedan rastros de desinterés—. ¿Crees que alguna de nosotras lo hizo?

—Es ridículo —agrega Coral mientras se acomoda las gafas de montura rosa. Por su parte, Lexie aprieta los labios.

—No, es ofensivo. ¿En qué demonios estás pensando, bruja de viento?

—Ya me llamaste así antes —comento, a lo que ella pone los ojos en blanco—. Si no fue una de ustedes, debe haber sido Tori. Ella *odiaba* a Alice y, al final, también a mí. Pudo haber ayudado a los Cazadores a crear la droga.

—No fue ella —niega Coral. Luego mira a Lexie y, cuando asiente con la cabeza, continúa—. Después de que se fueron, Tori perdió el control y no dejaba de quejarse de que había sido nuestra culpa que el plan fallara. Al final, la llevamos frente al Consejo.

—¿Tori Whitman? —El Mayor Elemental frunce el ceño, pensativo, y se dirige a Keating—. La sentenciamos en junio, ¿no es así?

—Sí, la recuerdo —asiente ella después de un momento—. No se podía razonar con ella, así que le quitamos la magia y le borramos la memoria. Se reunió con un pariente después de eso, ¿no?

—¡Hannah! —La puerta delantera se abre de un golpe y la voz de Gemma resuena por toda la casa.

Entonces, una sensación de desasosiego inunda mi corazón.

Morgan aparece un segundo después con Gemma detrás. Al ver a la asamblea de brujas, se detienen en seco e intercambian miradas de preocupación.

Y, en un instante, se desata el infierno.

## 26

ALICE ES LA PRIMERA EN PONERSE DE PIE, CON LAS MEJILLAS
sonrojadas.

—¿Quién demonios es ella? —Mira Gemma y luego a mí—. ¿Es otra
de tus sospechosas?

—Gemma no… —Las palabras se apagan en mis labios y mi piel
cosquillea ante la atención de todos los brujos y brujas reunidos. No
hay forma de que termine la oración sin generar más interrogantes.

*Gemma no es bruja.*

*Gemma no es parte de esto.*

Solo que… sí lo es.

Miro a mi madre, pero su mirada es cautelosa y sospechosa. Ni siquiera me atrevo a mirar a lady Ariana, ambas me matarán cuando se

enteren de que Gemma sabe todo. Al otro lado de la sala, ella tiene los ojos desorbitados de miedo, pero asiente con la cabeza para darme valor.

Está en esto conmigo.

No más secretos.

—¿Qué está pasando, Hannah? —La Mayor Keating se acerca con una expresión totalmente neutral.

—Gemma nunca nos traicionaría. Ella... lo sabe todo. Sobre mí y sobre los Clanes.

—*Hannah*. —La voz impactada de mi madre acalla a todos los demás. Ella absorbe todo el calor del aire, pero lady Ariana o el Mayor Hudson debe recuperar el control porque el frío no dura mucho tiempo. Siento el peso de sus miradas, de su enojo, su desconfianza y de su sensación de traición.

—Perfecto —dice Alice en tono burlón—. ¿Cómo pudiste sentarte ahí a acusarnos de traición cuando fuiste *tú* quien le contó todo a una Reg?

—Gemma no se lo dijo a nadie —argumento, aunque la excusa suena débil hasta para mí. Miro a mi madre en busca de apoyo, pero la decepción en su mirada es demasiado para mí—. No era mi intención, mamá. No tuve opción. Cuando Benton hizo que mi automóvil cayera al río, tuve que usar magia para sobrevivir. De lo contrario, nos hubiéramos ahogado.

—Pero dijiste que ella había perdido el conocimiento cuando cayeron —replica negando con la cabeza.

—Lo siento. —Se me quiebra la voz y las lágrimas amenazan con derramarse—. Tendría que haber dicho la verdad, pero tenía miedo. —Busco el apoyo de Archer y de Cal, pero veo apenas un rastro de interés controlado en ellos—. Juro que nunca le hablé de nadie más de nuestro aquelarre. Nunca planeé contarle sobre las Brujas de Sangre tampoco, solo que…

—Solo que nos escuchó hablando en el hospital —concluye Morgan—. Gemma siempre estuvo apoyándonos. No haría nada que perjudicara a los Clanes.

—Las brujas de este pueblo están fuera de control. —Lexie se aprieta el puente de la nariz desde el sofá—. ¿Ya podemos volver a lo nuestro? —le pregunta a Archer.

Hay suspenso en la habitación, un segundo de silencio en el que creo que todo podría estar bien. Quizás, con todo lo que está pasando, el hecho de que Gemma lo sepa sea demasiado insignificante como para preocuparnos. Me permito creer en un mundo en el que ella pueda asistir a las reuniones del aquelarre y estar en casa sin que tenga que ocultarle a mi madre que sabe todo.

—Nadie se irá hasta que resolvamos esto —dice el Mayor Hudson en tono fuerte y resonante—. Su amiga no sufrirá ningún daño, señorita Walsh, pero debemos borrarle la memoria.

Sus palabras son como una daga y me aflojan las rodillas. Morgan se acerca para ayudarme, pero me esfuerzo para recuperarme sola. Él no es el único Mayor en la sala, Keating podría ayudar. Ella puede solucionar esto.

—Por favor, no lo hagan. Gemma no se lo dirá a nadie. Ella podría ayudarnos.

—Hannah… —La Mayor Keating pronuncia mi nombre en parte como advertencia, en parte como consuelo, así que aprovecho la oportunidad.

—Por favor —suplico—. Ella no es como la esposa de su hermano. No nos odia. No hará nada que nos perjudique.

Una chispa atraviesa la mirada de la Mayor, algo sutil, victorioso y anhelante. Por un instante, me siento mal por haber invocado al hermano que perdió, pero Gemma y yo no tenemos por qué compartir la misma suerte. Las cosas podrían ser diferentes esta vez. Keating mira a su colega sobre su hombro.

—Puede que tenga razón, John. Quizás sea hora de que salgamos de las sombras. Los Cazadores no podrán asesinarnos con impunidad si el mundo sabe quiénes somos.

—Guardar el secreto es lo único que nos mantiene a salvo. —El otro Mayor niega con la cabeza—. No podemos permitirnos crear más enemistades.

—¡Abre los ojos! No estamos *a salvo*. Ve lo que los Cazadores nos hicieron: nos pusieron a unos contra otros; nos robaron la magia y nos torturaron. Tenemos el poder de cambiar el futuro para nuestros Clanes. Todo lo que debemos hacer es sacar la cabeza de nuestros traseros en lugar de apegarnos a leyes anticuadas.

—Katherine… —Hudson exhala despacio, como si hubiera tenido la misma discusión una docena de veces.

—No, John. No puedes seguir postergando este asunto. ¿Qué tiene que pasar para que te convenzas? Nos atacan de todos los frentes. Docenas de Elementales han perdido la magia. Si alguna vez hubo un buen momento para cambiar las leyes, es este. —Señala a Gemma—. Compartir nuestros secretos con Regs en los que confiamos es lo menos que podemos hacer.

—Puede que pronto llegue ese día —sostiene él con la voz irritantemente tranquila—. Pero no podemos dejar que nuestros enemigos nos obliguen a tomar esa decisión.

—¿Disculpen? —interviene Gemma por lo bajo en medio de la

discusión de los Mayores. Levanta la mano como si estuviera por hacer una pregunta en clases y luego espera con paciencia hasta que le den la palabra antes de hablar–. ¿Se me permite opinar sobre lo que piensan hacerme?

–Eso creo –responde Hudson con un rastro de sorpresa en la voz–. Asumo que está de acuerdo con mi contraparte, la Mayor Conjuradora.

–¿En verdad cree que estarán más seguros si yo no recordara nada? –pregunta mientras me aprieta la mano con fuerza.

–Sí, niña. Eso creo.

–¿Todos están de acuerdo? –Mira alrededor y todos los brujos y brujas presentes asienten con la cabeza. Cal me mira con pesar antes de hacerlo. Por su parte, Keating se cruza de brazos y niega con la cabeza.

–Esto es un error. –Su voz es amarga y enojada, y hace que me pregunte cuántas veces ha luchado para cambiar las leyes del Consejo desde la muerte de su hermano. Una lucha que haría que estuviera bien que Gemma sepa todo. Mi amiga se muerde el labio inferior, pero, después de un momento, también asiente con la cabeza.

–Entonces, también estoy de acuerdo –dice y vuelve a apretarme la mano–. Si eso hará que Hannah esté más segura, quiero que me borren la memoria.

# 27

A MI ALREDEDOR, EL MUNDO COMIENZA A GIRAR FUERA DE CONTROL.

—Gemma, no puedes hacer esto. No volveré a esconderme con ella. No quiero volver a hacerlo. Por favor —suplico, aunque no estoy segura de quién espero que me salve de esto—. Tiene que haber otra forma. No quiero perder a Gemma también.

—No me perderás. —Ella gira, me coloca las manos sobre los hombros y me mira a los ojos—. Todo estará bien. No dolerá, ¿cierto? —le pregunta a Keating sobre mi hombro, pero la Mayor no responde, sino que se dirige al resto de los miembros del Consejo.

—Si quieren hacer esto, bien. Pero no esperen que participe de otra de sus decisiones regresivas. Volveré al hotel —sentencia y luego cierra la puerta de un portazo al salir.

—No se preocupe, señorita Goodwin —dice Archer en vistas de la retirada de su Mayor—. No dolerá. Cal cuidará muy bien de usted.

—Podemos ayudar —sugiere Coral y se levanta del sofá—. A menos que Lexie quiera que sigamos trabajando en el diario.

—Lo que necesiten —dice su amiga encogiéndose de hombros.

—¿Eso significa que ya no somos sospechosas? —Alice vuelve a desplomarse en el sofá—. ¿O todo este asunto del traidor estará en pausa mientras lidiamos con la mínima traición de la señorita Salvadora?

Todos la ignoran y luego los Conjuradores llevan a Gemma a la cocina. Intento seguirlos, pero Archer coloca una mano vendada sobre mi hombro.

—Solo necesitan unos minutos para adaptar la poción para tu amiga. Después tendrás algunas horas hasta que esté lista. Puedes esperar con ella hasta entonces.

—Odio esto —afirmo con la voz quebrada llena de arrogancia que quisiera eliminar. Pero a él no parece importarle.

—Lo sé.

Esperamos juntos, con mi madre y lady Ariana a mi lado. Morgan se mueve nerviosa al otro lado de la habitación, debajo de la arcada del corredor. Aunque nadie habla, percibo el apoyo de mi madre y la decepción de mi abuela, y no puedo mirar a ninguna de las dos. Finalmente, Cal trae a Gemma de vuelta.

—¿Por qué no se toman un momento para ustedes? —sugiere Archer—. Supervisaré a las Conjuradoras.

—¿Qué hay de mí? —pregunta Alice. Mi abuela posa su mirada gélida sobre la descarada Bruja de Sangre.

—Puedes quedarte aquí. —Pronuncia cada palabra con una calma tan fría que drena todo el color del rostro de la chica.

–Vamos –nos insta Morgan con un rastro de conmoción en la voz. La seguimos a mi habitación y, en cuanto cerramos la puerta, sus mejillas se llenan de lágrimas–. Esto es mi culpa. Mi madre no me dejaba venir, pero tenía que saber si estabas bien –lamenta mientras se seca el rostro–. Tenía mucho miedo.

–Ambas teníamos miedo –agrega Gemma–. Y también es mi culpa. Yo te convencí de que te escaparas para que viniéramos a verla.

–Odio esto –repito. No culpo a ninguna de las dos, pero mis labios no pueden formar otras palabras. Al parecer, eso es lo único que sé decir ahora.

Odio perder a mi mejor amiga.

Odio que sea *mi* Mayor el que me la arrebate, mientras que Keating parece estar lista para crear un cambio.

Odio que cada vez que creo haber alcanzado el límite de lo horrible que podría ser mi vida, el universo se ría de mí y vuelva todo mucho peor.

–Estaré bien –nos consuela Gemma–. No iré a ningún lado y seguiré siendo tu mejor amiga.

–Pero siempre odié ocultarte cosas. –Me tiembla la voz. No debería ser esto lo que me quiebre, pero lo es. Es una pérdida que nunca imaginé–. No puedo volver a eso.

–Puedes y lo harás.

–Gemma…

–Hannah… –imita mi tono lastimoso arrastrando la última sílaba–. Estarás bien. Siempre te amaré, así sepa que eres bruja o no.

–¿Lo prometes?

–Por supuesto.

–Bueno –respondo en un intento de controlar mis emociones–.

Ya que es el último día en el que sabrás de la existencia de las brujas, ¿quieres preguntarnos algo?

—¿Además de todo?

Me hace reír, aunque suene desanimada. Luego paso las dos horas siguientes contándole absolutamente todo lo que sé de mi Clan. Las historias y creencias sobre nuestro origen, los años de práctica, los anillos de atadura hasta los trece años. Morgan hace una deslumbrante lagartija con una sola mano y admite que las Brujas de Sangre pueden controlar sus períodos, incluso pueden suspenderlo por completo, y eso nos pone muy celosas a Gem y a mí.

Pero nos reímos y olvidamos (al menos durante unos minutos) lo que nos espera al otro lado de la puerta.

—¿Chicas? —Un llamado a la puerta interrumpe a Morgan en medio de una parada de manos y casi hace que se caiga. La voz de mi madre atraviesa la madera, pero al menos no entró sin más—. Estamos listos.

—Supongo que es hora. —Gemma suelta un extenso suspiro.

—Estaré a tu lado todo el tiempo —prometo a pesar de que no sé si Archer me lo permitirá—. Nunca olvidaré lo genial que fuiste estos meses. No olvidaré lo que estás haciendo para ayudarme.

—Estaré bien, Hannah. —Me envuelve en un abrazo fuerte con sus brazos largos, pero sus palabras suenan menos seguras y, cuando se aparta, tiene los ojos llenos de lágrimas—. Y aunque tú lo recordarás, yo no sabré que debo estar enojada contigo. —Una carcajada se queda atorada en mi garganta y necesito de todas mis fuerzas para no romper en llanto en ese preciso momento.

—Al menos habrás conocido a brujos de todos los Clanes. Debes ser la única no-bruja que ha visto todas las clases de magia.

—Tendrás que recordar eso por mí. —Sonríe, pero es un gesto cargado de tristeza. Una curva en sus labios que no alcanza a esconder el dolor en sus ojos. Ella y Morgan salen primero, pero mi madre me detiene.

—Mamá, necesito estar con ella.

—Lo sé, cariño. —Extiende los brazos y me envuelve en ellos—. Quiero que sepas que no estoy enojada. Gemma es muy buena amiga y me alegra mucho que cuentes con ella. Siempre será bienvenida.

—Gracias, mamá. —La correspondo, pero tengo que soltarla primero. Cuando llegamos a la sala, solo nos esperan Archer, Cal y el Mayor Hudson. Sobre la mesa hay un vaso de líquido nacarado y brillante, como si fueran perlas derretidas.

—Tu abuela se llevó a las demás a su casa —explica el detective al notar mi confusión—. Aún tenemos que interrogarlas respecto a sus posibles conexiones con los Cazadores.

—La poción se sentirá extraña en la garganta, pero no te dolerá —explica Cal mientras corre una silla para Gemma.

—¿Sabré por qué estamos todos aquí? —pregunta ella al tiempo que olfatea el contenido del vaso—. Si no recuerdo nada de magia, sabré que… Lo siento, no sé su nombre.

—Me llamo John Hudson —responde el Mayor con una sonrisa—. Y no, no recordarás qué conexión tengo con Hannah. Me iré enseguida con lady Ariana, pero antes quería agradecerte por hacer esto. Es más fácil cuando es voluntario. —Luego se disculpa y, cuando cierra la puerta al salir, Cal desliza el vaso con líquido perlado hacia Gem.

—Te sentirás desconcertada cuando te despiertes, pero pasará enseguida. Tu mente tendrá que llenar los huecos en donde solía estar la magia. —Le ofrece una sonrisa alentadora—. El cerebro humano es muy hábil protegiéndose a sí mismo de esa clase de incongruencias. Estarás bien. Archer y yo esperaremos en la cocina hasta que te vayas.

—Bueno, supongo que eso es todo. —Levanta el vaso como si fuera a brindar—. Por no recordar que soy la única *muggle* en la sala. —Luego bebe todo el líquido brillante de un solo trago y hace una mueca al dejar el vaso sobre la mesa—. Vaya, esa cosa es extraña. ¿Qué demonios…? —Sus ojos se agitan muy rápido antes de cerrarse por completo, y todo su cuerpo queda inerte sobre la silla.

—¿Gemma? ¿Gemma, estás bien? —Me acerco a ella, pero Morgan me retiene.

—Cal dijo que debíamos dejar que la poción haga efecto.

—Pero…

Tan de repente como cayó inconsciente, vuelve en sí. Se estira como si acabara de despertarse de una siesta y, cuando abre los ojos, me mira completamente desconcertada. Las pupilas dilatadas ocultan el azul de sus iris, pero luego parpadea y es la misma de siempre.

—¿Hannah? ¡Por Dios, Hannah! ¡Estás bien! —Se levanta de un salto para darme un abrazo—. ¡Estaba muy preocupada por ti! ¿Qué pasó? ¿Por qué faltaste a la escuela los últimos dos días?

—Estoy bien, no te preocupes. —Tengo que resistir las lágrimas antes de alejarme para mirarla. Parece la misma de siempre—. ¿Qué recuerdas? —pregunto, y una nube de confusión atraviesa sus ojos.

—Estábamos en el baile y descubrimos que Benton había escapado de prisión. Luego faltaste el lunes a la escuela, lo cual era esperable. Pero cuando volviste a faltar hoy y nadie me decía qué estaba pasando… —Niega con la cabeza como si intentara explicar algo confuso—. Estaba preocupada y después Morgan me envió un mensaje diciendo que estabas en casa… ¡Ay, Dios! ¿Benton te secuestró? ¡Si te lastimó, lo *mataré*!

—La policía nos tiene en custodia protegida —explica mi madre, que está sentada frente a ella–. No deberían vernos hasta que ese chico vuelva a prisión.

La mirada de Gemma pasa de una a la otra y parece lastimada, pero, eventualmente, asiente con la cabeza.

–¿Y por qué están en casa, entonces? ¿Ya están a salvo?

–Un poco –dice mi madre–. El detective está en la otra habitación. Lo lamento, Gemma, pero no deberíamos tener visitas por ahora.

–Ah. –Su expresión se desmorona–. Lo lamento, señora Walsh. ¿Me escribes? –me dice mientras me aprieta la mano.

–Claro.

–¿Vienes, Morgan? –Mi novia me mira, pero no sé cómo explicar que estaría bien que ella se quedara si Gemma tiene que irse.

–¡Ya voy! –responde con una sonrisa forzada.

–¿Estás segura de que todo está bien? –pregunta Gem cuando llegamos a la puerta.

–Sí, todo está bien. –La abrazo una vez más antes de dejarlas ir–. Te llamaré después. –Me quedo en la entrada esperando a que arranque el coche y desaparezcan de la vista. Una vez que se van, Archer se acerca a mí con una mano en las costillas.

–Odio esto –le digo mientras, por dentro, me prometo que será la última que pronuncie esas palabras. No me ayudarán a solucionar nada.

–Lo sé. Quizás un día puedas volver a contárselo. Quizás nuestras leyes evolucionen, pero no podemos tomar la decisión en nombre de todos. No podemos dejar que los Cazadores nos obliguen a hacerlo. –Nos quedamos en silencio durante mucho tiempo, en el que escucho a Cal y a mi madre susurrar en la cocina.

–¿Puedo preguntarle algo? –Espero a que asienta e intento

formular la pregunta de una forma coherente–. Si los Conjuradores pueden borrar la memoria, ¿por qué no lo han hecho con los Cazadores? ¿Por qué no les borran los recuerdos de la magia y seguimos con nuestras vidas?

–Gemma solo supo de la existencia de la magia durante unos pocos meses. Se vuelve más difícil cuando algo está muy arraigado en la mente. –Va de regreso a la sala a sentarse, con una de las manos vendadas sobre la mesa de madera brillante–. Aunque logremos borrar todos los recuerdos de la magia, los Cazadores a los que no logremos borrárselos todos podrán volver a adoctrinar a los demás.

–Pero ahora tenemos a Benton, podemos probar la poción con él para asegurarnos de que funcione. –Si pudiéramos borrarle la memoria de la magia a todos los Cazadores, acabaríamos con esto. Nuestro secreto estaría a salvo y nadie más tendría que morir.

–Cal ha estado trabajando en eso durante semanas, pero crear una poción de gran espectro como para que afecte a todos es casi imposible.

–Tú me diste la idea, Hannah –interviene Cal, que apareció en la sala con mi madre y se sentó frente a Archer–. Fue ese día en el Caldero, cuando sugeriste que regresáramos en el tiempo para evitar que los Cazadores descubrieran la magia en primer lugar. Creo que estoy cerca de lograr algo.

–¿De verdad? –La voz de Archer está cargada de tanta esperanza que me dan ganas de explotar–. Creí que estabas teniendo dificultades.

–Lexie estuvo ayudándome. Si aún se lo permiten, creo que no tardaremos mucho más. Una semana, dos a lo sumo. –El chico tamborilea los dedos contra la mesa mientras mira al detective–. Aunque no descubrí cómo hacer que no afecte a los brujos y brujas que fueron drogados.

—Puede que no tengamos tiempo para esperar a que eso pase —responde Archer—. Y todavía tenemos que pensar en una forma de esparcir la poción para llegar a todos los Cazadores de una vez. Mientras que uno solo tenga recuerdos, seguiremos en peligro.

—Podríamos ponerla en el agua —sugiero—. Usaremos sus propios métodos en su contra.

—Eso deja mucho margen de error —niega Archer—. Puede que ya estén evitando el agua corriente por su droga.

—Entonces, haremos lo que ellos no pudieron. —Una sonrisa se despliega en mis labios cuando la idea toma forma—. La lanzaremos al aire.

# 28

EL RESTO DE LA SEMANA TRANSCURRE EN UN REMOLINO DE investigaciones, lecciones de magia y creación de pociones.

Y tarea. Mucha tarea.

Archer logra que falte a la escuela con la excusa de que debo mantenerme segura hasta que encuentren a Benton, pero, de todas formas, mi madre se contacta con los profesores para que me envíen la tarea a casa. Mientras los Mayores interrogan a Lexie, Coral y Alice sobre sus posibles conexiones con los Cazadores, yo escribo ensayos y despejo $x$.

También trabajo con lady Ariana para recuperar el control de mi magia. Ya puedo acceder a los elementos y por fin dejó de doler, pero igual se siente… diferente. Aunque es posible que mi poder nunca vuelva a ser igual, está bien. Es lento y mi tolerancia apesta, pero es *mío*.

Mientras me mantengo ocupada con mi abuela y poniéndome al día con la escuela, los Mayores se encargan de las brujas a las que acusé. Primero interrogan a Lexie, luego a Coral y, al final, a Alice. Todas quedan libres de culpa y cargo y, milagrosamente, no abandonan Salem de inmediato.

Supongo que porque creen que tengo razón. *Alguien* traicionó a los Clanes.

Solo que no fue ninguna de ellas.

Archer sigue la búsqueda del espía interrogando a cualquiera que pueda haber tenido acceso a nuestros planes, incluido todo nuestro aquelarre. Por su parte, Alice trabaja con los padres de Morgan para aprender las técnicas de sanación que desconoce por haber quedado huérfana de joven. Coral y Lexie siguen ayudando a Cal con la poción de la memoria, Lexie incluso incorpora algunos elementos de la investigación de David.

No sé de ninguno de ellos hasta el sábado, cuando nos informan que los Conjuradores tuvieron éxito: crearon una versión de la poción que debería funcionar en personas que no tengan magia en las venas. Archer me llama cuando estoy calculando la velocidad de un objeto en caída libre y me invita a la prueba; quiere que sea yo quien impulse la droga al aire. Técnicamente, cualquier Elemental podría hacerlo, pero debe saber lo que significa para mí poder terminar algo que ayudé a empezar.

Mi madre va conduciendo y, con la ansiedad de ambas combinada, el automóvil está helado. Al llegar a la casa de Archer, la brisa fresca de octubre es como un cálido alivio. Detrás de nosotras, otro vehículo reduce la marcha sobre la gravilla, y giro para encontrar a Morgan y a sus padres estacionando atrás.

—No sabía que vendrías —le digo cuando baja.

—Cal pensó que te gustaría que esté aquí —responde mientras se cierra el suéter con fuerza y me toma de la mano. A pesar de que sus dedos entrelazados con los míos me calientan el corazón, no detienen los pensamientos que dan vueltas por mi cabeza. Era imaginable que probaríamos la poción en Benton, pero no sé cómo me siento al respecto de quitarle los recuerdos. No sé qué significará para las emociones que se debaten en mi pecho.

Benton intentó matarme.

Me rescató de su familia.

Y, por más que no me quiera muerta como el resto de los Cazadores, me robaría mi magia si pudiera.

—Todo estará bien —asegura Morgan al guiarme hacia la casa—. Si no funciona, Cal puede volver a intentarlo. —La sigo al porche, en donde nuestros padres esperan.

—¿Lista? —pregunta mi madre.

—Tanto como podría estarlo. —Aprieto la mano de mi novia y doy un paso adentro.

Encontramos a Archer en el recibidor con expresión sombría.

—Alice está vigilando a Benton. Por aquí. —Nos lleva a la sala, en donde el chico está sentado solo en el sofá. Luce como si no hubiera dormido mucho desde que volvimos a Salem, pero estoy segura de que eso tiene más que ver con su consciencia sucia que con el Consejo. Alice lo observa desde una esquina, con el cabello ondulado suelto sobre los hombros y los brazos cruzados en el pecho. Me mira por un instante, pero sigue vigilando con atención al Cazador suelto. Él alza la vista cuando entramos, y puedo ver el destello de miedo en sus ojos.

—Hannah —dice y se levanta para acercarse.

—Siéntate, bastardo. —Alice aprieta los puños, y supongo que debe haber tomado una muestra de sangre de él, porque Benton se estremece y vuelve a sentarse de forma extraña.

—No iba a lastimar a nadie —protesta, con el miedo más notorio ahora. El poder que Alice usó contra él es todo lo que le enseñaron a odiar, sin embargo, no le está lanzando insultos—. ¿Qué está pasando? ¿Qué me harán?

El temblor de su voz le provoca sensaciones extrañas a mi corazón. *Intentó matarte*, me recuerdo, pero otra voz me contradice. *También te salvó. Está perdido.*

De repente, desearía no haber accedido a esto, pero antes de que pueda arrepentirme, Cal llega con la poción en una mano y una máscara antigás en la otra. Le pasa la máscara a Archer, que asiente ligeramente con la cabeza.

—¿Para qué es eso? —pregunto, y un rastro de desesperanza atraviesa el rostro del detective antes de que logre ocultarlo.

—Como hablamos antes, la poción afectará a cualquiera que no tenga magia. —Se coloca la máscara, pero debe ver mi pesar, porque vuelve a subirla para no tapar su rostro todavía—. Fue un buen plan, Hannah. Nos dará el tiempo necesario para traducir el trabajo de David y crear un antídoto. Los Mayores estaban impresionados.

—Así es —dice Keating al aparecer en la habitación—. Esperemos haber puesto nuestra confianza en el lugar correcto. —Les hace señas a Cal y a Archer—. Comencemos.

—¿Comenzar con qué? —Benton intenta levantarse otra vez, pero hace una mueca de dolor cuando la magia de Alice lo mantiene en su lugar—. ¿Qué me harán?

—No se preocupe, señor Hall, no le dolerá. —El detective gira hacia mí–. Una vez que Cal saque la tapa, tendrás que vaporizar la poción y asegurarte de que él la inhale. No es necesario que uses demasiado.

Asiento con la cabeza al tiempo que busco el palpitar de poder en mi pecho. Todavía siento que es un milagro que haya vuelto a funcionar. El aire responde a mi llamado, se arremolina a nuestro alrededor y alborota mi cabello.

–Lista.

–Aquí vamos –susurra Cal y retira el tapón de corcho.

La poción dentro del vial no se parece a nada que haya sentido antes. Me preocupa que mi poder separe la base acusa de todos los demás ingredientes, como hizo con la pintura que manchó la alfombra de mi antigua habitación en el verano, pero la poción Conjuradora palpita a ritmo con mi magia y responde a mi orden. Saco una pequeña porción de líquido del vial, que forma una clase de perla amorfa flotante. Me tiemblan las manos, pero doblego el aire a mi voluntad para mezclar los elementos hasta que se forma un rocío suave. Benton se sacude cuando la poción aérea se acerca.

–No, Hannah, por favor. –Le tiembla la voz, pero no tiene a dónde escapar. Por primera vez, él es el cazado. Intenta contener la respiración para salvarse, pero no puede hacerlo para siempre. Llegado el momento, necesita inhalar, así que impulso la poción al interior de sus pulmones. Con eso, todo su cuerpo queda inerte y se le cierran los ojos.

–Puedes liberar su sangre, eso debería ser suficiente –le dice Cal a Alice y tapa el vial.

Cuando ella retrocede y libera el control del cuerpo de Benton, los ojos cerrados de él se mueven de un lado al otro y se sacude como si estuviera teniendo pesadillas. Una vez que se queda quieto, me acerco con cautela para arrodillarme frente al sofá.

—¿Benton? ¿Estás despierto? —pregunto picándole el hombro.

—No lo toques —advierte mi madre como si estuviera jugando con una serpiente venenosa.

—Necesitamos saber si funcionó. —Le sacudo la rodilla—. *Benton.*

El Cazador abre los ojos, se aleja de mí de un salto y mira alrededor con las pupilas dilatadas.

—¿Dónde estoy? ¿Qué está pasando? —Recorre la habitación y, cuando por fin fija los ojos en mí, lo veo por un segundo. A su antiguo ser. El Benton de las clases de Arte. El chico cuya risa siempre me hacía sonreír.

A quien entré a salvar a un edificio en llamas.

Entonces, recordar su traición me rompe el corazón una vez más.

—¿Hannah? ¿Qué pasa? ¿Dónde estoy? —Intenta tomarme la mano, pero la alejo de forma inconsciente—. ¿Qué pasa?

—¿Qué recuerdas? —pregunto. Se cuelan lágrimas entre mis pestañas y debo alejarme de él. Frunce el ceño un instante, hasta que el horror lo hace palidecer. Luego alza la vista y sus ojos color avellana están llenos de lágrimas.

—Ay, por Dios, Hannah, lo siento. No entiendo qué pasó. *Nunca* te lastimaría, pero yo… Yo… —balbucea y esconde el dolor detrás de sus manos.

Una sensación pesada y triste me oprime el pecho, pero no sé qué hacer con eso. No sé cómo manejar nada de esto. Detrás de mí, Archer reconoce el trabajo duro de Cal y dice que necesitarán tanta poción como puedan crear. Lo antes posible. Por otro lado, mi corazón se rompe una y otra vez al ver a Benton caer a pedazos. Pero esto no se terminó. Va más allá de lo mucho que me lastimó este chico devastado.

—Benton, por favor —digo, esforzándome por pronunciar su

nombre–. Tienes que decirle a la policía lo que sabes. Diles lo que pasó con mi papá.

–¿Tu papá? –Cuando levanta la vista, la confusión atraviesa su rostro. Con el siguiente parpadeo, abre los ojos como platos–. Ay, por Dios, mis padres. Ellos…

–Sí, Benton. Lo sé. –Al instante siguiente rompe en llanto, y yo no puedo respirar. Ni siquiera puedo *mirarlo*. No pensé que sería así. No creí que ganar se sentiría tan vacío. Detrás de mí, todos están celebrando. Morgan se acerca y me acaricia la espalda.

Pero no puedo soportarlo.

Así que salgo corriendo.

Cuando Morgan me alcanza en el límite de la propiedad de Archer, donde el césped prolijo da paso a pasturas silvestres y al inicio de una pequeña extensión de bosque, estoy aferrándome a una rama para sostenerme. El cielo sobre nosotras es gris y tormentoso, el aire pesado con la promesa de una tormenta cercana.

–¿Hannah? –Se acerca con cuidado, como si temiera que salga corriendo otra vez. De todas formas, si lo hiciera, no serviría de nada, pues con su velocidad me alcanzaría al instante. Estoy mirando el bosque silencioso, odiándome a mí misma. Es estúpido que me sienta tan mal cuando por fin tenemos una forma de eliminar a los Cazadores, un plan que no nos rebaja a su nivel de violencia. Debería estar feliz, pero, en cambio, estoy escondida afuera, secándome las lágrimas–. ¿Qué pasa? –pregunta con una mano en mi cintura.

–¿Aparte de todo? –Me rio y resulta un sonido amargo y roto. Por la Diosa, odio tanto esto. No quiero descargarme con ella que no ha hecho más que amarme. Esa palabra hace eco en mi mente, una realidad pesada y aterradora. Tengo que apoyar la frente contra el árbol para mantener el equilibrio.

—No me puedo imaginar lo difícil que debe ser verlo, mucho menos en estas condiciones, pero funcionó, Hannah. Tu plan funcionó. No recuerda nada sobre los Clanes aunque lo *criaron* para odiarnos. Te vio y se *disculpó* contigo. —Me hace girar hacia ella con cuidado y seca las lágrimas que se me escaparon—. Le está diciendo todo a Archer. Testificará en contra de sus padres. Lo lograste.

En el cielo resuenan truenos y, alrededor de nosotras, el viento se agita y levanta las hojas del jardín, que se deslizan al pasar en destellos de amarillo y rojo, como un remolino de atardecer.

—¿Y por qué se siente tan horrible? —pregunto al dejarme envolver entre sus brazos—. ¿Por qué no puedo estar feliz al respecto?

—Porque apesta de todas formas —afirma y me frota la espalda hasta que se me eriza el vello de los brazos—. Y porque todavía tenemos un largo camino que recorrer antes de que esto haya terminado por completo.

Tiene razón. Tener una poción que funcione no es lo mismo que tener un plan para hacer que *todos y cada uno de los Cazadores* queden expuestos a ella. Si fuera tan fácil, el Consejo lo hubiera hecho hace años.

Destellan relámpagos en el cielo y las nubes estallan. La lluvia cae como una cortina pesada que me empapa en un instante.

—Vamos —dice ella—. Deberíamos entrar. —Pero estoy clavada a la tierra, ahora hecha lodo—. Hannah, vamos.

—¿Cómo iban a hacerlo?

—¿Quiénes? ¿Qué cosa? —Suspira mientras tiembla bajo la lluvia.

—Los Cazadores. —Rugen rayos sobre nosotras, por lo que me

estremezco y sigo a Morgan de regreso a la casa–. ¿Cómo iban a asegurarse de drogar a todas las brujas y brujos? Sabemos que planeaban esparcir la droga en el aire, así que debían tener un plan.

–No lo sé. ¿Quizás planeaban lanzarla desde el cielo?

–Pero nada de lo que hicieron hasta ahora tiene sentido. –Miles de pistas diminutas se despliegan en mi mente–. ¿Por qué atacaron el antiguo aquelarre de mi madre primero cuando *sabían* que había un aquelarre en Salem? ¿Por qué nos dieron tiempo para que nos defendiéramos? –No había razón para que los Cazadores no me atraparan. Ya estaba sentenciada a muerte, ¿por qué me perdonaron la vida? Un mal presentimiento me revuelve el estómago–. ¿Y si esto se remonta hasta antes de la muerte de David? ¿Y si alguien estuvo ayudando a los Cazadores desde el principio?

–El Consejo ya liberó de culpa a Alice y a las demás. No fue ninguna de ellas. –Me atrapa justo antes de que resbale y termine con el rostro en el lodo–. ¿Por qué uno de los nuestros ayudaría a los Cazadores a destruirnos? ¿Qué podría esperar ganar al perjudicar a los Clanes?

*¿Qué tiene que pasar para que te convenzas?*

*Docenas de Elementales han perdido la magia.*

*Si alguna vez hubo un buen momento para cambiar las leyes, es este.*

Me tiemblan las manos al tiempo que las palabras de la Conjuradora hacen eco en mi mente.

–La Mayor Keating.

–¿La Mayor? –Morgan se detiene a mi lado, a mitad de camino hacia la casa de Archer. Todas las piezas comienzan a encajar con una claridad aterradora.

–Piénsalo. Los Cazadores atacaron a los únicos familiares que tengo fuera de Salem el mismo día que ella apareció para reclutarme. Se mostró impactada cuando Riley fue detrás de nosotras en Brooklyn, pero solo porque no se *suponía* que lo hiciera. Los Cazadores fueron tras los Conjuradores de Chicago, y ahí era donde vivía David. Debió haber intentado tocarle un punto débil tal como hizo conmigo.

—¿Y qué? ¿Como la rechazó de todas formas, lo asesinó? —Parece escéptica, pero en su voz suena un dejo de miedo junto con el estallido de los truenos sobre nosotras.

—Quizás. Tiene tanto sentido como todo lo demás.

—No lo sé, Hannah —dice mientras mira la casa con nerviosismo—. Suena demasiado…

—¿Malvado? —arriesgo, cada vez más furiosa. Mi magia se une a la intensidad del viento y sacude mi ropa—. Cuando abandoné la misión, debió haber liberado a Benton para que volviera. —Mi respiración se vuelve superficial y se me acelera el corazón. Late demasiado fuerte. Se me vencen las rodillas.

Quería que me capturaran.

Probablemente me quería muerta.

—Hannah, respira. —La magia de Morgan fluye dentro de mí y aplaca el pánico lo suficiente como para que siga el hilo de lo que acabo de desenmarañar.

—Fue ella. Todo lo hizo ella. Es la culpable de que Archer haya perdido la magia. Yo debería estar muerta en este momento.

—Pero ¿por qué? ¿Qué podría ganar con todo esto?

—La escuchaste. Ha estado discutiendo con el Consejo para que la magia se haga pública. Intenta forzar la decisión a su favor. Apuesto a que quería usar mi muerte para unir a los Clanes. —Destella un relámpago en el cielo, seguido por el trueno en menos de un segundo. La tormenta está justo sobre nosotras.

—Es más complejo que eso, Hannah.

Me doy la vuelta y me encuentro con la Mayor Keating de pie debajo de un paraguas enorme, con la ropa totalmente seca, a diferencia de nosotras que estamos empapadas.

—Aléjese de nosotras.

—Las dos queremos lo mismo. —Niega con la cabeza—. Tu amiga solo supo de la existencia de la magia durante algunos meses, pero yo sueño con un mundo en el que podamos vivir sin escondernos desde antes de que nacieras. Aún podemos hacerlo realidad.

—No puede tomar esa decisión por todos. —Doy un paso al frente para bloquear a Morgan de su alcance—. No puede *asesinar* brujas para lograr su cometido.

—Ya te dije que es más complejo de lo que crees. Ya estamos perdiendo brujas. He pasado décadas despojando a brujas y brujos de su magia por hacer lo que tú hiciste con tu amiga. Tiene que terminarse. Y, para eso, debemos hacer sacrificios.

Parte de mí siente que sus palabras me atraen como un canto de sirena. Pienso en que Gemma supo quién soy en realidad. Pienso en que bastardos como Nolan por fin sepan que son *ellos* los que deben temerme a *mí*. Pero también pienso en el rostro sin vida de David. Pienso en Sarah y en Archer desprovistos de magia y, entonces, recurro a mi propio poder.

—¿Desde cuándo? —pregunto al tiempo que uno mi magia a la tormenta y tomo el control del agua para torcerla a mi voluntad—. ¿Desde cuándo está ayudando a los Cazadores?

—He estado guiándolos desde antes de que nacieras —admite con una mueca de desdén—. Llevó décadas intentando llevar al Consejo a la dirección correcta. —Su expresión se vuelve frustrada—. Se rehúsan a dar un paso hacia el futuro. —La temperatura desciende de forma drástica a nuestro alrededor. La lluvia se convierte en hielo al caer y repiquetea sin sentido contra el paraguas de la Mayor.

—¿Y exactamente cuándo decidió que estaba dispuesta a asesinarnos?

—Es muy interesante cómo todo llega a encajar. —Da un paso al frente sobre el lodo que, de tan frío, volvió a endurecerse—. Lo decidí el día en que conocí a la Conjuradora a la que traicionaste. Tori te odiaba muchísimo cuando la llevaron ante mí. Intenté conseguirle el perdón, pero los otros Mayores se opusieron y, tras quitarle su magia, decidí que sería la última bruja a quien le fallaran nuestras leyes. Supe que tenía que causarles desesperación a mis compañeros y juré hacer lo que fuera necesario.

Los tiempos tienen sentido. Llevaron a Tori frente a los Mayores en junio, poco después de que Veronica y yo nos enfrentáramos a ella y a las demás. Entonces, la Mayor Keating alcanzó su límite. Apuesto a que ella creó la primera versión de la cura para los Cazadores. La que Benton usó conmigo.

Les dio la confianza para atacarnos.

Es la culpable de que los padres de Benton hayan asesinado al mío.

*Ella* es la responsable de todo.

—Aún puedes unirte a mí, Hannah. Cambiaré el mundo y tú puedes acompañarme.

—Y usted puede comer hielo. —Apunto al cielo para dominar el viento y la lluvia mientras la furia ruge dentro de mí. Congelo la lluvia y la moldeo como una lanza. El rostro de Keating se distorsiona de la furia, luego busca algo en su cadera y lo apunta hacia nosotras. En ese momento, un relámpago ilumina el cielo y hace brillar la daga plateada que corta el aire a toda velocidad; veo a Morgan interponerse delante de mí como una nube de color, y siento calor en el rostro y en la camiseta. El impacto hace que el hielo se derrita entre mis dedos. Morgan se desploma. Una chispa de arrepentimiento atraviesa el rostro de Keating antes de que se dé vuelta. Antes de que suba a su coche para marcharse. Cuando aparto la vista de sus luces traseras, encuentro a Morgan a mis pies.

Tiene una daga clavada en el pecho.

Un charco de sangre a su alrededor.

# 29

CAIGO DE RODILLAS JUNTO A MORGAN. EL LODO FRÍO IMPREGNA MI ropa y la sangre caliente empapa mis manos.

—Estarás bien. Estarás bien —prometo, aunque no creo mis palabras.

*Es una Bruja de Sangre. Sanará.*

Pero su rostro está retorcido de dolor, la sangre no deja de brotar y no sé qué hacer.

—¡Ayuda! —La voz es un rugido desde la garganta y se transmite en el viento—. ¡Alguien ayúdenos! —Morgan se estremece e intenta tomar la daga—. No la saques.

—Tengo que hacerlo —insiste—. Sino no sanaré.

—Bien, yo lo haré. —Justo cuando alcanzo el asa, la puerta trasera se abre. Archer se acerca corriendo bajo la tormenta y cae de rodillas frente a mí. Sus ojos están cargados de preocupación, pero tiene la mandíbula apretada.

—¿Qué pasó? —Toma la cuchilla con las dos manos y la arranca del pecho de Morgan en un solo movimiento fluido—. ¿Quién hizo esto?

—¿Por qué no está sanando? —Presiono la herida con la mano, pero no deja de brotar sangre—. Morgan, ¿por qué no mejoras?

Sus pestañas se agitan al tiempo que otro relámpago ilumina el cielo y un trueno sacude la tierra debajo de nosotras. El suelo no deja de temblar sin parar, pero no es por los truenos, sino porque mi poder está desatado y fuera de control al no tener a Morgan para tranquilizarme.

—¿Morgan? —Presiono más la herida, pero su cuerpo ya perdió la fuerza—. ¡Morgan!

—Tenemos que llevarla adentro. —Archer le coloca un brazo debajo de las rodillas, se levanta con ella a pesar de las heridas y corre hacia la casa. Los persigo con los zapatos mojados y cubiertos de sangre por el suelo de madera. Llegamos a la sala, donde coloca a Morgan en el sofá y luego les grita a los padres de ella. Los Hughes llegan en un segundo, seguidos por mi madre y por Cal.

—¿Qué pasó? —pregunta la señora Hughes mientras se pone de rodillas junto a su hija. Archer retrocede y me mira, así que ella sigue su mirada—. ¿Qué pasó, Hannah?

—La Mayor Keating… —Lucho contra la emoción que amenaza con cerrarme la garganta y comprimir mis pulmones hasta que nunca pueda volver a respirar—. Ella fue la que nos traicionó. Tenía una daga y…

Eso es suficiente para que el padre de Morgan se arrodille junto a su esposa. Ambos tocan a su hija, se les llenan las manos de sangre y se les ponen los ojos azules cuando la magia dentro de ellos se desata.

—Hannah. —Ahora es Archer el que dice mi nombre. Paso frente a él una y otra vez mientras camino de un lado al otro por la sala—. Necesitamos más información. ¿Dónde está la Mayor?

—¡No lo sé! Se fue en su automóvil. Pero ella fue quien nos traicionó. Es la titiritera detrás de todo esto. —Giro para volver a deambular, pero choco contra él.

—Una vez más —dice tras sobresaltarse por el dolor y me coloca las manos vendadas en los hombros para detenerme—. Más despacio.

—Ella creó la droga de los Cazadores. Ella es la culpable de que mi padre esté muerto. —Él me susurra algo amable en tono insistente, pero no lo escucho. Todo lo que puedo oír es el rugido de los truenos y *es mi culpa, es mi culpa, es mi culpa*, haciendo eco en mi mente. Si no hubiera ayudado a Alice a escapar de aquel apartamento de Manhattan hace tantos meses, Tori le hubiera arrebatado la magia tal y como quería, no hubiera culpado a Lexie y a Coral y ellas no la hubieran entregado al Consejo. Sin Tori, la Mayor Keating no hubiera tomado medidas tan drásticas. Mi padre estaría vivo—. Tenemos que detenerla. —Lo miro e interrumpo las palabras que estuviera diciendo para tranquilizarme—. Antes de que cree la droga otra vez. Tenemos que detener a los Cazadores antes de que vuelva a enviarlos detrás de nosotros.

—Pero creí que había ayudado a destruir la droga —comenta mi madre, que había estado parada en la punta del sofá mirando a Morgan—. ¿Por qué la crearía otra vez? —le pregunta a Archer.

—Quizás no planeaba que murieran tantos de los nuestros —respondo antes que el detective—. Tal vez una parte de ella se arrepintió de… —Otro trueno me hace saltar e interrumpe el resto de la oración—. ¡Dios, ya es suficiente! —Corro hacia la ventana para abrirla de par en par, de modo que la lluvia y el viento se cuelan en la habitación.

—¿Qué haces, Hannah? —pregunta mi madre.

—Haré que se calle lo suficiente para dejarme *pensar*. —Siento el poder de la tormenta, pero es inmenso. Mucho mayor de lo que podría controlar sola—. ¡Alice! —grito y, un segundo después, la Bruja de Sangre de cabello rosado aparece en el corredor. Cuando percibe la escena, su rostro pierde el color por completo.

—¿Qué…?

—¿Quieres ayudar? —pregunto, y ella asiente—. Entonces, ayuda.

—Hannah, es demasiado grande. No pue… —Mi madre comienza a acercarse, pero el poder de Alice fluye por mi cuerpo y la magia estalla desde mi interior. Esta vez, cuando busco el corazón de la tormenta, logro controlarlo. Mi fuerza atraviesa el cielo, pero todavía no es suficiente para apartarla. Miro a la Bruja de Sangre, cuyo cabello rosado le cae sobre los hombros, y ella presiona los labios antes de tomarme de la muñeca. Con nuestra magia combinada, el poder es suficiente para controlar el viento y que se lleve la tormenta hacia el oeste. Una vez que ella me suelta, caigo de rodillas. El siguiente trueno es lejano, apenas audible, pero la voz de Gemma resuena en mi mente.

*Controlar el clima sería un truco muy útil.*

En ese entonces, le dije que era imposible. Quizás desconocemos los límites de la magia de los Clanes. Al menos cuando se combinan.

—¿Hannah? —Mi madre corre a mi lado y me da estática al tocarme, pero me sujeta fuerte para ayudarme a levantarme—. ¿En qué diablos estabas pensando?

—¿Cómo es posible? —Archer está mirándome fijo—. Los Elementales no pueden hacer eso.

—Al parecer, con un poco de ayuda, sí pueden. —Alice está jadeando a mi lado, pero sonríe satisfecha.

—Fue brutal —dice Morgan. Aunque su voz es débil, hace que gire de inmediato. Está tendida en el sofá con la ropa aún cubierta de sangre, pero recuperó el color en el rostro.

—¿Estás bien? —Quiero correr hacia ella, pero sus padres están sentados en actitud protectora en la punta del sofá.

—Nunca me sentí mejor. —Aunque no se mueve para sentarse, la comisura de sus labios se eleva ligeramente.

—Imaginen lo que podría hacer todo un aquelarre con ayuda de la Magia de Sangre —comenta Cal, mirándonos a Alice y a mí.

—Podríamos esparcir la poción a kilómetros de distancia.

—Y coordinar con otros aquelarres del país —agrega él—. Puedo enviarles instrucciones a todos los Conjuradores que conocemos. Si conseguimos una lista de la ubicación de todos los Cazadores, podríamos lanzar la poción desde puntos estratégicos. Claro que aún tenemos que destruir lo que hayan podido investigar durante esta semana.

—¿Y si tomamos prestadas las estrategias de Keating? —Un plan va tomando forma en mi cabeza—. Necesitaremos autorización del Consejo y la ayuda de casi todo el aquelarre, pero creo que tengo una buena idea.

# 30

GRACIAS AL ÉXITO DE LA POCIÓN DE CAL LOGRAMOS CONVENCER al Mayor Hudson de que apruebe nuestro plan. La mayoría de los adultos del aquelarre aceptaron unirse, por lo que Veronica, Sarah, Rachel y el señor y la señora Blaise se quedaron a cuidar a los niños.

Tardamos otros tres días en completar el trabajo de campo y, para el miércoles, estamos listos. Los Conjuradores crearon más de la poción para alterar la memoria y, además, llevarán pociones para crear pantallas de humo y para desmayar a los Cazadores. Morgan quiso participar, pero sus padres insistieron en que se quedara en cama una semana más hasta que sane por completo. Su madre se quedará con ella, pero su padre vendrá con el equipo.

Mi madre también vendrá.

La enorme camioneta se sacude sobre el pavimento irregular cuando nos acercamos al punto de llegada. Mi madre está a mi lado y no puedo evitar lanzarle miradas nerviosas porque por fin entiendo que odiara tanto que estuviera involucrada con las misiones del Consejo. Verla correr hacia el peligro se siente horrible.

Lo único que me resulta más extraño que la presencia de ella es la *ausencia* de Archer. Sin embargo, es parte del plan. Cuando partimos hacia la Farmacéutica Hall, él estaba llevando a Benton esposado de vuelta a la estación de policía. En este momento, otros policías deben estar interrogando al exconvicto, mientras que Archer cumple con su parte del rompecabezas.

—¿Nerviosa? —Mi madre me apoya una mano en la rodilla para evitar que rebote.

—Funcionará —afirmo porque lo siento hasta los huesos. Es la calma antes de que desatemos la tormenta. Antes de que recuperemos nuestras vidas.

—Puedes estar nerviosa de todas formas —dice mientras me abraza por los hombros—. Yo lo estoy. Un poco —susurra para que solo yo la escuche. Ellen está aquí también, sentada al otro lado de la camioneta, desde donde me ofrece una sonrisa. Puede que esté demasiado emocionada para esto.

La magia palpita en mi pecho: yo también estoy emocionada. Por fin le cumpliré la promesa a mi padre. Por fin vamos a ganar.

Margaret Lesko, quien va conduciendo, sigue al vehículo delante del nuestro y sale del camino principal. En poco tiempo, más de una docena de Elementales, tres Conjuradores y dos Brujos de Sangre (Alice y el señor Hughes), nos reunimos en el bosque.

Y todas las miradas están sobre mí.

—No todos allí adentro son Cazadores —les recuerdo—, y no necesariamente estarán identificados. No debería quedarles mucha droga, pero puede que aún tengan uno o dos dardos. Además, no dudarán en usar la fuerza. —El grupo se inquieta y el suelo tiembla debajo de sus pies—. Olviden todo lo que aprendieron sobre actuar en secreto. Esto tiene que ser grande. —Los observo a todos; a los Elementales que he conocido durante toda mi vida y a las brujas nuevas en quienes recién puedo empezar a confiar—. Seremos todo lo que los Cazadores temen que seamos. Debemos pensar en la visión del mundo de Keating en la que no tenemos que escondernos.

—A todo o nada —comenta Ellen con fuego en ambas manos.

—Esa es la idea, sí. —Pongo los ojos en blanco al verla—. ¿Están todos listos? —Cuando asienten al unísono, agrego—: Vamos.

Entonces, el grupo se divide en dos equipos. Ellen guía al resto de los Elementales y a los Brujos de Sangre hacia el frente de la Farmacéutica Hall, mientras que Cal y yo nos quedamos atrás con las otras Conjuradoras. Tenemos que estar en otro lugar. Antes de que nos dirijamos al otro lado del estacionamiento, mi madre me da un abrazo rápido.

—Ten cuidado —decimos al mismo tiempo. Luego me da un beso en la frente—. Cuando esto termine, tendremos una seria conversación acerca de tu tendencia a correr directo hacia el peligro —agrega, pero se aleja de prisa para seguir al grupo sin darme tiempo a responder.

Espero a que desaparezca entre los árboles y luego guio al equipo de Conjuradores hacia el estacionamiento trasero por el que Benton nos ayudó a escapar hace ocho días. Cal quería que trajéramos la poción que reflejaba la luz que usamos en Ítaca, pero Lexie lo sorprendió con una de invisibilidad que funcionó mucho mejor, y él la halagó como un fanático durante un día entero. Yo también lo hice una vez que ella me aseguró que no iba a explotar. La primera vez que nos vimos, aún no había solucionado ese detalle.

Cuando llegamos, ella nos cubre con una bruma fina y brillante y, para cuando termina, no veo a nadie alrededor.

—No durará mucho —dice en algún lugar a mi derecha—. Quince minutos, máximo.

—Entonces será mejor que nos demos prisa. —Salgo de la cubierta de los árboles y atravieso el estacionamiento con la poción cosquilleando sobre mi piel.

—*¿Todos en posición?* —dice la voz de Ellen en el inter.

A mi izquierda, aparece un dispositivo de video. Cal debió tomarlo de su bolso, en donde no se expuso a la bruma. Poco después, las imágenes de las cámaras de seguridad aparecen en la pantalla.

—Todo listo. Comienza la Operación Ignición.

Las palabras apenas salieron de la boca de Cal cuando un temblor sacude el suelo y, luego, vuela fuego al aire, visible incluso desde la parte superior del edificio. Las alarmas comienzan a sonar en el interior del laboratorio. Observo la cámara de seguridad, a pesar de que me desoriente un poco verla flotando en el aire, y veo científicos que miran la alarma y dejan sus puestos para caminar con tranquilidad hacia la salida. Pero algunos (los Cazadores) entraron en pánico y comenzaron a correr con las armas en mano.

—*Tenemos Cazadores abandonando el edificio* —dice Coral en el inter—. *Espero que hayas tenido razón con esto, Hannah* —agrega hacia mí.

—Yo también —admito con la vista fija en la puerta. Ya estamos apenas a unos pasos de distancia y, a pesar de saber que los Cazadores no pueden vernos, me agacho detrás del automóvil más cercano a la puerta. Cal cambia de cámara algunas veces, hasta que vemos el jardín frontal. La pantalla está llena de Elementales que lanzan fuego y tornados que sacuden la tierra. El poder es indescriptible. Alice y el señor Hughes trazan runas sobre el césped para crear una barrera que evitará que las balas alcancen a quienes están detrás de la línea. Pero no hay tiempo para pensar en su parte de la misión. La puerta trasera se abre de un golpe y los Cazadores salen corriendo. Uno de los Conjuradores lanza un vial hacia la entrada, el vidrio estalla contra el costado del edificio y un hilo de humo color lavanda rodea a los Cazadores, que, uno a uno, caen inconscientes. Entonces, muevo el aire para apartar la poción de la puerta, que quedó entreabierta porque uno de ellos cayó en el umbral. Cal la abre por completo.

—Lo tengo. Arrástrenlos lejos del edificio —ordena, y las demás obedecemos. Para cuando terminamos y lo seguimos adentro, la poción de invisibilidad se está debilitando.

Nuestro camino por los corredores está predeterminado por el plano actualizado que Benton le dio a Archer antes de que le borráramos la memoria. En el punto donde debemos separarnos, Coral y Lexie (que no son más que sombras brillantes) se dirigen escaleras abajo para destruir el laboratorio improvisado que puedan haber creado desde la última vez que estuve aquí. Cal y yo continuamos hacia el cuarto de seguridad.

No hay cámaras adentro (o al menos ninguna a la que Cal haya podido acceder), pero cuando damos la vuelta corriendo a la última esquina, debemos llamarle la atención a alguien porque la puerta se abre y los Cazadores salen disparados. Por suerte, Cal es más rápido y lanza otro vial púrpura de su cinturón hacia ellos. El humo los envuelve y caen en montículos sobre el suelo.

—Avísame cuando el aire esté limpio —dice Cal mientras revisa la pantalla para asegurarse de que no haya nadie más.

—Despejado —anuncio tras lanzar una ráfaga de viento al corredor para alejar la poción. Él no pierde ni un segundo. Corre hacia el cuarto de seguridad, donde lo veo, sintiéndome inútil, desplegar las imágenes de las cámaras importantes en varias pantallas. Coral y Lexie son visibles casi por completo y están destruyendo la poca droga que los Cazadores lograron recrear.

En el asedio al frente del edificio, los Elementales están haciendo un gran espectáculo de ruido y fuego, pero sin lastimar a nadie. Dejan inconscientes a los Cazadores y científicos para que no puedan escapar antes de que lancemos la poción de la memoria.

Entonces, comienza el verdadero trabajo de Cal: desconectar y borrar las grabaciones de seguridad antiguas. Luego conecta una memoria USB para descargar todos los archivos personales que revisarán más adelante. Yo lo observo trabajar, ansiosa por las brujas y brujos que están arriesgando sus vidas para ser la distracción.

—*¿Cuánto falta, Chico Hacker?* —La voz de Alice en el inter me hace saltar del susto.

—Ya casi —responde él. Mira a la pantalla de la esquina superior derecha, en donde se ve a las Conjuradoras saliendo del laboratorio—. Necesitamos una extracción en el cuarto de seguridad. ¿Lexie? ¿Coral?

—*En camino.* —Coral mira hacia la cámara y alza el pulgar. Para cuando llegan, Cal ya está terminando.

—Llévenlos afuera con los demás —indica—. Las alcanzo enseguida.

—Las alcanzamos —lo corrijo mientras ellas sujetan a los guardias—. No te dejaré aquí solo, Cal.

—*Nos vemos del otro lado* —dice Lexie tras acomodar las piernas del

Cazador. Y, en un segundo, se alejan con los hombres inconscientes. Me quedo caminando por la habitación pequeña, lista para largarme de aquí. Lista para iniciar la última fase de mi plan.

—¿Qué falta? —le pregunto a Cal, que *sigue* escribiendo varios minutos después.

—Estoy haciendo una revisión final del edificio para ver que no quede nadie adentro. —No deja de escribir mientras habla. Sus dedos vuelan sobre las teclas al tiempo que la pantalla principal presenta cada una de las cámaras del edificio. Una habitación vacía tras otra.

—Espera. Regresa. —Me acerco a mirar de cerca. Cal retrocede, y dos figuras aparecen desde una esquina—. ¿Qué es eso?

La puerta del cuarto de seguridad hace un pitido al destrabarse y abrirse. Y, en un segundo, los padres de Benton aparecen con sus armas en alto.

31

LA SEÑORA HALL ES LA PRIMERA EN ENTRAR, CON SUS TACONES
resonando contra el suelo de piedra.

—¿Qué le hiciste a mi hijo? —pregunta con el arma apuntada a mi
corazón, su esposo la sigue, su expresión distorsionada por la furia. La
misma que vi antes de que quemara a Archer. Antes de que golpeara
al hijo por el que ahora se preocupan.

Retrocedo un paso cuando se acercan. La poción de Lexie ya se
desvaneció por completo.

—Benton está en el lugar al que pertenece.

La mujer se acerca y me apoya el cañón debajo de la barbilla.

—Si le tocaron un solo cabello…

—¿Por qué le importa? —Me estremezco cuando presiona el arma con más fuerza–. Dejó que su padre lo golpeara. Está mejor donde lo dejamos.

Siento un estallido de dolor en la sien, una explosión de luces en mis ojos, y me tambaleo. Cal me sujeta del codo y desliza algo frío y metálico dentro de mi mano. El señor Hall lo arrastra para separarnos.

–Manos en alto, los dos –ordena y lo empuja hacia una de las sillas–. Deshaz lo que sea que hayas hecho. Ahora.

–No puedo escribir si tengo las manos en alto… –El hombre lo golpea antes de que pueda terminar de hablar, entonces Cal escupe sangre a sus pies y lo fulmina con la mirada. Tras un momento de tensión, me lanza una mirada a mí y puedo jurar que asiente con la cabeza antes de girar y comenzar a tipear en la computadora.

–Ya lo escuchaste. ¡Manos arriba! –exclama la señora Hall al desviar la atención de la computadora.

–Como usted diga. –Alzo las manos, acomodo el elemento metálico en la palma y deslizo el pulgar por el mecanismo de encendido. Una llama pequeña surge del encendedor y, a pesar de que me hace estremecer, recurro a la magia y le entrego todo lo que tengo al fuego. Apenas tengo una fracción de segundo para disfrutar el pánico en los rostros de los Cazadores, luego levantan las armas y yo lanzo las llamas hacia adelante y abajo. Una cortina de fuego divide la habitación al medio, entonces presiono hacia adelante, para obligar a los padres de Benton a retroceder. Una de las armas se dispara. Me aparto por instinto, de modo que la bala se pierde. El señor Hall maldice cuando elevo las llamas para bloquearles la visión.

Comienzo a sentir sudor en la frente por el calor al tiempo que el lugar se llena de humo. Detrás de mí, Cal está escribiendo algo en la computadora, luego se levanta de pronto, saca un vial de su cadera y derrama la poción sobre el dispositivo. El metal colapsa sobre sí mismo con un chirrido que atraviesa la habitación.

Se desata una lluvia de disparos que cubren las computadoras. Cal hace que me agache mientras saca la última poción de su cinturón.

—A la cuenta de tres —dice mientras va perdiendo la voz al toser por el humo que se espesa a nuestro alrededor—. Apaga las llamas y asegúrate de que inhalen la poción. —Un ruido metálico en el corredor precede el estallido de los extintores de incendios que apagan la primera porción de las llamas—. O bien puede ser ahora —agrega Cal y destapa el vial.

Ajusto el control sobre las llamas para reducirlas tan abajo como puedo. Cal se acomoda para lanzar el vial al otro lado de la habitación, en donde estalla contra la pared y el líquido nacarado se derrama en el suelo. Los Cazadores giran para mirar hacia el vial, entonces aprovecho la distracción para liberar el fuego y mezclar el aire con el líquido derramado para vaporizarlo. El señor Hall se tapa la boca y la nariz.

—No respires. No… —Su voz me ayuda a guiar el vapor hacia sus pulmones, y colapsa cuando la poción de la memoria hace efecto.

—¡James! —La madre de Benton corre hacia su esposo, pero la magia de Cal también llega a sus pulmones y se desploma en el suelo.

—Saquémoslos de aquí —me dice mientras se frota el mentón en donde el hombre lo golpeó.

Asiento con la cabeza, pero me detengo a darle una patada al señor Hall (solo una) antes de tomarlo de las muñecas para arrastrarlo por el corredor. A mitad de camino hacia la salida, la voz de Ellen suena en nuestros inter.

—*La policía está a siete minutos de distancia. Si haremos esto, tiene que ser rápido.*

—Ya casi —respondo entre dientes. El señor Hall es pesado y casi imposible de arrastrar. Sin embargo, a pesar de todo lo que hizo, sé que mi padre no querría que lo dejara morir. En cuanto atravesamos la última puerta y salimos a la tarde fría de octubre, miro a Cal para esperar su señal. Él asiente.

—El edificio está despejado. —Con un último esfuerzo, dejo caer al señor Hall sin reparos en el pavimento del estacionamiento—. Enciéndanlo.

# 32

LA FARMACÉUTICA HALL QUEDA CONSUMIDA POR LAS LLAMAS.

Las lenguas de fuego ascienden por los lados. Los vidrios de las ventanas estallan hacia el estacionamiento. Cal y yo arrastramos a Hall con dificultad hacia la pila de Cazadores inconscientes, luego nos unimos a mi aquelarre en el límite del bosque. Algunos Elementales están concentrados en hacer crecer las llamas lo más rápido posible, mientras que el resto están reunidos alrededor de Alice y del padre de Morgan.

Me permito un instante para ver cómo las llamas destruyen el centro de operaciones y el humo vuela hacia el cielo. En ese momento, se empiezan a escuchar las sirenas que se aproximan sobre el rugido del fuego.

—*Tienen dos minutos* —anuncia la voz de Archer en el inter—. *Ya casi llegamos.*

—Quédate en el automóvil hasta que te demos la señal —le recuerda Cal mientras nos adentramos más en el bosque. Todavía no podemos irnos porque nos falta la fase final de la misión. Lexie coloca un contenedor metálico enorme en el suelo, y Coral lo destapa con una barreta.

—¿Lista, Copo de Nieve? —La magia de Alice crepita por mis venas hasta que siento estática en todo el cuerpo. Detrás de ella, el señor Hughes pincha un dedo de mi madre y presiona la sangre de ella en su palma. Mi madre se mueve con incomodidad cuando la Magia de Sangre se combina con su poder Elemental. El resto del aquelarre parece estar igual de intranquilo.

Pero lo están haciendo. Lo están intentando.

—Listos o no, se nos acaba el tiempo. —Me uno al grupo de brujos y brujas reunidos alrededor del contenedor. La poción blanca y brillante me llama, y las sirenas se acercan cada vez más. Cal se acerca desde atrás, con el ceño fruncido por la preocupación.

—Tenemos que darnos prisa. Debemos dispersar la poción antes de que llegue Archer.

—Empecemos, entonces. —Lady Ariana toma su lugar en el círculo. Cuando el aquelarre une las manos alrededor de la poción, observo al grupo. Ellen. Mi madre. Lady Ariana, Margaret Lesko y muchos más. Todas las personas que amo, una familia unida por la magia y generaciones de historia, todas reunidas con un propósito en común—. Todos juntos —agrega la Alta Sacerdotisa con un diminuto rastro de miedo en la voz.

Cerramos los ojos y los Brujos de Sangre en el límite del círculo permiten que su poder se mezcle con el nuestro. Al sentir la explosión de la magia de Alice en mi interior, me abruma el peso que tiene un momento como este. No es solo que vayamos a borrarles la memoria a todos los Cazadores y científicos que están inconscientes frente al laboratorio en llamas, sino que es la primera vez desde el origen de la magia que todos los tres Clanes estamos trabajando juntos. Las tres clases de magia se están fusionando para crear algo mucho más grande que las partes por separado.

Lady Ariana dirige el poder combinado del aquelarre y, como uno, tomamos la poción al centro del círculo. El líquido burbujea, y llego a abrir los ojos a tiempo para verlo volar en el aire. En el momento en que las sirenas nos alcanzan y los primeros vehículos de emergencia se detienen, cubrimos las instalaciones con la poción Conjuradora.

Una sensación eléctrica y salvaje chispea a través de mi cuerpo cuando la poción se arremolina sobre sí misma como tentáculos brillantes que colapsan en un mismo punto, luego estalla y se dispersa como un millón de estrellas fugaces microscópicas que cubren un radio de siete kilómetros en caso de que algún Cazador se nos haya escapado.

Cubrirá a todos los que se hayan alejado… incluido el detective Archer si se acerca demasiado pronto.

La magia de Alice deja mi cuerpo de forma apresurada, por lo que se me vencen las rodillas y caigo al suelo suave justo cuando llegan más móviles policiales y los camiones hidrantes comienzan a combatir las llamas. Lady Ariana, Ellen y algunos otros le dan fuerza al fuego para que resista el embate del agua. Pero pierdo el rastro de la batalla cuando un automóvil sedan negro se desvía del camino hacia el frente del edificio. *No. Es demasiado pronto.*

—¡Todavía no! —grito en el inter—. No es seguro.

—*He estado pensando…* —Archer se queda en silencio del otro lado, así que giro en busca de Cal. ¿Está escuchando esto también? Debe hacerlo, pero no lo encuentro entre la multitud y ya no hay tiempo.

—Archer, lo que sea que haya pensado, no lo haga. Perderá la memoria. Lo *perderemos*.

—Ya no me necesitarán después de hoy. —Su vehículo se detiene detrás de la línea de camiones hidrantes, pero el aire todavía está saturado de la poción—. Prometí que no nos rendiríamos ante los Cazadores sin luchar. Esa lucha ya terminó.

Cal aparece a mi lado, buscándolo entre los árboles. Escuchó todo y está pálido como un fantasma.

—Ryan, no lo hagas, por favor —dice con la voz cargada de emoción.

—Será bueno ya no esconderme de Lauren —dice el detective casi con anhelo. Luego aclara su garganta—. Fue un honor haber trabajado con ustedes dos. Ahora tengo a algunos Cazadores que arrestar.

—¡Archer, no! —Pero ya es tarde. Baja del automóvil, se saca el inter del oído y lo aplasta con el taco de su zapato sin que nadie lo note. Gira hacia los Cazadores desplomados, concentrado y sin temor, pero luego tropieza y debe sostenerse contra el capó del vehículo. Se presiona la sien con la mano que aún sigue herida y cae de rodillas al tiempo que la poción lo despoja de una vida de recuerdos de la magia.

Doy un paso adelante, hasta que mi madre me toma de la mano.

—No puedes ir. —Noto la emoción en su voz—. No deben verte.

—Pero Archer…

—Él tomó una decisión. —Mira a Cal, que también parece listo para salir corriendo—. Ryan lo estuvo pensando desde que terminaron la poción. No fue una decisión apresurada.

—¿Lo sabías? —pregunto. Me siento débil y con el corazón roto—. Podríamos haberlo evitado.

–Fue su decisión, Hannah –repite y me aparta el cabello que se me pegó al rostro–. Tenemos que respetarlo.

Un fuerte estruendo silencia mi respuesta cuando la farmacéutica colapsa sobre sí misma. Vuelan polvo y escombros en todas las direcciones, pero una ráfaga de viento (controlada por Elementales) evita que las esquirlas lastimen a alguien.

Una vez que el polvo se asienta, otro oficial se arrodilla junto a Archer para ayudarlo a ponerse de pie. Cuando se levanta, tiene el ceño fruncido por la confusión. Mira al edificio destruido y a las docenas de empleados que están sentados sobre el césped, observando horrorizados como todo su trabajo se desploma ante sus ojos. Luego, el detective entorna los ojos y pide refuerzos. Corre hacia los Cazadores de la acera mientras le grita a alguien que se quede quieto. Entonces, junto con otro oficial, hacen que los padres de Benton se pongan de pie. Cuando los esposan detrás de la espalda, mi madre nos acerca a Cal y a mí y nos abraza por los hombros.

–Ryan es un buen hombre –asegura–. Estará bien.

Se me rompe el corazón una vez más. Aún sin recuerdos de la magia, Archer cumplió con su promesa: detuvo a las personas que asesinaron a mi padre.

–No puedo creer que se acabó –digo, y ella me da un beso en la cabeza. Cal mira al cielo, un intento fallido de contener las lágrimas, así que le tomo la mano, y él aprieta con fuerza.

–No podemos dejar que Keating se salga con la suya.

Veo a Archer guiar al señor Hall a su automóvil y cerrar la puerta de un golpe. A pesar de que siento la victoria, Cal tiene razón: esto no se terminó.

Todavía no.

# 33

LOS DÍAS SIGUIENTES TRANSCURREN A TODA VELOCIDAD.

Cal y el resto del Consejo no tienen ni un segundo para relajarse. Hay varios equipos buscando a la Mayor Keating (ex Mayor), mientras que otros analizaron los archivos del personal que Cal logró robarse de la Farmacéutica Hall. Identificaron a todos los posibles Cazadores y, tal como Wes le admitió a Archer, eran poco menos de cien en total.

Ahora, ninguno de ellos recuerda la existencia de la magia.

Tras el arresto inicial, no pasó mucho hasta que los padres de Benton fueran acusados oficialmente del asesinato de mi padre y la noticia estuviera en todos lados.

En la escuela se inician nuevos rumores y, aunque que esta vez el aire está disponible para acercarlos a mis oídos, los dejo pasar.

Intento concentrarme en las clases, a pesar de estar alerta, a la espera de noticias sobre Keating.

El sábado siguiente, Archer pasa por nuestra a casa a visitarnos a mi madre y a mí. Volvió a ser el detective Archer, no solo Archer o Ryan. Sin recuerdos, ya no es agente del Consejo. Es extraño verlo, hablar con él y preguntarse cómo cambió su visión de nuestra relación después de la poción. Me pregunto cómo habrá alterado su percepción de todo el tiempo que pasamos juntos este otoño, todas las horas de preparación para reclutar a Alice y a David. ¿Cómo pensará que se hizo las heridas en las manos?

Desearía que nos dejara recordarle de la magia que perdió, pero mi madre está ayudándome a comprender que esta es la vida que eligió para sí mismo. Aunque no lo entienda por completo, debo respetarlo.

—¿Todo está bien, señorita Walsh? —pregunta al levantar la vista de su anotador. Su preocupación me toca el corazón, y debo presionarme los ojos para contener las lágrimas.

—Sí, estoy bien —respondo por fin. Mi madre se alejó para buscar algo de beber, así que miro hacia la cocina antes de hablar—. ¿Dijo que tenía novedades?

—Así es. El señor Hall (el menor, Benton) hizo un trato con la fiscal Flores a cambio de testificar contra sus padres. —Pasa una página de su anotador y no sé si es porque le asusta mi reacción o solo porque quiere ser preciso—. Se declarará culpable de agresión agravada y pasará cinco años en prisión.

Hace algunas semanas, saber que Benton no iba a pasar el resto de su vida en prisión me hubiera lanzado a un abismo de desesperación. ¿Pero ahora? ¿Sin la amenaza de los Cazadores y su única razón para odiarme olvidada? Puedo aceptar cinco años.

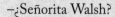
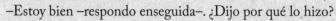

—¿Señorita Walsh?

—Estoy bien —respondo enseguida—. ¿Dijo por qué lo hizo?

—Dijo que sus padres lo llevaron a hacerlo —dice mientras cierra el anotador y lo guarda en su bolsillo—. Pero no ha podido explicar por qué.

Asiento con la cabeza. Benton no está del todo equivocado: sus padres lo criaron para odiarnos. Lo criaron para que esperara violencia como consecuencia de un fracaso. Y, a pesar de que nunca me olvidaré de lo que me hizo, quizás algún día... Quizás algún día... Llegue a perdonarlo.

Pero ese día no es hoy.

Mi madre aparece en la puerta con una taza de té en cada mano.

—Lamento tener que decirlo, detective, pero mi suegra acaba de llamar y tendremos una reunión familiar —se disculpa y me lanza una mirada significativa que hace que se me pare el corazón.

La Mayor Keating.

Deben de haberla encontrado al fin.

—Por supuesto, señora Walsh, no se preocupe. Ya hemos terminado. —Se levanta y saca una tarjeta de su bolsillo—. Si usted o Hannah necesitan algo, no duden en llamarme.

Esperamos a que se vaya y, en cuanto las luces de su automóvil desaparecen, giro hacia mi madre.

—¿Dónde está?

—La llevarán a casa de lady Ariana —responde, toma su abrigo y las llaves—. Los otros Mayores estarán ahí.

Cierro mi abrigo y me pongo los zapatos.

—Vamos.

La Mayor Keating es una bruja con mucho poder.

Pero ahora, está sola.

Sin el apoyo de los Clanes ni el poder del Consejo, a los agentes a los que traicionó no les llevó mucho tiempo encontrarla. Parece apropiado que la hayan traído de vuelta a Salem para juzgarla por sus crímenes.

Todo el aquelarre está presente, hasta los niños más pequeños, y el aire está electrificado.

Mi madre y yo nos detenemos frente al altar para añadir nuestra magia a la llama de la Segunda Hermana antes de seguir para unirnos a los demás. Morgan y sus padres también están presentes y, a pesar de que ya sanó por completo, la veo tocarse con el pulgar el punto donde Keating la apuñaló en el pecho. Donde por poco no le perforó el corazón.

—¿Estás bien? —le pregunto cuando llegamos junto a ellos.

—Eso creo. —Baja la mano, me ofrece una sonrisa y luego entrelaza sus dedos cálidos con los míos, que están helados—. Se ve tan diferente ahora.

Sigo su mirada para ver a la Mayor caída.

Keating está parada sola con los brazos atados en la espalda con una cuerda de atadura que corta su conexión con la magia. Un Elemental (lady Ariana o, quizás, el Mayor Hudson), movió la tierra para que se elevara hasta sus rodillas y la dejara inmovilizada. La máscara de sus pestañas se derrama en dos ríos por sus mejillas y salpica pequeñas gotas sobre su blusa embarrada. Incluso su cabello luce diferente, ahora es más blanco que rubio.

—Todavía no puedo creer que Riley haya podido irse a casa como si no hubiera hecho nada —agrega Morgan con la cabeza apoyada en mi hombro.

Después de nuestra misión final, la policía interrogó a todos los que estaban afuera de la Farmacéutica Hall. Uno de los Cazadores, sobrepasado por la culpa, confesó haberle disparado a David O'Connell en Ítaca. Pero después, cuando el jefe de bomberos declaró que el incendio había sido accidental, no arrestaron a nadie más que a los padres de Benton. Según las redes sociales de Riley, volvió a Minnesota hace unos días. El único consuelo (además del disparo que imagino que aún le duele) es que se saltó tantos días de clases que perdió el semestre de la universidad.

—Lamento que no hayamos podido hacer más —respondo al apoyar la cabeza sobre la suya.

—Apesta, pero al menos ya está fuera de mi vida —concluye y se encoge de hombros—. A mis padres les gusta este lugar y no tienen planes de volver a Minnesota.

—Genial —respondo y le aprieto la mano con fuerza—. Porque no te dejaré ir.

—¿Interrumpo? —pregunta Veronica con las cejas en alto. Me sonrojo, pero después ella señala con la cabeza hacia donde está Cal, solo y con la mirada fija en la ex Mayor—. Quiere hablar contigo antes de que empecemos.

—Está bien —digo, pero ella niega con la cabeza.

—Contigo no, Han. Con tu novia. —Ve a Morgan alejarse y, una vez que estamos solas, me choca la cadera con la suya—. Ella te hace feliz.

—Sí, lo hace.

—Supongo que eso significa que ya no puedo odiarla —bromea con una sonrisita. Aunque pongo los ojos en blanco de forma exagerada, aprecio un momento de banalidades antes de que empiece un día que será muy pesado.

Lady Ariana, el Mayor Hudson y una mujer que no conozco salen de la casa de mi abuela, y un temblor que atraviesa la tierra silencia a todos los presentes. Cuando el Mayor Hudson por fin empieza a hablar, su voz llena el aire con la energía de una tormenta.

—Katherine Keating, se te ha declarado culpable de violar las principales leyes del Consejo. Has despojado a brujos y brujas inocentes de su magia y has instigado la muerte de otros. Por estos crímenes, perderás tu magia y serás expulsada de esta comunidad.

La otra mujer, que supongo que es la Mayor de Sangre, da un paso al frente y saca un cuchillo largo de la funda que lleva en la cintura. Los ojos azules y salvajes de Keating se amplían bajo la luz del sol.

—Solo hice lo que debía hacerse. Durante décadas intenté que diéramos un paso hacia el futuro, pero fueron demasiado débiles para hacer algo al respecto.

Si no fuera porque la tierra se desliza cada vez más arriba por sus piernas, hubiera pensado que los otros Mayores no la escucharon en absoluto, pues sus expresiones siguen inquebrantables.

—Vivir en secreto nos ha costado la pérdida de más personas buenas que nada de lo que yo haya hecho. —Comenzó a temblar porque los otros dos están casi sobre ella—. No es tarde. Todavía podemos arreglarlo. Podemos salir de las sombras. No deberíamos tener que escondernos de los Regs.

La Mayor de Sangre corta la cuerda de atadura que le sujetaba las muñecas, le lleva un brazo hacia adelante y la obliga a poner la palma hacia arriba.

—¡No! —Keating intenta liberarse y se le quiebra la voz—. No hagan esto, por favor. Me conoces, Christine. Siempre he querido lo mejor para los Clanes. Todavía podemos solucionarlo.—No puedes reemplazar las vidas que te llevaste, Katherine —dice la Bruja de Sangre con la voz afectada mientras le desliza el filo del cuchillo por la palma. Me hace pensar en el pequeño Brujo de Sangre que murió en el hospital el mismo día que destruimos la Farmacéutica Hall—. Y ahora, no volverás a lastimarnos —agrega y apoya su palma sobre la mano ensangrentada de Keating, que grita cuando le invade el sistema con su magia. Entonces, me obligo a apartar la vista hacia el Mayor Hudson, que se acerca con una poción en las manos, presiona el vial contra los labios de la mujer y la mezcla de magias le arrancan el poder pieza por pieza.

De todas formas, su agonía y su dolor no sirven para aplacar el daño que causó. La muerte de mi padre. La pérdida de la magia de Sarah, de Archer, de Zoë, de mis abuelos y de tantos otros que pasaron su vida perfeccionándola. Resulta apropiado que ahora sea ella la que pierda la suya. Sin embargo, sin importar los crímenes que haya cometido, es duro ver la caída de una bruja.

Una vez que el ritual termina, cuando Keating se desploma, temblorosa y agitada, los agentes del Consejo la levantan. Luego le dan otra poción que impedirá que vuelva a hablar de la magia de los Clanes. Discutimos largamente si debían borrarle la memoria, pero, al final, se decidió que hacer que viviera con la consciencia de lo que perdió era un castigo más apropiado.

Aunque también pasará esos días encerrada en una instalación de seguridad del Consejo.

No hay celebración después de que se la llevan. Ni risas ni una sensación de victoria avasallante. En cambio, hay dolor. Ecos de pena y de sufrimiento. Los recuerdos de todo lo que perdimos. Le envío un mensaje a Zoë para decirle que ya se terminó, que lo logramos.

Unos minutos después, ella me recuerda que no se terminó, que todavía tenemos que encontrar una forma de recuperar la magia perdida. Que la peor parte (el después) recién empieza.

# 34

DESPUÉS DE ESE DÍA, LA VIDA SIGUE CON UNA NUEVA NORMALIDAD. Mi madre me inició en la operación Salvar El Último Año, que implica cero vida social hasta ponerme al día con todos los trabajos que debo. Mis profesores son comprensivos, en mayor parte, dadas las noticias sobre Benton y sus padres, pero eso no alivia la carga de tareas.

Pero volver al ruedo no solo se trata de la escuela. Por fin acepté el consejo de Veronica y dejé que mi madre me consiguiera un terapeuta y, aunque tuvimos pocas sesiones, resultó bien hasta ahora. Siempre salgo con la sensación de estar más ligera que cuando entré. De todas formas, si decidiera que quiero hablar con alguien que pueda entender *todo* lo que he vivido, el Consejo me aseguró que pueden localizar a un Elementar calificado para que me ayude, al menos por teléfono.

Tarde una noche de jueves, Lauren, mi exjefa, me llamó para preguntar si era posible que cubriera algunos turnos durante la fiebre de Halloween. Como por fin me puse al día con la escuela (y también gasté gran cantidad de mis ahorros en nuevos insumos de arte), acepté. Así es como me encuentro pasando el último viernes por la noche de octubre en el Caldero Escurridizo. La tienda está atestada de turistas. El mostrador está lleno de manos y, entre los turistas y todo el personal presente, apenas queda lugar para moverse. Quinn, estudiante de género fluido de primer año en la Estatal de Salem, está ayudándome en la caja. Con los dos meses que lleva trabajando aquí, ya es más veloz para cobrar y embolsar que yo, que trabajé en el Caldero desde *siempre*.

Escaneo el último artículo del cliente (un escorpión disecado muy escalofriante) y se lo paso a Quinn, que lo envuelve en papel antes de deslizarlo dentro de la bolsa.

—Son sesenta y dos con treinta y nueve centavos —anuncio. Luego, la joven vestida de negro y con gran cantidad de joyas plateadas pasa su tarjeta.

—Gracias por comprar en el Caldero Escurridizo —dice Quinn con una sonrisa radiante que enorgullecería a Lauren—. ¡Vuelva pronto!

Seguimos con el trabajo, pero hay un cliente en particular que no deja de llamarme la atención. El detective Archer lleva una hora en la tienda, y Quinn dice que viene todo el tiempo. Seguro que lo hace para ver a Lauren, pero hoy no deja de ojear libros sobre las propiedades mágicas de las hierbas y de hacer girar ramilletes de romero entre sus dedos, como si una pequeña parte de él anhelara la magia que perdió.

Verlo aquí me rompe el corazón. Es lo mismo que siento cada vez que Gemma dice que vendrá a tomar sus lecciones; todavía sigue avocada a su nuevo camino, a pesar de no recordar qué le despertó el interés en primer lugar. Odio no poder contárselo. Odio que tengamos secretos otra vez, pero ella lo eligió y, hasta que no logre convencer al nuevo Consejo de que me permita contárselo (cosa que *lograré*), no volveré a traicionar su confianza.

Quinn y yo despedimos a otro cliente y la persona que lo sigue en la fila tiene el cuello de la camisa en alto, un sombrero y gafas oscuras que le cubren casi todo el rostro. Tampoco parece tener artículos para comprar.

—¿Puedo ayudarlo? —Antes de que responda, noto un mechón de cabello rosado que se escapó por debajo del sombrero—. ¿Alice?

—Baja la voz, Bruja de Cristal. ¿Quieres hacer una escena aquí?

—¿Qué haces aquí? —Pongo los ojos en blanco, y ella mira sobre sus hombros y se baja el ala del sombrero—. ¿Quieres probar otros insultos conmigo?

—Tengo una parada de la gira en Boston esta noche. Estuve pensando algún apodo sobre el césped, pero suena como si fumaras hierba.

—¿La conoces o qué? —Quinn se aclara la garganta y nos mira a ambas.

—Por desgracia. —Quedan pocas personas en la fila, así que puedo ausentarme un momento—. ¿Puedes cubrirme?

—Claro —afirma e ingresa su código en la caja—. ¿Sabes si Cal vendrá esta noche?

—No estoy segura —miento.

Sé exactamente dónde está Cal, pero juré guardar el secreto. Cuando habló con Morgan aquel día en casa de lady Ariana, quería saber qué efecto tendría la Magia de Sangre en la recuperación de la cirugía. El señor Hughes los escuchó por casualidad y lo ayudó a contactar a un Brujo de Sangre amigo de Los Ángeles que es cirujano plástico. Gracias a la combinación de magia y medicina moderna, Cal estará como nuevo en dos semanas, totalmente recuperado de su cirugía de pecho. Aunque, antes de partir hacia California, seguía un poco nervioso respecto a dejar que un Brujo de Sangre controlara la recuperación. Nervioso, pero también emocionado. Creo que ver cómo controlaron a mi aquelarre frente a la Farmacéutica Hall lo ayudó a tomar la decisión.

—Ya regreso —le prometo y llevo a Alice hacia la puerta para "personal autorizado". En la sala de descanso, donde tenemos un poco más de privacidad, se quita el sombrero y su cabello rosa cae por debajo de sus hombros. Luego se coloca las gafas sobre la cabeza—. ¿Qué te trae al Caldero, Alice?

—Tú. —Se saca un anillo del dedo medio y revela el pinche de la parte interior—. Como dije, estoy en Boston por el show, pero también estuve entrenando con Fitz y Ellie, los padres de Morgan.

—Sé quiénes son.

—Como sea. —Pone los ojos en blanco—. Me enseñaron cómo desligar la sangre de alguien de nuestra magia. —Se pincha la yema del dedo y se estremece un poco cuando la gotita de sangre aparece—. Dame tu mano.

Dudosa, obedezco. Alice para el dedo ensangrentado por mi palma y, para cuando termina, el pinchazo ya se le curó. La mancha roja de mi mano se calienta y, después, mi piel la absorbe y desaparece.

—¿Qué fue eso? —pregunto frotando la palma limpia.

—Fue mi forma de dejarte ir. Mi forma de decirte que te perdono por lo que pasó en Nueva York. Espero que puedas hacer lo mismo. —Se sonroja y se acomoda el cabello detrás de las orejas—. Sé que me hago la dura, pero de verdad creo que lo que hicimos juntos (lo que *tú* hiciste, no solo por tu aquelarre, sino por todos nosotros) fue increíble.

—Gracias, Alice. De verdad. —Sus palabras fueron inesperadamente cálidas y me inspiran una sonrisa.

—Ni lo digas —responde y vuelve a bajarse las gafas—. Además, creo que tu novia debería ser la única que pueda acelerarte el corazón. —Sacude las cejas detrás de las gafas, y todo mi rostro se acalora.

—¿Ahora es cuando nos abrazamos y prometemos ser amigas por siempre?

—Por favor, bruja. Eso sería asqueroso. —Se estremece, pero su reacción elaborada me causa gracia—. No vemos por ahí.

—¡No desaparezcas!

Me enseña el dedo medio mientras se aleja y, de alguna manera, es más perfecto que cualquier cosa que pudiera haber dicho.

$$\bigcirc \; \leftmoon \; \bullet \; \rightmoon \; \bigcirc$$

En la pantalla de la televisión, un vampiro le está confesando su amor a una chica mortal, pero Morgan y yo no estamos prestándole atención.

Es la primera vez que estamos solas sin la supervisión de un adulto en *años*, y ella tiene las manos enredadas entre mi cabello. Se supone que deberíamos estar entregando dulces mientras mi madre da una clase nocturna, pero apagamos la luz de la entrada en cuanto su automóvil desapareció de la vista.

Cuando Gemma se levantó para buscar más palomitas de maíz, Morgan me subió a su falda y llevó mis labios hacia los suyos. Suelta mi cabello, luego baja las manos por mi espalda, desliza los dedos por debajo de mi camiseta y posa sus palmas sobre mi piel caliente. Se aleja para besarme el cuello al tiempo que su Magia de Sangre atraviesa mi cuerpo. Por la Diosa, no puedo saciarme de ella. Mi magia arremolina el aire en la habitación y nos alborota el cabello. Cuando ella percibe el viento, se inclina hacia atrás.

—Gemma podría verlo —susurra.

—No puedo evitarlo. —Me tapo el rostro en llamas para aplacar la magia, y el aire se calma de a poco—. Cuando me besas ahí, me haces cosquillas y el aire solo… reacciona.

—¿Tomaste una decisión? —pregunta mientras me acomoda el cabello. Su expresión se volvió seria, sin rastros de coqueteo.

—¿Sobre?

—Benton —dice y se muerde el labio inferior.

—No —admito con el ceño fruncido.

Benton ha estado enviándome cartas casi a diario desde que volvió a prisión. Quiere verme y disculparse en persona, pero yo todavía no sé qué quiero. No sé si podré manejar el hecho de volver a verlo. Cuando más lo necesité, él estuvo para mí, y esta nueva versión de Benton, sin sus recuerdos de Cazador, no tiene idea de por qué me lastimó.

—No tienes que decidirlo ya —dice y me acomoda un último cabello rebelde en su lugar—. Pero creo que las cartas no dejarán de llegar hasta que lo hagas.

—No quiero hablar de él. —Me acerco hasta que mis labios están a un centímetro de los suyos—. Esta noche no.

—¿Quién está lista para comer palomitas? —La voz de Gemma resuena en la habitación, así que nos separamos de inmediato—. ¡Ah! ¡Siempre hacen lo mismo! —protesta mientras deja el tazón de palomitas sobre la mesa de café—. ¿Quieren que me vaya? Mejor me voy.

—No seas tonta. —Bajo de las piernas de Morgan para tomar las palomitas y meterme un puñado en la boca—. Ven aquí. —Me aparto para dejarle lugar en el sofá–. Hacemos maratones de películas desde que nuestros padres decidieron que estábamos demasiado grandes para pedir dulces. No nos perderemos de nuestro último Halloween en Salem.

–Uff, cómo odio eso –bufa ella y apoya la cabeza en mi hombro–. No quiero pensar en el próximo año. No estoy lista para dejarte. Aún no.

–Como si pudieras deshacerte de mí tan fácil.

–Iré por la pizza –anuncia cuando suena el timbre–. Pero si están desnudas cuando vuelva, les juro que las encerraré en una habitación hasta que se cansen la una de la otra.

–No creo que eso sea posible, Gem. Lo siento –bromea Morgan y me da un beso en la mejilla.

–No tienen remedio –bufa mientras camina hacia la puerta.

–¡Estás celosa! –replica mi novia para provocarla. Una vez que Gemma desaparece, le tomo la mano.

–Quizás deberíamos hacerlo –comento con la mirada en la pantalla en lugar de en ella–. Después de que ella se vaya, claro.

–¿Qué? ¿Desnudarnos y encerrarnos en tu habitación? –Sigue hablando en tono burlón, pero me sonrojo de todas formas antes de asentir–. ¿Qué? ¿De verdad?

–Estoy lista si tú lo estás.

–¿Es posible adelantar toda esta maratón? –Morgan se muerde el labio.

–Ten cuidado. Si Gemma te escucha, podría quedarse toda la noche.

Una vez que mi amiga vuelve con la pizza, pasamos la hora siguiente gritándole a la pantalla y debatiendo si saldríamos con un vampiro si fueran reales. Me río con ellas mientras me permito imaginar un futuro propio, uno en el que las brujas podamos salir de las sombras. En el que podamos devolverles la magia a quienes se la robaron. En el que les podamos contar a las personas que amamos (personas como Gemma) quienes somos sin tener miedo. Pero, hasta entonces, estaré de luto por los que perdimos y amaré a los que quedan tanto como pueda.

Y esperaré que mi padre lo vea como una victoria.

## 35

—¡HANNAH, DATE PRISA! ¡LLEGAREMOS TARDE! —GRITA GEMMA desde la base de las escaleras—. Será el último fogón antes de la graduación. ¡Apresúrate!

—Un segundo —respondo desde mi habitación. Mi *verdadera* habitación. La construcción se demoró más de lo esperado, pero hace poco más de tres meses, mi madre y yo por fin nos mudamos a la nueva casa, construida en el mismo lugar que la que perdimos.

Estamos creando nuevos recuerdos aquí, y creo que a mi padre le gustaría saberlo. Y, si lo que sabemos de la otra vida es errado y nuestros espíritus sí deambulan entre nosotros después de la muerte, se siente bien estar en un lugar familiar en donde él podría encontrarnos con facilidad.

—¿Cuánto tiempo crees que tarde en subir corriendo a gritarnos? —pregunta Morgan, que está muriendo de la emoción a mi lado.

—Menos de un minuto —respondo sin dudarlo. Gemma no permitirá que nos perdamos el fogón de fin de curso. Con suerte, este estará libre de sacrificios animales. Aunque… puede que esté menos interesada en la fiesta una vez que le mostremos lo que *por fin* logré que el Consejo me autorice a contar. Después de que Cal regresara de su cirugía, no estaba segura de que fuera a seguir en el Consejo sin Archer. Al principio, él tampoco estaba seguro, pero no pudo dejar pasar la oportunidad de estudiar la combinación de magia de los Clanes. Ahora, los límites de nuestros poderes son mucho más difusos, y él quería formar parte de eso. De todas formas, aun con su ayuda, conseguir la aprobación del Consejo requirió de meses de discusiones, comités y propuestas escritas en conjunto. Todavía estamos a años, tal vez a décadas, de distancia de que los Clanes se abran al mundo, pero, al menos, el equipo reestructurado (ahora con mejores relaciones entre Clanes y más participación de los jóvenes) aceptó que hablar con amigos de confianza sobre nuestros poderes es un primer paso aceptable.

Hay que pasar por infinidad de requisitos para que aprueben a un no-brujo antes de que se lo podamos contar, pero Cal logró apurar mi solicitud. Ayudó el hecho de que Gemma hubiera renunciado a sus recuerdos de forma voluntaria para protegernos.

Abajo, mi amiga bufa y, un segundo después, empieza a subir las escaleras.

—No pienso llegar tarde a otra fiesta porque ustedes están ocupadas manoseándose. —Se detiene antes de entrar—. Por favor, díganme que al menos están vestidas.

—Por completo —afirmo y abro la puerta. No puedo contener la sonrisa que se despliega en mi rostro–. Pero tenemos que mostrarte algo.

–Bueno… –Nos mira a ambas con cautela antes de entrar y ver de qué se puede tratar la sorpresa.

–Creo que es mejor que te sientes. –La llevo hasta mi cama y espero a que se acomode en el borde del colchón.

–¿Qué está pasando? –pregunta y levanta la vista hacia mí–. Me están asustando. Si no fueran dos chicas, me preocuparía que alguna estuviera embarazada.

–Nadie está embarazada –dice Morgan con una sonrisa–. Pero tenemos un secreto que contarte. ¿Hannah?

–¿Lista? –Levanto la mano hasta la altura de mi pecho con la palma en alto.

–Supongo que sí. –Me mira escéptica y se encoge de hombros.

–No entres en pánico –le advierto y espero a que asienta con la cabeza. Entonces, chasqueo los dedos, de los que emerge una llama pequeña. Llevo semanas perfeccionando esta técnica con mi abuela, así que le transmito más poder a la llama hasta que se vuelve del tamaño de una pelota de golf.

–¿Qué demonios? –Gemma se pone de pie de forma abrupta y se sujeta del respaldo de la cama para mantener el equilibrio. Sus ojos están cargados de curiosidad–. ¿Cómo haces eso?

Volver a decirle esto trae la emoción de la primera vez, sin la preocupación que me hacía un nudo en el estómago.

–Soy una bruja. Una Elemental, para ser precisa. –Apago la llama y luego apunto a la botella sobre el escritorio para congelar el agua. Con eso, ella maldice asombrada por lo bajo.

–¿Qué hay de Morgan? ¿También lo eres?

–También soy bruja –confirma Morgan–, pero de otra clase.
–Decidimos ir más despacio con el asunto de las Brujas de Sangre porque Gemma sintió un poco de repugnancia la última vez.

–¿De verdad? ¿Quién más lo sabe? ¿Desde cuándo lo son? –Vuelve a sentarse con pesadez, como si todas las posibilidades la sobrepasaran–. Esperen. No soy su ejemplar de amiga *muggle* ¿o sí? –Me rio, así que se sienta derecha otra vez–. ¿Qué es tan gracioso?

–Dijiste lo mismo la primera vez que te lo dije.

–¿La primera vez?

–Tenemos mucho de qué hablar. –Reviso mi teléfono antes de guardármelo en el bolsillo trasero–. Pero sé que no quieres perderte el último fogón.

–Al diablo con eso. –Nos arrastra a Morgan y a mí hasta la cama–. Cuéntenmelo todo.

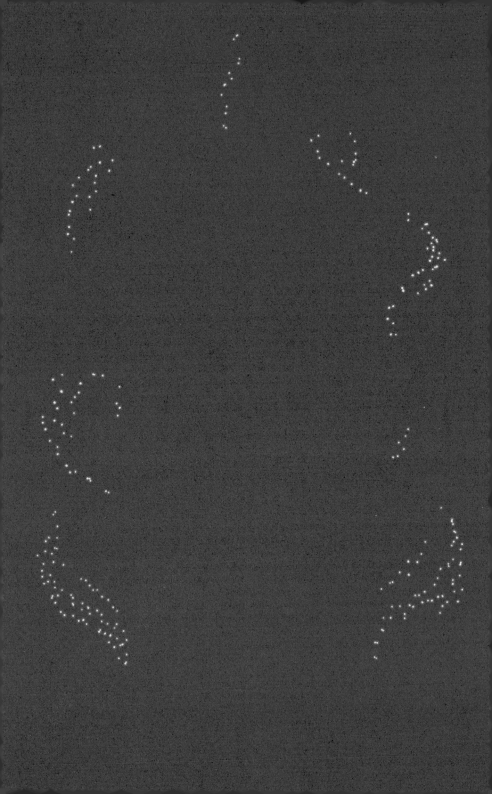

# AGRADECIMIENTOS

*Estas brujas no se rinden* fue el libro más difícil que escribí hasta ahora y no podría haberlo logrado sin el apoyo de personas increíbles. Primero, de mi brillante y perspicaz editora, Julie Rosenberg, quien me ayudó a ver más allá de los giros equivocados y puntos muertos hasta encontrar el corazón de la historia de Hannah.

Gracias por guiarme en el camino y confiar en que llegaría a buen puerto. Mi increíble agente, Kathleen Rushall, quien tiene la habilidad, singular e invaluable, de mantener mis pies sobre la tierra mientras tejemos sueños para el futuro.

Un agradecimiento enorme a los equipo de Penguin y de Razorbill: Alex, Bree, Casey, Jayne, Abigail, Bri, Christina, Felicity, y Shannon; los libros son un esfuerzo en conjunto, y estaré siempre agradecida por todo lo que hacen.

A los talentosos responsables de la portada (Travis Commeau, Amy Blackwell y Dana Li), gracias, gracias, ¡gracias! Me siento muy afortunada de que un arte tan hermoso represente a este libro.

Gracias a Bill Werner, Kate y Eisha, quienes me hicieron devoluciones y me guiaron en varias etapas del desarrollo del libro. Y un segundo agradecimiento para Eisha por dejarme tomar su nombre prestado.

¡Mira, eres famosa!

Durante los días en los que temí no terminar esta historia, tuve la suerte de contar con amigos maravillosos que me mantuvieron a flote. Jaimee, que me permitió revelarle toda la trama del libro, en todas sus variables.

David, quien nunca tuvo ninguna duda, incluso cuando yo las tenía.

Y mi fantástico aquelarre de escritura: Jenn Dugan y Kate Strong: no podría imaginarme estar en esta industria sin ustedes.

Por más años de dulces de orozuz.

He sido bendecida con una familia que idolatra mis libros, pero que no permite que me olvide de mis raíces. Amor eterno a mi madre, a Chris, Cameron, Taylor y Tristan. Kim, Rod y Pat. Mis abuelas, quienes leyeron mi primera novela y me animaron a que siguiera adelante. Mi padre y todos mis increíbles tíos, tías y primos. Son los mejores.

A mi esposa, Megan: no hay nadie más en el mundo con quien preferiría recorrer este camino. Siempre ves lo mejor en mí, incluso cuando me pongo gruñona porque se acerca una fecha de entrega. Soy muy afortunada de poder pasar el resto de mi vida contigo.

Por último, a mis lectores: gracias por hacerle un lugar a Hannah en sus corazones.

Esta historia es para ustedes.

# FAN

**Bandos enfrentados que harán temblar el mundo**

**¿Crees que conoces todo sobre los cuentos de hadas?**

PERDIDOS EN
NUNCA JAMÁS -
*Aiden Thomas*

RENEGADOS -
*Marissa Meyer*

EL HECHIZO DE LOS
DESEOS - *Chris Colfer*

**Protagonistas que se atreven a enfrentar lo desconocido**

LA GUÍA DE LA DAMA PARA
LAS ENAGUAS Y LA PIRATERÍA
- *Mackenzi Lee*

JANE, SIN LIMITES -
*Kristin Cashore*

HIJA DE LAS TINIEBLAS -
*Kiersten White*

# ASY...

Escucha la canción
que aúlla
en tu corazón...

UN CUENTO DE MAGIA
- *Chris Colfer*

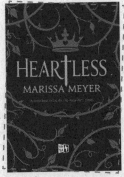

HEARTLESS - *Marissa Meyer*

LA CANCIÓN DEL LOBO
- *TJ Klune*

Una joven
predestinada a ser
la más poderosa

EN EL BOSQUE -
*Alyssa Wees*

CINDER - *Marissa Meyer*

La princesa de este cuento
dista mucho de ser
una damisela en apuros

# ¡QUEREMOS SABER QUÉ TE PARECIÓ LA NOVELA!

Nos puedes escribir a **vrya@vreditoras.com**
con el título de este libro en el asunto.

Encuéntranos en

facebook.com/vreditorasya

twitter.com/vreditorasya

instagram.com/vreditorasya

**COMPARTE**
tu experiencia con
este libro con el hashtag
**#estasbrujasnoserinden**